KB059751

여자를 위해 대신 생각해줄 필요는 없다

이라영
독서 에세이

여자를 위해
대신 생각해줄
필요는 없다

'정상' 권력을 부수는 글쓰기에 대하여

문예출판사

오리건

몬태나

노스다코타
✤ 루이스 어드리크

아이다호

사우스다코타

와이오밍
✤ 애니 프루

네브래스카
✤ 윌라 캐더

네바다

유타

콜로라도

캘리포니아
✤ 에이드리언 리치
✤ 옥타비아 버틀러

캔자스

애리조나

뉴멕시코
✤ 레슬리 마몬 실코

오클라호마

텍사스
✤ 캐서린 앤 포터

멕시코

✤ 이 책에서 다룬 작가들이 주로 활동한 도시들 ✤

캐나다

미네소타
✢ 루이스
어드리크

메인

위스콘신

버몬트

뉴햄프셔

뉴욕
오드리 로드
✢ 루이즈 글릭
✢ 월트 휘트먼

매사추세츠
✢ 에밀리 디킨슨
✢ 실비아 플라스

미시간

코네티컷로드아일랜드

아이오와

일리노이
✢ 산드라
시스네로스

오하이오
✢ 토니 모리슨

인디애나

펜실베이니아
✢ 넬리 블라이
✢ 비엣 타인 응우옌

뉴저지

델라웨어

미주리

켄터키

웨스트버지니아

메릴랜드

버지니아

테네시
✢ 니키 지오바니

노스캐롤라이나

아칸소

사우스캐롤라이나

미시시피
✢ 유도라
웰티

앨라배마
✢ 젤다 세이어
피츠제럴드

조지아

루이지애나
✢ 케이트 쇼팽

플로리다
✢ 조라 닐
허스턴

차례

일러두기

✣ 출처가 표기되지 않은 인용문은 저자가 직접 번역한 것이다.
✣ 각 장의 마지막에 위치한 작가 소개와 주요 작품 목록은
  편집자가 정리한 것이다.

서문

생각하는 사람으로
살기 위해

다른 사람의
목소리가 필요하다

"젤다? 흔지 않은 이름이군요. 성은 뭐예요?"

"《젤다의 운명》이라는 소설에 나오는 집시의 이름이에요."

그는 크게 웃음을 터뜨렸다. "소설이라니, 정말입니까?"

"왜요? 당신은 제 어머니가 문맹이라 생각하나요? 남부 여성도 읽을 줄 알아요."‡

2013년 미국에서 출간된 소설 《Z: 젤다 피츠제럴드에 관한 소설 Z: A Novel of Zelda Fitzgerald》의 한 장면이다. 젤다 피츠제럴드의 관점으로 그의 삶을 이야기하는 이 소설에서 젤다 세이어와 스콧 피츠제럴드가 몽고메리에서 처음 만나 통성명을 하는 순간이다. 젤다의 이름이 어머니가 읽은 '소설'에서 왔다는 사실에 스콧이 웃자, 젤다는 "남부 여성도 읽을 줄 안다"라고 말하며 그의 웃음에 맞선다. 스콧은 '소설'에서 이름을 따왔다는 사실에 흥미로워했을 뿐이지만 젤다는 제 어머니를 소설도 읽을 줄 모르는 문맹으로 생각한다고 오해하고 '발끈'한다.

　　젤다의 이 '발끈'에는 감정적 맥락이 있다. 미국에서 남부 -여성인 젤다는 북부-남성인 스콧과는 문화적으로 확연히 다른 위치에 있다. 보수적이며 산업화가 덜 진행된 남부에서 여성은 상대적으로 덜 교육받았다. 그렇다고 책 읽는 여성이

---

‡ Therese Anne Fowler, *Z: A Novel of Zelda Fitzgerald*, St. Martin's Griffin, 2013, p. 22.

없었겠는가. 책을 읽기만 할까. 책을 나르며 적극적으로 유통 시키는 역할도 여성들이 담당했다. 저자와 독자뿐 아니라 책을 전달하는 사람으로서 여성이 참여한 역사가 있다.

1930~40년대 미국 대공황 시기, '뉴딜정책'의 일환으로 여러 문화정책이 있었다. 그중 하나가 켄터키 지역의 오지에 책을 보내는 정책이다. 책이 많은 사람들은 책을 기증하고 자기 개인 서재를 공개하면서 소외 계층에 책을 빌려주도록 했다. 이 책 배달 프로젝트 Pack Horse Library Project에는 대부분 여성들이 참여했다. 말을 타고 책을 나르는 '말 탄 사서들 Horse-Riding Librarians'이 거의 여성이었기에 이들을 '북우먼 Book Woman'이라고도 불렀다. 길이 험하고 도로가 정비되어 있지 않아 차로도 갈 수 없는 지역을 여성들이 말이나 노새를 타고 산 넘고 물 건너 다녔다.

통념적으로 서재라는 공간은 남성적인데 사서는 여성적인 직업이다. 어머니나 할머니의 부엌, 아버지의 서재처럼 공간은 성별화되어 있다. '말 탄 사서들'은 서재와 도서관 바깥으로 뻗어나간 존재들이다. 이 사실은 그림책 《꿈을 나르는 책 아주머니 That Book Woman》(2008)에 간단히 소개되기도 했다. 켄터키 외진 마을의 한 가족. 책에 빠져 사는 여자아이 라크와 책을 외면하는 남자아이 칼이 등장한다. 칼에게서는 폴 윌리스가 《학교와 계급재상산 Learning to Labour》(1978)에서 분석한 노동계층 남자아이들의 면모가 보인다. 배우기를 거부함으로써 남성다움을 취득하려는 모습이다. 반면 라크는 열심히 책을 읽고 배워 나중에 학교를 짓는 게 꿈이다. 이들의 어머니는 글을 알게 되자 파이 조리법을 적는다. 눈보라가 몰아치던 날에도 말을 타고 책을 전하는 '책 아주머니'의 모습을 보면서 책에 관심이 없던 칼도 점차 책에 흥미를 느낀다. 책을 통해 다른 세상과 이야기를 접하며 칼은 읽는 기쁨에 빠진다. '책 아주머니'는 이런 변화를 통해 보람을 느끼지 않았을까.

책을 전하는 이 프로젝트는 1913년에 지역 유지의 후원을 받아 처음 시작되었다. 이에 영감을 받아 1935년에는 정부 차원에서 진행했다. 1930년대 켄터키 지역에는 도서관이 없었다. 켄터키 동부의 당시 문맹률은 30퍼센트 이상이었다. 여성단체가 1896년에 이동식 도서관을 만들었으나 이조차 1933년 이후 예산 부족으로 더 이상 진행하지 못했다. 켄터키 동부는 애팔래치아산맥 근처라 길이 험하고 접근하기 어려운 지역이다. 1935년에 이 지역의 책 배달 프로젝트를 위해 여성 200여 명이 고용되었고, 이 여성들이 10만 명의 사람들에게 책을 전달했다.

이 '북 우먼'들은 대부분 집에서 유일하게 수입이 있는 사람이었다. 한 달에 받는 돈은 28달러였다. 1940년대 1달러가 오늘날 18달러의 가치이니 현재 한화로 환산하면 한 달에 60

여 만 원 정도를 받으며 험한 여정에 참여한 셈이다. 일주일에 120마일, 곧 193킬로미터의 산길을 말을 타고 다녔다. 서울에서 삼척까지의 거리다.

북우먼들은 책을 나르기만 한 게 아니다. 문맹률이 높은만큼 글을 읽지 못하는 사람들에게 책을 읽어주는 서비스까지 했다. 여성이 험한 길을 뚫고 애팔래치아산맥 오지에 책을 전달하는 일을 하면서 그곳의 문맹률이 많이 떨어졌다. 특히 어린이들이 책을 많이 빌렸는데, 사서가 오면 아이들이 "책 주세요!" 하면서 몰려들었다고 한다. 여성들은 요리책이나 퀼트 패턴이 담긴 책, 육아 서적 등 실용적인 책을 읽었다. 지역마다 조금씩 차이가 있지만 보통 일주일 정도 대여 기간을 준다. 말 탄 사서들은 책을 전달하면서 세계를 전달한 셈이다. 글을 읽게 도와주고, 다른 세계의 소식도 전해주고, 여러 아이디어도 전했다.

뉴딜정책에 대해서는 전문가들의 분석이 있고, 나는 그것을 잘 평가할 수 있는 입장은 아니다. 다만 경제적으로 어려운 시기에도 책을 읽게 만들었다는 점을 상당히 긍정적으로 본다. 빵과 장미. 사람이 배만 불러서는 살 수 없다. 생각하는 인간으로 살기 위해 다른 사람의 목소리가 필요하다.

1935년에 시작한 이 프로젝트는 1943년까지만 진행되었다. 2차 세계대전에 참여하면서 정부예산이 부족해 더 이상

유지하지 못했다. 이제 1950년대에 자동차를 이용한 이동도서관이 생길 때까지 한동안 이 지역은 다시 도서관 없는 마을이 된다.

압제자의 언어를 넘어서

나는 쓰는 사람이며, 동시에 읽는 사람이다. 더불어 지식을 유통하는 사람이다. 우연히 발견한 '말 탄 사서' 이야기는 내게 깊은 인상을 남겼다. 이들의 물리적 활동에 비하면 나는 매우 게으르게 산다는 생각이 드는 한편, 용기가 생겼다. 무엇이든 할 수 있다, 라는 용기. 말을 타고 험한 길을 가로질러 책을 전하러 가던 '북우먼'을 떠올리면 괜히 흥이 나고 힘이 솟았다. 여성에게 롤 모델이 없다고 하지만 역사를 뒤져보면 숨겨진 롤 모델이 꽤 많다.

미국 노예해방을 위해 남부에서 노예들을 교육하는 데 힘쓴 사람들 중에는 북부 출신 백인 여성도 많았다. 캘리포니아에서는 19세기 중반에서 20세기 중반까지 글을 모르는 여성들의 출판을 후원하는 단체인 '여성출판협동조합Women's Co-operative Printing Office'을 통해 여성의 목소리를 기록했다.

파리의 오래된 서점 셰익스피어앤드컴퍼니Shakespeare and

Company는 1차 세계대전과 2차 세계대전 사이에 많은 예술가들이 모여들던 곳이다. 미국인 실비아 비치와 프랑스인 아드리엔 모니에가 함께 1919년에 문을 열었다. 실비아 비치는 제임스 조이스의 《율리시스*Ulysses*》(1922)를 출판한 사람이다. 그는 서점 경영과 출판 기획 등으로 20세기 초 유럽에서 지식 유통에 많은 역할을 했다. 젤다의 글에도 파리에서 실비아 비치를 만난 이야기가 나온다. 거트루드 스타인, 에즈라 파운드, 어니스트 헤밍웨이, 주나 반스, 제임스 조이스 등 당시에 파리에 거주하던 미국인, 영국인, 그리고 프랑스인들은 실비아 비치의 서점으로 모였다.

이처럼 이름을 남기지 않은 '북우먼'에서 실비아 비치처럼 유명한 출판인에 이르기까지, 책을 둘러싼 여성의 역사에서 생산자로서의 여성, 독자로서의 여성만이 아니라 유통하는 사람으로서의 여성도 살펴볼 수 있다. 책을 유통하는 사람, 곧 도서관 사서, 출판인, 서점 운영자 등을 말한다. 17~19세기에 프랑스의 살롱을 이끌던 '마담'들도 지식생산자이며 유통업자다. 생산자도 매력적이지만 유통업자도 내게는 늘 매력적인 존재다. 나도 일상에서 '북우먼'이 되고 싶다는 유혹에 빠진다. 유명한 남성의 아내나 애인으로 알려진 여성, 성별이나 인종 때문에 저평가받았던 여성, '여자들'을 남자의 짝으로만 다루지 않은 그런 작가들의 작품이 널리 알려지기를 원한다.

나는 백인 남자들의 저서로 머릿속을 가득 채우는 사람을 지적으로 신뢰하지 않는다. 편견이 아니라 경험의 축적으로 얻어낸 결과다. 주로 백인 남자의 목소리로 머리를 채운 이들은 가끔 노자나 맹자, 일본의 나쓰메 소세키 등을 디저트처럼 곁들이며 균형 잡힌 척한다. 백인 남성의 저서를 읽는 것이 그 자체로 문제는 아니다. 백인 남성의 지적 작업만이 눈에 들어오는 그 욕망을 지적하는 것이다. 옥타비아 버틀러는 열세 살이 될 때까지 읽은 글 중에서 흑인이 쓴 글을 만난 적이 없다고 했다. 누군가는 열세 살에 이 괴이한 사실을 발견하고 누군가는 예순셋, 일흔셋이 되도록 이에 대해 아무런 의구심을 갖지 않는다.

대체로 많은 '지적인' 한국 남성들의 독서 목록에서 이러한 경향을 발견한다. 저렇게 많은 책을 읽었는데 어쩜 저렇게 편파적인 독서를 했을까. 하지만 이 세상에서 그들은 전혀 '편파적인' 존재가 아니다. 여성의 글을 많이 읽으면 '편파적 독서'지만 주야장천 남성의 글을 읽어도 이는 오히려 보편이다. '압제자의 언어'는 그렇게 세상을 지배한다. 니키 지오바니와 에이드리언 리치의 시는 내게 보편의 함정에 빠지지 않고 버틸 수 있는 힘을 준다.

고통에 대한 이해가 없는 언어들

알고자 하는 욕망의 정체가 주류의 인정인지 타인의 고통에
대한 이해인지에 따라 지적 활동의 경로는 달라진다. 서양 고
전을 꿰뚫고도 정작 한국 여성들의 일상적 폭력에 대해서는
철두철미하게 무지의 갑옷을 두르고 '지적인' 언어를 뱉는 사
람들(남성들)을 길거리 편의점처럼 자주 본다. 이때 지식은
어떤 역할을 하는가. 의도하든 의도하지 않든 바로 타인의 고
통을 찌르는 도구로서의 지식이 된다. 저항을 위한 무기가 아
니라 권력이 되어버린 지식의 언어들이 그렇게 세상을 휘젓
는다. 권력욕을 지적인 욕망으로 착각하는 사람들이 위험한
'지식인'이다. 이런 부류의 사람들은 일상의 폭력에 대해서는
종종 '나는 몰랐다'라고 한다. 주류의 꽁무니를 따라가며 인정
받으려고 할 뿐, 보이지 않는 고통을 찾으려는 열망이 없다.

　　고통과 소외에 대한 이해가 없는 지적 작업은 왜 위험한
가. 타인의 고통이 세상에 더 잘 들리도록 목소리의 연대를
하지 않고 오히려 고통스러운 울부짖음을 외면함으로써 스스
로 고통의 방음벽이 된다. 그렇기에 그들은 모른다. '나는 몰
랐다'라는 뻔뻔한 항변은 앞으로도 알 의지가 없다는 뜻이다.
타인에게 고통의 방음벽을 놓는 행위는 합리적이지도 이성적
이지도 않은, 그저 이기적인 인간의 간접적인 폭력 행위에 불

과하다.

　지적 욕망이란 모르는 것을 알고자 하는 욕구인데 자신이 모르는 세계를 계속 모르는 채 살아가는 사람에게서 어떠한 지적인 태도를 발견할 수 있을까. 철학은 근본적으로 '나는 누구인가'에 대한 끝없는 질문이 병행되어야 할 텐데, 백인 남성의 목소리만 언제나 늘 읊조리는 사람의 '나'는 어떤 위치에 있을까. 이들은 '이렇게 지적인 내가 정말 뿌듯해'라고 외치는 유치한 나르시시스트의 향연만 펼치며 주류 사회로의 진입과 주류의 인정에 대한 갈망을 지적 활동의 동력으로 삼는다. 그러나 '지식인'이라는 실체가 있다면, 아마도 '당대를 고민하는 인간'이라 생각한다.

　이 편파적인 세상에서 나는 매일 분노한다. 내게 날아드는 공격적인 언어를 수비하고, 다시 받아쳐야 한다. 때로는 가랑비처럼 스며들고, 때로는 폭우처럼 쏟아지는 언어들. 여성에게 일어난 결과를 여성이 제공한 원인으로 바꿔치기 하는 문제가 반복되고, 약자들의 반목과 적대를 부추기며 '게임'을 장악하려는 이들을 수시로 목격한다. 말이 통하지 않는 고통은 아마도 사는 동안 늘 함께 가야 할 고통일 것이다.

나의 분노와 소통하기

이 책은 내가 답답하고 분노할 때마다 읽고 썼던 글들로 이루어졌다. 미국 작가 스물한 명을 중심으로 펼친 나의 문학 여행이다. 왜 하필 '미국'이냐 하면 특별한 이유는 없다. 유럽일 수도, 한국일 수도 있다. 미국에 거주하던 때 이 글을 쓰기 시작했다. 처음에는 아주 사소한 이유에서 출발했다. 스콧 피츠제럴드의 고향인 미국 세인트폴에 있는 피츠제럴드 식당을 바라보며 지인이 "피츠제럴드가 젤다 때문에 말년에 참 고생이 많았어"라며 젤다의 정신병과 남자관계 어쩌고저쩌고 읊어대기에 반박하고 싶었다. 다들 그렇게 말한다. 여성의 이야기를 모른 채 여성에 대한 이야기를 듣는다. 젤다의 글은 한 편도 안 읽고 젤다에 대한 이야기만 가십처럼 소비한다. 아니, 아니야. 젤다의 시각에서는 다른 이야기가 있어. 그렇게 쓰기 시작해서 내가 좋아하는 작가들에 대해 이야기하다 보니 대부분 여성이며 미국 사회에서 소수자의 목소리를 대변하는 이들로 구성되었다.

나는 미국이라는 나라에 대한 거부감이 있었지만 나의 그 거부감이 많은 세계를 가린다는 사실도 알았다. 프랑스에서 거주하다 미국에 왔을 때 나는 자꾸만 두 나라를 비교하곤 했다. 가정집에 총이 있는 나라, 차 없이는 못 사는 나라, 의료

보험 때문에 가난한 사람들이 병원도 제대로 못 가는 나라, 심지어 빵도 맛없는 나라 등, 여러 가지 나쁜 이미지를 가지고 미국에 왔다. 게다가 가장 권력을 가진 국가이기에 경계심이 있었다. 나도 충분히 국가와 개인을 동일시하는 오류를 범할 수 있다. 하나의 미국이 아닌 다양한 세계로 바라보고 싶었다. 그 거대하고 막강한 힘을 가진 나라에서 다양한 목소리를 내는 이들이 있다. 이 목소리는 지금 여기의 한국에서도 여전히 진행 중이다. 작지만 다양한 목소리들의 연결이 세상을 더 나쁘게 만들지 않는 최소한의 방어선을 만든다고 생각한다.

우선 내가 발 딛고 선 땅을 알아가기 위해 지역색이 강한 미국 작가들의 작품을 가까이 두고 살았다. 운 좋게 나는 미국 중서부에 거주했고, 이 지역이 어떤 사람들에게 '지루함'의 대명사처럼 여겨지기에 오히려 더 흥미로웠다. 시카고처럼 대도시가 아니라면 '거기 뭐 있어?'라는 질문이 종종 오간다. 나의 몇 안 되는 장점 중 하나는 어디에 있어도 지루함을 모른다는 점이다. 지금까지 나는 주거지를 서른 번 정도 옮겨 다니며 살았기에 물리적 이동에 대한 피로감을 견디기 위해 내가 있는 곳이 어디든 그 장소를 화두로 삼는 습관이 있다. 물리적으로 자주 이동하는 사람은 타인과 그만큼 자주 이별한다. 그 헛헛함과 함께 살아가려면 장소 자체와 관계를 맺을 줄 알아야 했다.

1년에 7개월 가까이 겨울이나 다름없는 미네소타에 살면서 날씨를 잘 아는 작가들의 글을 만나는 것만으로도 반가워 지극히 개인적인 밑줄을 박박 그었다. 《남성 과잉 사회*Unnatural Selection*》(2011)의 저자 마라 비슨달이나 《랩 걸*Lab Girl*》(2016)의 저자 호프 자런처럼 미네소타 출신 학자들의 책에는 꼭 그곳의 날씨가 언급된다. 그래도 대도시는 이방인 입장에서 편리한 구석이 많다. 인구가 적은 노스다코타의 마이놋으로 이사했을 때는 황량함을 견디기 위해 아파트 외벽 배관에 매달린 고드름 하나까지 예뻐했다. 4월부터 줄줄 녹는 소리를 내면서 사라지는 얼음에게 인사하며 다시 겨울을 기약한다. 영화 〈강철비〉(2017)에서 미국 공군기지가 있는 장소로 '마이놋'이 두 번 언급된다는 것만으로도 그 순간 손뼉을 치고 혼자 좋아했다. 이방인으로 작은 도시에서 살아가는 일이 쉽지는 않지만 한편으로는 이렇게 끊임없이 배움에 대한 긴장감을 놓을 수 없게 만드는 환경에 감사했다. 그만큼 피로감이 있으나 몸과 마음이 편해지면 알고 싶은 절박함도 사라지는 법이다.

대체로 내가 위안을 얻고 휴식할 수 있는 장소는 서점이나 도서관, 미술관, 극장 등이다. 공공장소이지만 고요한 개인으로 생각할 수 있는 곳이다. 미니애폴리스의 LGBTQ 도서관인 캐터포일 도서관 Quatrefoil Library에서 버지니아 울프의 편

지들을 읽고, 소위 좌파들이 모이는 메이데이북스Mayday Books
에서 지역 활동가들을 만나 그들이 추천하는 여성주의 책을
읽고, 라디오 진행자로 유명한 게리슨 킬러가 운영하는 서점
커먼굿북스Common Good Books에서 쉽게 찾을 수 있는 미네소
타 지역에 관한 책을 골랐다. 그리고 누군가가 살았던 흔적을
찾아갔다. 당시 내가 살던 집에서 자동차로 10분도 안 되는
거리에 스콧 피츠제럴드가 살던 집이 있었다. 서밋가 599. 젤
다 피츠제럴드가 출산 시기에 세인트폴에 거주했다. 붉은 벽
돌의 집을 바라보며 혹시 이 집에서 출산을 했을까 상상했다.
그리고 점점 궁금해졌다. 어떤 지역을 벗어나려고 애쓰는 여
성들과 그 지역에 대해 말하고 싶어 하는 여성들. 여성과 장
소성에 대해서. 루이스 어드리크와 윌라 캐더, 레슬리 마몬 실
코는 그 지역에 대해 알아가면서 새롭게 알게 된 작가다. 여
행 같은 독서를 하고 싶었다. 현재에 안주하지 않고 존재를
변주하는 인간으로 살아가기 위한 일상이다.

　　이 책에서 내가 언급하는 작가들은 거의 여성인데 두 남
성 비엣 타인 응우옌과 월트 휘트먼이 포함되어 있다. 응우옌
의 《동조자The Sympathizer》(2015)는 솔직히 재미있게 읽진 않았
다. 그럼에도 그가 미국 사회에서 소수자로서 글을 쓰는 방식
은 내게 많은 생각을 남겼다. 얌전하지 않은 그 목소리가 좋
았다. 월트 휘트먼은 미국 문학사에서 빼놓고 갈 수 없는 너

무 유명하고 중요한 사람이라 오히려 빼고 싶었다. 또한 여기 포함된 다른 작가들에 비하면 휘트먼에 대한 나의 개인적 관심도는 떨어지는 편이다. 그러나 19세기 미국인 남성의 목소리에서 여성의 성적 주체성에 대한 고민이 읽히는 지점이 흥미로워 그의 시를 여러 번 읽는다. 영화든 문학이든 계속 생각하게 만드는 작품은 결국 관객과 독자에게 침투하는 데 성공한 셈이다.

매우 좋아하지만 여기에 따로 꼭지를 마련하지 않은 작가로는 랠프 엘리슨과 에드거 앨런 포가 있다. 랠프 엘리슨의 유일한 장편소설 《보이지 않는 인간Invisible Man》(1952)에 대해 나의 책 《폭력의 진부함》(2020)에서 자세히 언급했다. 에드거 앨런 포는 내게 즐거움을 주는 작가다. 다양한 장르의 단편을 썼고 아름다운 시를 쓴 작가이며 날카로운 비평가이자 잡지 편집인인 포의 작품은 내 우울한 시간의 동반자였다. 필라델피아에 있는 포의 집을 찾아가 작은 방 안에서 그의 체취를 느끼려 애쓰기도 했다. 벽을 두드리면 어딘가에서 시체가 나오지 않을까 상상했다. 이렇게 많은 애정을 품었음에도 여기 묶인 작가들과 어울리지 않는다고 생각했다. 대체로 이 책에서 소개하는 작가들과 작품은 나의 분노와 소통하기 때문이다. 이 작가들의 작품을 읽으며 자주 고민했다. 제 안의 분노와 어떻게 소통해야 할까.

나의 요지는 글쓰기가 사랑에서 나와야 한다는 것이다.
우리는 자기방어나 증오심에서 나온 글, 남에게 명령하거나
반박하기 위한 글, 남을 공격하거나 남에게 사과하기 위한
글이 아니라 사랑에서 나온 글을 써야 한다. 부정적인
감정을 떨쳐 내기 위한 글 역시 곤란하다. 독자가 그
부정적인 감정을 고스란히 떠안게 되기 때문이다. 내 말은
세상을 너그럽게 바라보자는 것이 아니다. 솔직한 분노가
담긴 글도 얼마든지 사랑에서 나올 수 있다. 중요한 것은
어떤 감정을 원천으로 세상을 바라보느냐다.✝

분노를 하더라도 어떤 감정을 원천으로 삼느냐에 따라
다른 언어가 생성된다. 유도라 웰티의 충고를 늘 떠올린다. 자
기방어나 증오심을 바탕에 둔 분노의 언어는 이 감정으로 다
른 세계를 갉아먹으려 한다. 내가 동의하지 않는 이 세계의
어떤 방식, 거부하는 문화, 죽는 날까지 받아들이고 싶지 않은
어떤 '정상' 권력들, 용납하기 어려운 인간들의 행태에 분노하
고 이에 반박하는 글을 쓰려 할 때마다 심호흡을 한다. 할 말
이 없어서가 아니라 어떻게 말해야 하는가에 대한 고민 때문
이다. 단지 분노를 토해내는 글이 되어서는 안 된다. 내가 과
연 그렇게 하고 있는지는 잘 모르겠다. 글쓰기에 대한 거창한
의미 부여 혹은 미사여구를 좋아하지 않는다. 내게는 여러 방

✝ 유도라 웰티 저, 신지현 역, 《유도라 웰티의 소설작법》, 엑스북스, 2018, 156쪽.

생각하는 사람으로 살기 위해 다른 사람의 목소리가 필요하다

식의 표현 중 하나다. 다만 허무와 증오로 귀결되지 않고 궁극에는 나와 타자를 연결 짓는 글이 되기를 늘 갈망한다.

나는 분노한다. 분노에 잠식당하지 않으려고 읽고, 보고, 쓴다. 수시로 우울하다. 우울함과 잘 살아가기 위해 읽고, 보고, 쓴다. 분노와 우울을 오가는 와중에도 오만이 싹튼다. 내 오만을 다스려 무지를 발굴하기 위해 읽고, 보고, 쓴다. 몸을 움직여 이야기를 전하러 가는 그 '북우먼'들처럼 나도 꾸준히 몸을 움직이고 생각을 움직이는 사람이 되길 소망한다. 그렇게 성실하게 세계를 확장하는 것이 아름다움이라 믿는다.

❖

애니 프루

모순의 시대,

인간의
품위에 대하여

❖

Annie Proulx   1935~

소설 같은 일이 벌어졌다. 2월, 드넓은 설원의 아름다운 풍경을 즐기며 노스다코타의 시골길을 거쳐 드디어 94번 고속도로를 달리기 시작했다. 차에서 이상한 소리가 들렸다. 마치 바닥에 뭔가 닿는 듯한 소리인데 바닥은 전혀 울퉁불퉁한 길이 아니었다. 일시적으로 눈길에 미끄러지면서 나는 소리라고 생각하기엔 꽤 거슬리는 소리였다. 계기판을 보니 속도가 점점 떨어지고 있었다. 목적지인 메도라까지는 아직 40여 분 남았다. 갓길에 차를 세우고 심호흡을 했다. 다시 부릉~ 시동을 걸었으나 이제는 아예 시동조차 걸리지 않았다. 그렇게 갑자기 고속도로에서 멈췄다. 큰일이군. 진짜 큰일이 났다. 이 말만 한 뒤 주변을 둘러보았다. 우로 보나 좌로 보나 새하얀 풍경. 방금 전까지 아름답던 설원이 이제 오싹한 기운으로 다가왔다. 밸런타인데이를 앞두고 로맨틱한 로드무비로 시작한 여행은 순식간에 공포 어드벤처로 장르를 전환했다.

영화 〈컨택트〉(2016)에서 외계 비행물체가 내려온 곳이 바로 몬태나의 94번 도로 근처다. 이 94번 도로가 지나가는 곳 중에서 노스다코타와 몬태나는 황량하기 그지없다. 그 황량한 곳에 우리는 비행물체도 아니면서 멈춰버렸고, 당연히 비행물체처럼 관심받지도 못한 채 가끔 지나가는 차의 진동을 느끼며 앉아 있었다. 커다란 트럭이 지나갈 때면 우리의 낡은 차는 심하게 흔들렸다. 차가 다니지 않을 때 일단 차 문을 열고 밖으로 나갔다. 영하 25도의 날씨에 칼바람이 불어왔다. 운전석 앞쪽의 보닛에서 연기가 올라왔다. 아래로는 검은 액체가 떨어졌다. 타는 냄새가 났다. 차 안에 있자니 혹시 폭발 사고가 날까 봐 불안하고 차 밖으로 나가자니 혹독한 추위와 거친 바람 때문에 오래 버티기 어려웠다. 난감하게 우왕좌왕하며 911을 불러 경찰이 오고 견인차가 올 때까지 시간은 한 시간이나 소요되었다. 우리 차는 바닥에 액체를 남긴 채 견인차에 올랐다. 나는 애니 프루의 단편 〈가죽 벗긴 소〉의 주인공 심정이 되었다.

렌터카를 이용해 다음 날 시어도어 루스벨트 국립공원으로 가 눈 위에 무리를 지은 들소를 보며 감탄했지만 내려오는 길에 차가 미끄러져 눈에 처박혔다. 아아아악~ 비명소리와 함께! 눈에 파묻힌 차를 꺼내려니 삽이 없다는 사실을 알았다. 견인차에 끌려간 우리의 열여섯 살 혼다 시빅 안에 삽이 있다. 렌터카로 짐을 옮기면서 "눈에 처박힐 일은 없을 거야"라며 삽은 옮기지 않았다. 이런, 그러고 보니 〈가죽 벗긴 소〉의 주인공도 눈에 처박혔을 때 공구 상자를 자신의 차에서 옮기지 않은 사실을 알고 통탄했었다.

〈가죽 벗긴 소〉의 줄거리는 대충 이렇다. 60년 전 고향인

애니 프루

와이오밍을 떠나 현재는 매사추세츠에 사는 80대 주인공이 어느 날 동생의 부고를 듣고 고향으로 향한다. 매사추세츠에서 와이오밍까지 그는 자신의 캐딜락을 타고 간다. 나흘이면 도착할 수 있으리라 생각했다. 그런데 아이오와주 디모인에서 느닷없이 사고가 났다. 그는 검은 액체를 흘리며 견인차에 끌려가는 자신의 차를 침통하게 바라본 뒤, 곧장 똑같은 캐딜락을 중고로 사서 다시 와이오밍으로 향한다. 한밤중 와이오밍에 도착했지만 그의 차가 눈에 빠지고 만다. 차를 눈 속에서 꺼내려 할 때 그는 알아차린다. 그의 차가 견인차에 실려 갈 때 늘 트렁크에 넣고 다니던 공구 상자를 옮기지 않았다는 사실을.

나는 경찰을 부를 수 있었지만 소설 속 주인공은 그런 상황조차 못 됐다. 게다가 한밤중이었다. 핸드폰도 없다. 그는 이제 어떻게 될까. 가족의 부고를 듣고 장례식에 참석하러 가는 길에 계속되는 악재. 누구의 장례식으로 향하는 길에 마치 본인의 무덤이라도 파는 듯 불운이 겹친다. 이처럼 우리 인생은 전혀 예정되어 있지 않은 사건들과 늘 마주하고, 간신히 살아남거나 비명횡사할 수도 있다.

와이오밍을 읽다

영화 〈쓰리 빌보드〉(2017)의 한 장면. 두 남자가 바에서 당구를 친다. 한 남자가 쿠바에서 동성애자가 얼마나 위험한지 이야기한다. 다른 한 남자가 의아해하며 "그래도 쿠바가 와이오밍은 아니잖아"라고 대꾸한다. 쿠바 정부는 1960~70년대 거대한 정치적 혁명 속에서 동성애자를 수용소에 보낸 적이 있다. 훗날 피델 카스트로는 이에 대해 잘못을 인정했다. 또한 미국 와이오밍주 래러미에서는 1998년 동성애자인 대학생 매슈 셰퍼드가 술집에서 만난 두 남성에게 가혹하게 고문당한 후 살해된 사건이 있었다. 전자는 제도적 박해였다면 후자는 문화적 박해다. 어느 누가 더 나쁜가 따지는 것은 공허하다. 와이오밍에서의 이 사건은 미국에서 증오 범죄 예방 법안의 필요성을 인식하게 만든 계기가 됐다.

1890년 미국의 44번째 주가 된 와이오밍은 '거친 서부'의 이미지가 가득한 미국 서부에서 로키산맥을 품고 있는 주다. 와이오밍은 원주민 언어로 '대초원'이라는 뜻이다. 이 초원은 평평하지 않다. 땅의 융기로 이루어진 이곳의 지형은 무서울 정도로 아름답다. 잘 알려진 옐로스톤은 말할 것도 없고, 빅혼산맥을 넘다가 나는 살아 있음에 감사할 정도로 아름다움에 경도된 적이 있다. 아름다움 속에는 그만큼 모순된 이야기

애니 프루

도 있는 법이다. 미국에서 가장 인구가 적고 정치적으로 보수적 성격이 강하며 황소를 제압하는 로데오 경기가 유명한 와이오밍은 통념적인 남성적 이미지가 넘친다. 카우보이모자와 금속이 박힌 부츠에 청바지는 관광객을 유혹하는 기본적인 패션 품목이다. 어쩐지 클린트 이스트우드의 젊은 시절 이미지가 잘 어울릴 듯한 장소다.

실제로 클린트 이스트우드의 서부영화 〈용서받지 못한 자〉(1992)는 1881년 와이오밍을 배경으로 한다. 카우보이가 성매수 도중 여성의 얼굴을 칼로 그어 흉하게 만든 사건으로 영화는 시작한다. 여자가 자신의 성기를 보고 웃었다는 게 이유였다. 이 사건을 맡은 보안관은 가해자들이 원래 악당이 아니라 평범하게 살아온 성실한 사람들이라며 풀어준다(21세기 한국에서도 많이 보는 상황이다). 대신 가해자들에게 말 몇 필을 술집 주인에게 주라고 명령했을 뿐이다. 성 판매 여성은 술집 주인의 소유물이기에 술집 주인의 재산에 손해를 끼친 죄 정도로 보았다. 이에 분노한 성 판매 여성들은 현상금을 내걸고 가해자를 죽일 사람을 찾는다. 아무리 남자들이 우리 위에 올라탄다고 해도 우리가 말은 아니라며.

이처럼 와이오밍을 배경으로 한 영화들은 대체로 거칠다. 〈셰인〉(1953), 〈브로크백 마운틴〉(2005), 〈헤이트풀 8〉(2015), 〈윈드 리버〉(2017) 등 풍경이 압도적인 영화의 배경

장소이기도 하다. 주로 척박하고 문명에서 멀리 떨어진 장소로 그려진다. 그러나 놀랍게도 와이오밍의 별명은 '평등의 주Equality State'다. 여성이 처음부터 남성과 똑같이 참정권을 가졌으며 1924년에는 넬리 테일로 로스가 미국 최초의 여성 주지사가 되었기 때문이다. 또한 미국 최초 여성 치안판사도 1870년에 와이오밍에서 나왔다. 일리노이에서 노예제도 폐지와 여성참정권을 지지했던 에스더 모리스가 와이오밍에 오면서 여성으로는 처음으로 치안판사가 된다.

와이오밍이라는 거친 지역을 문학의 세계에서 새롭게 빚은 작가가 애니 프루다. 그의 작품은 주로 북미의 시골 지역을 배경으로 농부, 목장 경영인, 일용직 노동자, 자영업자들의 근근한 삶을 다룬다. 프루의 소설 속 남성 인물들의 머릿속은 대체로 말을 타듯이 여자들을 탈 궁리로 가득차 있으며, 이런 남성에게 보기 좋게 한방 먹이는 여성들도 물론 작품에 등장한다. 만약 애니 프루 작품 속의 인물들이 미화된 남성성으로 가득하다면 나는 그의 작품에 매력을 덜 느꼈을 것이다. 기본적으로 인간에 대한 따스한 시선을 유지한 채 모순된 행동들을 유머 있게 까발리는 게 프루의 특징이다.

광활한 영토 위에서 가축을 치며 살아가는 남자들은
자신들과 같지 않은 이들에 대해 일종의 경멸심을 가지게 되기 마련이다. 던마이어 일가는 매일 말을 타고 다니며 자기들이 보고 겪은 일을 기준으로 아름다움이나 종교를 재단했고, 예술이나 지성을 천시하는 태도는 더욱 굳어져 갔다. 그들 주위에는 자기 방식만이 유일하다고 말하는 듯한 경직된 태도, 그러니까 일종의 음울한 거만함이 맴돌았다.✦

변화하는 세계 속에서 과거의 문화를 붙들고 사는 이들은 경제적으로 뒤처지고 문화적으로 소외된다. 프루의 소설에서는 붉은 흙의 냄새와 건초, 짐승의 배설물이 뒤섞인 냄새가 난다. 인물들은 낙후된 고향을 빠져나가려고 하지만 잘 되지 않거나 어렵게 도시로 나갔다가도 매번 다시 돌아오곤 한다. 삶이 황폐해진 그들은 어떻게든 살아보려고 하지만 사회적으로 실패한 인생들이 대부분이다.

제주와 문학을 연결하는 현기영처럼 장소와의 관계를 창작 속에 풀어내는 작가들에게 눈길이 간다. 작가의 개인적 삶만큼이나 작품에 영향을 미치는 요소는 그가 태어나 살아가는 장소의 지리적·정치적 환경이다. 20세기 초에 잭 런던은 알래스카에 갔던 경험으로 《야성의 부름The Call of the Wild》(1903)을 쓸 수 있었다. 동계올림픽을 치른 평창을 9월에 방문하면, 달밤 아래의 경치가 정말 이효석이 표현한 대로 "산

✦ 애니 프루 저, 전하림 역, 〈지옥에선 모두 한 잔의 물을 구할 뿐〉, 《브로크백 마운틴》, f(에프), 2017, 129~130쪽.

허리는 온통 메밀밭이어서 피기 시작한 꽃이 소금을 뿌린 듯이 흐뭇한 달빛에 숨이 막힐 지경"이다. 이효석이 평창에서 태어나지 않았어도 과연 〈메밀꽃 필 무렵〉을 쓸 수 있었을까. 세잔이 그린 〈생트빅투아르산Mont Sainte-Victoire〉(1882~1906) 연작과 정선의 〈인왕제색도〉(1751)가 다른 이유는 재료와 기법의 차이 때문만이 아니다. 산, 그 자체가 이미 다르다. 몸이 '나'라는 사람과 별개가 아니듯, 장소의 지역성은 작가들의 창작에 침투한다. 와이오밍 출신 화가인 잭슨 폴록은 추상표현주의로 가장 잘 알려졌지만 그의 20대에는 〈서부로 가는 길Going-West〉(1935)처럼 지역주의를 드러내는 작업을 했다. 우리는 각각의 단독자이면서 동시에 주변의 흙, 바다, 돌과 연결된 자연의 일부이다.

애니 프루 소설 속의 인물들은 그들이 딛고 선 땅과 밀접한 관계를 맺고 있다. 프루는 미국의 북동부 버몬트에서 30년 이상 살았다. 캐나다와 미국의 접경 지역에 살았던 경험과 프랑스계 캐나다인 부모를 둔 그는 늘 경계에 서 있는 사람들을 다룬다. 주인공들은 주로 지역을 옮기면서 삶을 개선해보려 한다. 불운이 지속되는 삶이지만 뭔가를 찾아 계속 떠날 수밖에 없는 여정 속에 있다. 잘 적응하지 못하고 떠도는 사람들에게 애니 프루는 관심이 많아 보인다.

2016년에 출간된 《바크스킨스Barkskins》도 백인 사회 속에서 원주민으로 살아가는 인물의 부대낌을 다룬다. '바크스킨'은 나무껍질 같은 피부를 가진 사람이다. 프루는 이 소설이 숲에 관한 이야기라고 했다. 숲은 사람들의 삶과 모두 연결된 이야기보따리다. 그에게 자연은 언제나 중요한 소재다. 퓰리처상을 안겨준《시핑 뉴스 *The Shipping News*》(1993)는 뉴욕의 시골에서 일도 사랑도 실패한 별 볼 일 없는 주인공이 아내의 죽음 이후 고향인 캐나다의 뉴펀들랜드로 이주하며 거친 바다를 마주한 채 새롭게 삶의 희망을 찾아가는 이야기다. 희망이 있어서 희망을 갖는다기보다, 삶의 고통을 정직하게 마주하고 끌어안는 자세를 배워간다.

　　잡지 언론인으로 일하던 애니 프루가 본격적으로 소설가로 활동한 시기는 50대에 들어서서다. 53세인 1988년에 첫 번째 소설집을 출간한다. 본명은 에드나 앤 프루이며 애니라는 그의 이름은 엄마의 이모 이름에서 따왔다. 현재는 북서부의 워싱턴에 거주하지만 프루는 오랫동안 캐나다의 뉴펀들랜드와 와이오밍을 오가며 생활했다. 1994년 그는 와이오밍의 새러토가로 이사를 온다. 그렇게 그는 '와이오밍 이야기' 시리즈를 시작한다. 그의 단편 〈와이오밍의 주지사들〉에 역시 와이오밍이 미국 최초의 여성 주지사를 배출한 사실도 언급해 두었다. 1999년에 출간된 단편집《클로스 레인지: 와이오밍 스토리 *Close Range: Wyoming Stories*》는 국내에 '브로크백 마운틴'이라

는 제목으로 출간되었다. 11편의 단편으로 묶인 이 책에 실린
〈브로크백 마운틴〉은 1997년 《뉴요커》에서 처음 발표됐다.
리안 감독이 이 소설을 영화화하면서 가장 대중적으로 알려
진 작품이다. 1998년에 래러미에서 벌어진 동성애자 린치 사
건을 생각하면 와이오밍을 배경으로 두 남성의 비극적인 사
랑 이야기를 쓴 애니 프루의 상상력에 소름이 끼칠 정도다.

2017년 가을 전미도서재단의 평생공로상을 받은 애니 프
루는 수상 소감에서 오늘날을 "카프카적인 시대A Kafkaesque
time"라고 말하며 입을 열었다. 암울하며 모순으로 가득 찬 부
조리의 시대라는 뜻이다. 믿고 싶은 가짜뉴스를 신뢰하며, 불
리한 사실을 외면하면서 소외와 차별의 역사에 일조하는 평
범한 사람들의 평범한 폭력에 무디어지고 있다. 이 모순의 시
대를 어떻게 통과할 것인가.

언젠가 필라델피아의 미국독립혁명박물관에서 남북전쟁
당시 사용된 북을 보았다. 보통 40명 중 한 명이 이 북을 담당
했다고 한다. 전쟁의 시작과 끝을 알리고, 병사들의 기상과
휴식 등을 알리기 위해 전투에서 북과 피리 같은 악기를 활용
했다. 내가 본 북에는 당시 병사가 남긴 그림이 그려져 있었
다. 누군가를 죽이거나, 곧 자신이 죽을지 모르는 그 전장에서
병사는 잠깐의 휴식 시간에 북 위에 낙서를 하며 간신히 자신
의 인간성을 유지하지 않았을까 싶었다.

애니 프루

애니 프루의 말대로 실로 우리는 모순과 부조리로 가득한 '카프카적인 시대'를 통과하고 있다. 여자의 몸을 깔고 앉아 예술을 읊조리는 후안무치의 예술가연하는 인간들. 그러나 이 상황에서도 냉소하거나 절망하지 않고 한 걸음 한 걸음 발을 떼야 한다. 매번 망하지만 매번 새로 사업을 시작하는 와이오밍의 한 가족사를 다룬 애니 프루의 단편 〈어느 가족의 이력서〉처럼 저항의 이력서를 작성해야 한다. 참혹한 전쟁 속에서도 북 위에 그림을 그리는 병사의 심정으로, 스스로의 품위를 포기하지 않으려는 치열함은 시간을 뚫고 살아남는다. 예술도 운동도 거기에 있다.

아무리 인간에게서 도망치려 해도

로키산맥에는 수많은 국립공원이 자리하며, 세계 최초의 국립공원인 옐로스톤을 품었다. 미국의 뉴멕시코, 콜로라도, 와이오밍, 몬태나, 캐나다의 브리티시컬럼비아까지 뻗어나가며 북아메리카의 척추라 불린다. 옐로스톤에서는 조금 '노력하면' 늑대와 회색 곰을 볼 수도 있지만, 나는 노력이 부족한 겁쟁이라 굳이 상위 포식자를 만나려 애쓰지 않았다. 그보다는 지구에서 최상위 포식자인 인간에게서 가끔 멀어지려 한다.

매일 인터넷에 접속하며 살다가 인터넷은커녕 핸드폰도 안 터지고 때로 길이 험하며 풍경이 극단적으로 바뀌는 지역을 경험하며 내가 굉장히 좁은 세계에서 살았다는 자각을 한다. 겁이 많아 대단히 모험적인 삶을 살지 않은 탓인지 경험해보지 못한 혹독한 날씨와 자연 앞에서 나는 쉽게 공포에 잠식당한다. 와이오밍의 그랜드티턴산맥에서 작은 보트를 빌려 바다 같은 호수를 건너는 동안 풍랑이 심했다. 높은 산이 나를 집어삼킬 것만 같고 배를 후려치는 파도에 나는 그대로 휩쓸려갈 듯한 두려움을 느꼈다. 극심한 공포 때문인지 온몸이 뻣뻣하게 굳어가고 결국 호수를 건너지 못한 채 가까스로 배를 물가로 끌고 갔다. 제대로 정박시키지도 못해 모터를 망가뜨렸고, 마침 근처에 있던 사람이 도와줘서 겨우 발을 땅에 디딜 수 있었다. 겁에 질려 울먹이던 내 모습이 지나고 생각하니 창피하지만 그 순간 나는 정말 무서워서 하늘을 향해 고개를 쳐들고 울부짖기 직전이었다. 내가 할 수 있는 건 망가진 배의 모터 값을 지불하는 것뿐이었다! 다행히 날씨가 안 좋아 생긴 일이니 배를 빌린 값은 돌려받았다.

　인간에게서 멀어지고 싶다면서 결국에는 인간의 도움을 갈구하는 내 꼴이 비루해 더욱 서글퍼졌다. 자기 몸을 자기가 알아서 돌보지도 못하면서! "와이오밍의 성문화되지 않은 방침인 '자기 몸은 자기가 알아서 돌보는 것이다'는 식물과 가축

애니 프루

뿐 아니라 사람들에게까지 적용되었"[+]다지만, 식물도 가축도 사람도 실은 서로가 서로를 돌본다.

아무런 문명이 없는 자연 속에 있을 때 거친 날씨 앞에서 순식간에 무력해지는 나 자신을 보니 정말 내가 '아무것도' 아닌 존재로 느껴졌다. 시커멓게 솟아오른 높다란 산맥 앞에서는 물론이요, 높게 일렁이는 파도 앞에서도 나는 쉽게 겁을 먹는다. 개인이 의지와 노력으로 제 삶을 이끌 수 있는 영역은 어디까지일까. 생각보다 많은 일들이 내 의지와 무관하게 벌어진다. 애초에 '극복'할 문제가 아닌데 극복하길 강요받기도 한다.

풍경으로서 거리 두고 볼 때는 감탄하다가 정작 그 안에 들어가서는 당황하고 무력해지는 나 자신을 발견하는 게 그다지 나쁘지만은 않다. 작은 존재임을 인정할 때 얻을 수 있는 위안이 있어서다. 때로는 내가 감당할 수 없는 문제가 많다는 걸 받아들여야 숨을 쉴 수 있다. 게다가 내가 이처럼 작은 존재이니 내가 겪는 고통도 모래알처럼 작은 문제라 여긴다. 내가 모든 문제를 다 감당할 수 없다는 것, 내가 모두 책임질 수 없다는 것, 나의 의지와 노력이 절대적이지 않다는 것. 이것은 무책임하거나 나약해서가 아니다. 오히려 자신의 영향력을 과신하지 않고 오만에서 벗어나는 길이라 생각한다.

✤ 애니 프루, 〈어느 박차 한 쌍〉, 앞의 책, 129~130쪽.

1935년 8월 22일 미국 코네티컷주 노리치에서 태어났다. 버몬트
대학교에서 역사학을 공부하고 서sir조지윌리엄스대학교에서 역
사학으로 석사학위를 받았다. 이후 버몬트주 케이넌에 정착해 낚
시, 사냥, 카누 타기를 즐기며 프리랜서 기자로 활동했다. 1962년
SF 잡지《이프》에 단편 〈세관라운지〉를 발표했으며 포도 재배, 유
제품 요리, 원예에 대한 실용서도 출간했다. 1992년에 출간한 첫
장편소설《엽서》로 펜/포크너상과 구겐하임펠로십을 수상했으며,
이듬해에 펴낸《시핑 뉴스》로 퓰리처상(1994), 전미도서상
(1993), 시카고트리뷴 하틀랜드상(1993), 아이리시타임스 해외
문학상(1993)을 수상했다. 1994년에 와이오밍주 새러토가로 이
주해 20년간 거주하며 와이오밍에 관한 삼부작 단편집《브로크백
마운틴》,《배드 더트》,《그대로 좋아》를 썼다. 단편 〈브로크백 마운
틴〉으로 오헨리상(1998), 전미잡지상(1998)을 수상하고《브로
크백 마운틴》(1999)으로 2000년 뉴요커북어워드 최고의소설상,
보더스오리지널보이시스 문학상, 잉글리시스피킹유니언 앰배서
더북어워드를 수상했다. 〈브로크백 마운틴〉은 리안 감독이 영화
화해 세계적인 인기를 얻었다. 2017년에 미국 문학에 기여한 바를
인정받아 전미도서재단 평생공로상을 수상했다.

애니 프루의 주요 작품

《하트 송과 단편들*Heart Songs and Other Stories*》(단편집, 1988)

《엽서*Postcards*》(장편, 1992)

《시핑 뉴스*The Shipping News*》(장편, 1993), 민승남 옮김, 문학동네,
2019

《아코디언 크라임*Accordion Crimes*》(장편, 1996)

《브로크백 마운틴*Close Range: Wyoming Stories*》(단편집, 1999), 전하림 옮
김, f(에프), 2017

《댓 올드 에이스 인 더 홀*That Old Ace in the Hole*》(장편, 2002)

《배드 더트: 와이오밍 스토리 2 *Bad Dirt: Wyoming Stories 2*》(단편집, 2004)

《그대로 좋아: 와이오밍 스토리 3 *Fine Just the Way It Is: Wyoming Stories 3*》(단
편집, 2008)

《버드 클라우드*Bird Cloud*》(자서전, 2011)

《바크스킨스*Barkskins*》(장편, 2016)

오드리 로드

<u>침묵은 나를</u>
<u>도와주지 않는다</u>

Audre Lorde   1934~1992

오래 앓고 있는 질병이 있는데 갈수록 상황이 썩 좋지 않아졌
다. 의사가 "관리를 잘하셨어야죠"라고 하거나, 나의 질문에
"이건 교과서에도 다 나와 있는 겁니다"라고 답한 적 있다.
의사는 악화된 상태에 대해 나의 관리 부실을 탓하고, 교과서
에도 나와 있다는 의학 지식에 대한 나의 무지를 탓했다. "관
리라는 거 어떻게 하는 건가요?" 의사에게 꾸중을 듣던 나는
속에서 터져 나오는 커다란 한숨(내가 관리를 안 했겠니?)을
간신히 잠재우며 이렇게 반문하는 게 전부였다. 내 몸이지만
내 몸에 대해 더 잘 아는 사람이 의사라는 점은 그의 말 앞에
서 나를 함구하게 했다. 그는 내게서 원인을 찾고, 나를 훈계
할 수도 있으며, 상황에 따라 나를 통제할 수도 있다. 나는 끝
모를 자책에 시달린다.

    10년 가까이 반복적으로 앓던 각막의 질병이 계속 악화
되면서 오른쪽 눈이 실명될 가능성이 있다는 진단을 받았다.
이때 각막이 영어로 cornea라는 것도 알게 되었다. 아프지 않
으면 몸을 이루는 것들의 이름조차 모르고 산다. 손톱보다 작
은 그 각막 하나가 거대한 세계를 모두 암전시킬 수도 있겠다
는 불안이 닥쳤다. 질병이 주는 고통은 육체적 고통과 더불어
사회에서 소외된다는 감정에 있다. 치료를 위해서는 의사와

의 관계도 중요한데 거만하게 나를 가르치는 의사가 영 마뜩잖았다. 마침 담당 의사의 휴가 기간 동안 만난 다른 의사와의 소통이 훨씬 편해서 아예 담당 의사를 바꿨다. 새로 바뀐 의사는 매우 조심스럽고도 깊은 공감을 표하며 이렇게 말했다. "오른쪽 눈은…… '보는 문제'를 걱정하셔야 될 것 같습니다. 그러나 요즘 치료제도 점점 좋아지고, 의사들이 많이 관심을 가지는 질병이니 너무 절망하지는 마세요."

보는 문제. 그는 그렇게 말했다. '보는 문제'가 내게 심각한 문제가 되다 보니 응시, 관점, 시각, 시선 등의 단어 하나하나가 내 동공을 찌르는 느낌이다. 물론 나는 구조맹, 성맹 등의 단어는 사용하지 않는다. 조폭 영화에서 각막 불법 매매에 대한 내용만 봐도 가슴이 벌렁거린다. 한번은 SNS에서 누군가 안구 하나에 1억이니 그저 건강하기만 해도 돈 버는 거라는 '따스하고 재미있는' 말을 하는데 나는 싸늘한 공포에 시달렸다. 타인의 질병서사를 통해 공감대를 찾으려 했지만 그 어떤 질병서사를 찾아봐도 결국 그들도 다 '보는 사람'이라는 사실은 나를 더 절망하게 했다. 말하는 사람은 결국 보는 사람이던가. 괜히 나는 점점 더 내 작은 각막 속으로 파고들어 가는 듯했다. 오히려 나의 고통에만 편협하게 갇힐지도 모른다는 생각이 들었다. 이 '보는 문제'가 나를 앞으로 어디로 데려갈지 알 수 없으나 '보는 문제'를 겪고 있는 내게도 관점과 시선이 있다. 화가 박수근과 아르헨티나 작가 호르헤 루이스 보르헤스 역시 보는 문제에 시달렸던 이들이다.

사람의 몸이 관리에 따라 굴러가지도 않거니와 의대생이 공부하는 교과서를 내가 알 리가 만무하다. 그렇다고 모르고만 살 수도 없다. 제 몸에서 일어나는 일을 스스로 알거나 정의 내리지 못한 채 머물러 있을 수는 없다. 생존을 위해 알아야 한다. 아픈 상태로 살아도 삶은 진행되며 그 삶에서도 우리는 의미를 구해야 한다.

장애나 질병에 대한 서사는 당사자의 목소리보다는 이들을 바라보는 비장애인이나 비환자의 시각에서 더 많이 쓰인다. 질병 중에는 완치가 불가능한 경우도 많고 완치는커녕 결국 그 질병으로 삶을 마감하는 이도 있다. 질병서사를 쓸 수 있는 사람은 그래도 '살아남은' 경우다. 이 살아남기는 반드시 완치를 뜻하는 게 아니다. 대체로 질병과 함께 산다.

고통이 언어가 되어

20세기 중반 이후 '트라우마 회고록' 형식의 글이 많이 나왔다. 그렇게 질병서사pathography는 글쓰기의 한 장르가 되었다. 이 질병서사에서 나는 사회적 약자나 소수자의 목소리와 겹치는 면을 발견한다. 의학의 치료 대상으로 침묵당하는 이들이 적극적으로 서사를 구성한다는 면에서 아픈 사람의 질병 서사와 상대적으로 목소리가 없는 여성의 서사 복원에는 공통점이 있다. 페미니스트인 미국 시인 오드리 로드[+]가 1980년 《암 일기The Cancer Journals》를 쓴 게 우연이 아닐 것이다. 또한 비슷한 또래의 수전 손택은 1978년 《은유로서의 질병Illness as Metaphor》을 출간했다. 두 사람 모두 유방암을 겪었다.[++] 이들의 질병에 대한 회고록은 많은 작가들에게 길을 열었다. 영문학자 스테이시 앨러이모는 이를 두고 살의 실재성을 강조하는 '몸의 회고록material memoirs'이라 부른다. 시인 니키 지오바니는 1990년대에 폐암 진단을 받았고, 1999년 시집 《블루스: 모든 변화를 위해Blues: For All the Changes》를 통해 암 투병을 다룬 시를 공개했다. 질병이 몸을 관통할 때 이 질병은 물질로서 몸만이 아닌 사람의 삶을 관통한다. 몸의 회고록은 젠더와 인종에 대한 과학의 편견에 개입하는 행동이다.

활동가인 페미니스트 조한진희 역시 《아파도 미안하지 않습니다》(2019)를 통해 자신의 질병 관통기를 기록했다. 조한진희는 2020년 동일한 제목으로 아픈 사람들의 목소리를 직접 들려주는 시민 연극도 기획했다. 아서 프랭크의 《아픈 몸을 살다At the Will of the Body》(1991)도 의미 있는 질병서사지만, 백인 남성이며 대학교수가 마주하는 현실은 비백인 여성과는

[+] 오드리 로드는 자신의 이름 Audrey에서 y를 뺀 이름을 더 좋아했다. '오드르'라고 표기하기도 하지만 '오드리'가 더 많이 쓰여서 이 글에서는 '오드리'로 통일한다.
[++] 오드리 로드는 다시 간암이 발병해 사망하고 수전 손택은 백혈병으로 죽는다.

오드리 로드

묘한 차이가 있다.《아파도 미안하지 않습니다》에는 저자가 암 환자 캠프에서 들은 유방암 환자의 사례가 인용되어 있다. "유방암이라는 말을 듣는 순간 병원 옥상에 올라가고 싶었어요. 가서 딱 뛰어내리고 싶더라고요. 넘 창피해서, 남 보기 부끄러워서."✛ 이처럼 다른 질병과 달리 여성에게 유방암은 여성성의 상실이라는 편견에서 자유롭지 않고, 이로 인해 당사자에게 수치심을 안긴다.

오드리 로드는《암 일기》의 첫 장에서 질병서사를 쓰는 목적을 '침묵을 언어와 행동으로 바꾼다는 것'이라 한다. 이 글은 한국에 번역된《시스터 아웃사이더*Sister Outsider*》(1984)에도 실려 있다. "내가 가장 후회하는 부분이 바로 내가 침묵했던 순간들이었다는 점을 깨달았습니다."✛✛ 이 글이 두 책에 모두 실려 있다는 사실은 환자의 침묵과 사회적 소수자의 침묵에 면밀히 들여다볼 점이 있음을 시사한다. 문제를 정의 내리고 말할 수 있는 입장이 누구에게 있는가. 의사가 '아는 사람'이라면 환자는 '알려진 사람'이 된다. 마찬가지로 이 사회에서 발화 권력을 가진 주체들은 '아는 사람'이지만 약자와 소수자들은 그들에 의해 '알려진 사람'이 된다. 사회의 소수자들이 알려진 사람이 되지 않고 스스로 발화하는 사람이 되는 일이 중요한 이유다.《자미: 내 이름의 새로운 철자*Zami: A New Spelling of My Name*》(1982) 역시 자전적 이야기를 통해 다양한 정

✛ 조한진희,《아파도 미안하지 않습니다》, 동녘, 2019, 50쪽.
✛✛ 오드리 로드 저, 주해연·박미선 역,《시스터 아웃사이더》, 후마니타스, 2018, 47쪽.

체성을 고백하고 기록한 책이다. 자신과 엄마, 자매들, 친구, 친구의 엄마, 연인 등 작가에게 영향을 끼친 많은 여성의 이야기가 등장한다. 일종의 트라우마 회고록인 이 책은 저자가 '자전신화biomythography'라 부르는 새로운 장르다.

오드리 로드는 미국 뉴욕주 맨해튼의 북쪽에 위치한 잘 알려진 흑인 밀집 지역인 할렘에서 나고 자랐다. 그의 부모는 카리브해 출신 이민자이다. 법적으로 '시각장애인'일 정도로 오드리 로드는 심한 근시였다. 그는 흑인으로서, 여성으로서, 레즈비언으로서, 또 '보는 문제'를 겪는 사람으로서 모든 면에서 '아웃사이더'의 삶을 살았다. 그가 가진 소외의 결이 그의 생각을 더욱 촘촘하게 짜주었다고 생각한다.

말하기에는 여러 방식이 있다. 여기서 '말하기'는 누가 누구에게 누구의 입장이 되어 말하느냐에 따라 다르다. 모든 말하기에는 입장이 있고 시각이 있다. 사회적 약자와 소수자는 자신을 고백하거나, 누군가의 권력에 도전하는 폭로를 통해 사회에 반향을 일으킨다. 사회의 소수자는 질문을 받는 입장이지 질문할 수 있는 입장이 아니며, 보이는 대상이지 감히 본 것을 말할 수 있는 입장이 아니다. 그러니 침묵을 강요당하는 이들은 계속해서 침묵을 거부해야 한다. "설사 입 밖에 낸 말로 상처를 받거나 오해를 받을 위험이 있다 해도, 말하는 행위는 그 자체만으로 다른 어떤 결과보다 내게 도움이 된

다."✢

　　환자에 머물지 않고 질병을 기록하고 자신의 고통에 대해 말하듯, 여성은 피해자로 남지 말고 자신의 서사를 적극적으로 써야 한다. "내가 누구인지 스스로 정의하지 않으면, 나에 대한 다른 사람들의 환상에 산 채로 잡아먹히게 될 거란 걸 알게 됐다."✢✢ 침묵은 나를 도와주지 않는다.

남성을 연민하며 여성을 침묵시키기

오드리 로드가 특히 강하게 제기하는 문제는 흑인 남성 지식인의 성차별적 인식이다. 민권운동을 하면서도 여성을 억압하는 위치에 있는 흑인 남성 지식인의 모순들. 이 모순을 지적하면 흑인 사회 내부의 균열을 만든다고 비판받곤 했다. 그렇다면 여성은 도대체 '누구'란 말인가. 이 문제는 거론하기 어렵다. 만약 오드리 로드와 같은 흑인 여성이 아니라 백인 여성이 흑인 사회 내부의 성차별을 말하면 이는 젠더가 아니라 인종문제로 비화한다. 흑인 여성이 열심히 목소리를 내면 흑인의 '보편적' 인권운동을 방해하는 것처럼 취급한다. 흑인 여성들의 글에는 늘 이런 문제가 등장한다. 토니 모리슨도 《술라*Sula*》(1989)에서 술라의 입을 빌려 흑인 남성의 감정에

　✢　오드리 로드, 앞의 책, 46쪽.
✢✢　오드리 로드, 앞의 책, 242쪽.

대한 흥미로운 진단을 펼친다.

> 분노와 위안받고 싶은 욕망 사이 어디쯤에서 정점에 이르는
> 징징대는 이야기였다. 그는 이 세상에서 흑인 남자는 힘든
> 짐을 지고 살아간다는 말로 이야기를 끝맺었다. 그는
> 자신의 이야기가 따끈한 우유 같은 위로를 받기에 딱 맞는
> 이야기라고 생각했다.✝

그러나 '이 구역의 미친년' 술라는 이 남자가 기대하는
'따끈한 우유 같은 위로'가 아니라 유통기한 지난 우유 같은
시큼하고 텁텁한 비웃음을 날린다. 이 세상에서 흑인 남자보
다 더 흑인 남자를 사랑해주는 사람은 없다고 말하며 흑인 남
성들만의 강력한 연대를 비꼰다. 흑인 여성에게 위안받으며
흑인 남성이 세상에서 가장 불쌍한 사람인 듯 '징징거리는' 태
도를 모리슨이 문학적으로 풀어냈다면 로드는 직설적 언어를
사용해 비판적으로 분석한다.

흑인 남성 지식인들은 성차별주의에 대한 흑인 여성의
문제 제기를 남성다움을 공격하는 것으로 받아들여 흑인 페
미니스트를 비난한다. 나아가 흑인 여성들이 흑인 남성을 이
해해야 한다고 주장한다. 흑인 남성들에게서 나타나는 폭력
은 그들이 백인들에게 당하는 인종차별과 사회적 계급 차별

✝ 토니 모리슨 저, 송은주 역, 《술라》, 문학동네, 2015, 148쪽.

때문이기에 이러한 폭력성은 '연민'의 대상으로 여긴다. 한국에서 여성들이 겪는 문제와 흡사하다. 마치 직장에서 스트레스를 받은 남성 가부장이 가족들에게 행사하는 폭력을 이해해야 한다고 주장하는 꼴이다. 흑인 여성이 겪는 폭력은 늘 이런 식으로 '더 중요한' 계급과 인종차별의 부산물로 왜곡된다. 피해당사자가 오히려 가해자를 연민하며 이해해주길 바라는 해로운 문화가 깔려 있다.

《시스터 아웃사이더》는 '망치'라는 연극에 오디션을 보러 갔다가 흑인 여성이 실제로 망치에 맞아 죽는 충격적인 이야기를 소개한다. 픽션이 아니라 실제 벌어졌던 사건이다. 1978년 디트로이트에서 스무 살의 흑인 여성이 배우 오디션을 보러 간 현장에서 극작가인 흑인 남성에게 망치로 맞아 죽었다. 살인 동기는 "어떤 느낌인지 궁금해서"라고 했다. 이 사건은 모든 흑인 여성들, 나아가 모든 여성들에게 벌어질 수 있는 일이다. 이러한 폭력조차 두둔하는 흑인 남성 지식인이 있었다는 사실이 더 놀랍지만, 오늘날 한국의 모습도 크게 다르지 않다. 남성을 연민하며 여성을 침묵시킨다. 사회가 여성에게 허락한 범주를 벗어나야 한다.

로드는 분노를 "반드시 유해한 것만은 아닌 불쾌한 정념"이라 한다. 여성들이 가장 적극적으로 억압당하는 감정이 분노다. 결국 제 분노로 자신을 공격하는 극단적인 선택을 하도록 한다. 분노는 잘 활용해야 하는 감정이지 무조건 배척하고 부정적으로 감출 필요는 없다. 경험이 권력이 되는 사람이 있는가 하면 경험이 약점이 되는 사람이 있다. 후자가 대체로 사회의 약자다. 이들은 제 경험을 개인적 약점으로 만들지 않으면서 공론화시키기 위해 이중노동을 해야 한다. 이 이중노동이 버거워 침묵을 선택하기가 쉽다. 침묵을 언어와 행동으로 바꾸는 작업이 결코 쉽지 않으나 서로가 서로의 말을 독려하며 살아남아야 하지 않겠는가.

살아남은 자들의 목소리

살아남자. 살아남자.

'세상은 사는 것이 아니라 견디는 것.' 어릴 때는 좋아하지 않았던 말이다. 유하의 시를 좋아하던 고등학교 때 국어 선생님은 자주 이렇게 물었다. "세상은 사는 것이 아니라······ 뭘까?" 그러면 우리는 묵묵부답. 선생님은 스스로 묻고 스스로 답했다. "견디는 것." 누군가는 그 말에 감동했고, 누군가는 당장 유하의 《세상의 모든 저녁》(1993)을 도서관에서 빌려 읽었다. 나는 이해하지 못했다. 정확히는 거부하고 싶었다. 세상을 견뎌? 왜 그렇게 삶을 소극적으로 살아? 왜 그렇게 암

오드리 로드

울해? 난 삶을 쟁취할 테야!

도전하는 삶을 추구하던 나는 삶을 '견디는 것'으로 대하는 태도에서 거리 두고 싶었다. 10대의 나는 그랬다. '열정'과 '의지'라는 단어를 좋아했다. 살다 보니 견뎌야 하는 순간이 너무 많아 나는 그때 국어 선생님의 담담한 표정을 자주 떠올린다. 견딘다는 것은 소극적인 태도가 아니라 오히려 엄청난 힘을 필요로 하는 적극적인 태도라는 걸 뒤늦게 알아갔다. 자신을 지키기 위해 견뎌내야 할 일이 너무나 많다. 언제부터인지 나에게도 '나 자신으로 살아남기'가 큰 과제가 되었다. 세상을 바꾸지는 못해도 나를 짓밟으려는 힘에 맞서는 것, 그것만으로도 어마어마한 힘이 든다. 살아남아야 해. 살아남아야 해. '견딘다'라는 말도 거북해하던 나는 어느새 그렇게 살아남아야 한다고 중얼거린다.

연극 연출가 이윤택이 성폭력으로 유죄판결을 받았다. 그가 18년간 '관행으로' 저지른 폭력에 비하면 그의 형량 6년은 아무것도 아니다. 그러나 이윤택이 누리던 위상은 이제 전과 다르다. 적어도 그의 폭력은 세상에 알려졌다. 안희정도 비서 성폭력으로 2019년 대법원에서 유죄 확정판결을 받았다. 성폭력으로 노동권을 침해받은 김지은은 자신의 말하기 이전으로 돌아갈 수 없다. 하지만 안희정도 '김지은의 말하기'가 있기 전으로 돌아가지 못한다. 김지은은 안희정의 성폭력 폭로 이후 유죄가 확정되기까지의 554일간의 기록을《김지은입니다》(2020)에 담았다. '생존기'는 살아남은 자들의 목소리다. 질병에서 살아남은, 전쟁에서 살아남은, 가정폭력에서 살아남은, 각종 고통과 폭력에서 살아남은 생존기야말로 삶을 적극적으로 견딘 자의 서사다. 《김지은입니다》에는 '성폭력 피해자'만이 아니라 한 노동자의 이야기가 담겼다. 통조림처럼 고통에 갇히지 않고 세상 밖에서 살아남으려는 자가 견뎌낸 이야기다.

여성의 성폭력 생존기도 일종의 트라우마 회고록이며 이는 궁극적으로 저항서사다. 질병이 흔적을 남기듯, 폭력도 사람의 몸과 마음에 흔적을 남긴다. 성폭력 피해자를 '피해자'라고만 하지 않고 '피해 생존자' 혹은 '고발자'라고 하는 이유는 그의 삶을 '피해' 안에 가두는 오류를 범해선 안 되기 때문이다. 성폭력 피해는 극복과 치유의 대상으로 머무르기보다 적극적으로 공유되어야 하는 이야기다. 말하지 않는 피해자가 진정한 피해자가 되는 문화를 휘청거리게 하기 위해서는 기를 쓰고 말해야 한다. 그것이 침묵을 언어와 행동으로 바꾸는 방식이다.

1934년 2월 18일 미국 뉴욕 할렘에서 태어났다. 어릴 적부터 글을 쓸 때 시를 인용했고, 열두 살 때부터 직접 시를 쓰기 시작했다. 고등학교 때 학교 문예지가 자신의 시를 거부하자《세븐틴》에 투고해 시를 실었다. 졸업 후 1년간 멕시코국립대학교에서 공부하며 레즈비언 시인으로서의 정체성을 확립했다. 뉴욕으로 돌아와 헌터칼리지에서 문학과 철학을 전공했고, 컬럼비아대학교에서 도서관학으로 석사학위를 받고 사서가 되었다. 이 시기에 그리니치빌리지의 레즈비언·게이 공동체에서 활발히 활동하며 게이인 에드워드 롤린스와 결혼해 두 아이를 가졌다. 1968년 첫 번째 시집《최초의 도시들》을 출간했다. 그 후 미시시피주 투갈루대학교에서 남부 흑인 학생들에게 시를 가르치게 되면서 현실참여적인 작품들을 쓰기 시작했으며, 이를 1970년 출간한 시집《분노의 도화선》에 녹여냈다. 이 시기 롤린스와 이혼하고 투갈루대학교에서 만난 심리학과 교수 프랜시스 클레이튼과 새로운 가정을 꾸린다. 1978년에 유방암 진단을 받았지만 유색인종 여성들의 인권을 위해 활발히 활동했다. 1982년 자신의 다양한 정체성들이 어떻게 자기 삶을 형성했는지를 보여주는 자전신화《자미》를, 2년 후에는《시스터 아웃사이더》를 출간했다. 유방암 발병 이후 6년 만에 간암 진단을 받고 산타크루즈섬에서 아프리카학 교수인 글로리아 조셉과 말년을 보내며 투병했다. 1992년 11월 17일에 58세의 나이로 세상을 떠났다.

오드리 로드의 주요 작품

《최초의 도시들*The First Cities*》(시집, 1968)

《분노의 도화선*Cables to Rage*》(시집, 1970)

《타인이 사는 땅으로부터*From a Land Where Other People Live*》(시집, 1973)

《석탄*Coal*》(시집, 1976)

《검은 유니콘*The Black Unicorn*》(시집, 1978)

《암 일기*The Cancer Journals*》(회고록, 1980)

《자미: 내 이름의 새로운 철자*Zami: A New Spelling of My Name*》(논픽션, 1983)

《시스터 아웃사이더*Sister Outsider*》(에세이, 1984), 주해연·박미선 옮김, 후마니타스, 2018

《우리 뒤의 우리의 죽은 자*Our Dead Behind Us*》(시집, 1986)

《빛의 분출*A Burst of Light*》(에세이, 1988)

《놀라운 거리 산술*The Marvelous Arithmetics of Distance*》(시집, 1993)

《침묵은 당신을 지켜주지 않는다*Your Silence Will Not Protect You*》(에세이·시, 2017)

에이드리언
리치

압제자의 언어를
불태우다

Adrienne Rich   1929~2012

2019년 선대인 경제평론가가 진행하는 유튜브 프로그램 이름
이 '버닝선대인'이었다. 김용민 PD가 운영하는 채널인 '김용
민TV'에서 새로 만든 경제 프로그램이다. 선대인의 이름과
연결해 '버닝선대인'이라고 지었지만 비판을 받고 곧장 '주간
선대인'으로 이름을 바꿨다.

　해프닝으로 넘어가기엔 그리 가벼운 문제가 아니다. 한
국에서 '버닝썬'이라는 이름은 이제 '클럽 내 여성 성폭력'을
상징한다. 이 이름은 한 사람의 목숨을 앗아갈 수도 있는 끔
찍한 성폭력이 경찰과 연예 산업 등 권력과 유착해 벌어지고
있음을 보여주는 열쇳말이 되었다. 클럽 '버닝썬'은 조직적인
성폭력을 은폐하는 하나의 거대한 물리적 장소이며 이 성폭
력에 자본이 개입했음을 암시한다. 가볍게 넘길 구석이라곤
아무리 찾아봐도 없는 이 사안이 누군가에게는 낄낄거릴 언
어유희의 소재일 뿐이다.

　특히 김용민은 이와 같은 '실수'가 처음이 아니라는 점에
서 더욱 심각하다. 이름 한번 잘 지었다며 뿌듯하게 여겼을지
모른다. 김용민은 처음에 페이스북으로 이 프로그램을 "선대인
소장이 자기 한 몸 불태워 만든 경제 뉴스"라고 소개했다. 박근
혜를 비판하는 패러디라며 내놓은 그림 '더러운 잠'처럼, 원본

을 이해하지 못하는 패러디는 잘못된 길로 갈 수밖에 없다.

익히 잘 알려진 사건인 미국 국무장관을 강간하자는 발언부터 나꼼수 비키니 사건까지 김용민은 여러 차례 강한 비판을 받았다. 한두 번은 실수지만 매번 비판을 받았음에도 반복적으로 이런 '실수'가 일어난다면 그게 과연 실수인가. 그는 이번 사건에 대해 "생각이 짧았다"라며 사과했다. 사람이 생각이 짧을 수는 있다. 그러나 짧은 생각이 반복되면 이는 더 이상 '생각이 짧은' 차원이 아니다. 이 짧은 생각들이 연결되고 모여서 이미 그의 세계관을 이룬 셈이다. 왜 생각하지 않는가. 이는 생각이 짧아서가 아니다. 생각하지 않음. 다시 말해 생각할 필요 없는 위치에 있음을 과시하는 일종의 권력 행위다. 이 사회는 그토록 생각이 짧아도 '시사평론가'라는 직함을 유지할 수 있게 해준다. 질 낮은 언어로 구성된 시사평론이 가능한 사회다. 사회 구성원들이 이를 지적 모욕으로 받아들여야 할 텐데, 어쩐 일인지 함께 낄낄거리는 웃음소리가 크다.

버닝burning. '불타는', '타오르는' 등의 의미인 이 버닝은 무언가를 불태워 없애버리는 어떤 열정이며 힘이다. 버닝은 소멸되는 대상과 태우는 힘 모두를 암시한다. 생성과 파괴 모두를 가능하게 만드는 이 버닝은 많은 의미를 품은 은유로 활용된다. 그렇기에 젊은이에 대한 이야기를 만들었다는 이창동 감독의 영화 제목도 '버닝'이다. 이 영화에서 모호하게 사

에이드리언 리치

라지는 젊음은 여성이다. 여성은 야망을 불태우는 젊음의 주체가 아니다. 그 젊음을 타오르게 만드는 불씨로 나타나 결국 불태워지는 대상이다. 젊음을 다루고, 시사를 다루는 등 모든 사회 현안에서 여성은 그야말로 '버닝'의 대상이 되고 있다. 이게 웃긴가.

'버닝선대인'이라는 작명은 바로 강간이 '문화'임을 역설적으로 증명한다. 성폭력은 놀이이며 심각하게 받아들일 사안이 아니기에 이러한 이름으로 장난을 할 수 있다. 불태워버려야 할 것은 무엇인가. 중세 후반에서 근대까지 여성들을 산 채로 불태워 없애버리던 의식이 바로 '마녀사냥'이었다. 은유로서의 '불태움'이 아니라 실제로 일어난 '불태움'. 이 불태움은 오늘날까지 다른 방식으로 이어진다.

2016년 한 여성이 공용 화장실에서 살해되었다. 여성들이 집단적으로 분노와 애도의 목소리를 던졌다. 이런 일은 늘 있지 않았나. 여성의 분노 앞에 이렇게 심드렁한 목소리가 치고 들어온다. 늘 있었던 일이라며 폭력을 무덤덤하게 받아들이고 그 폭력에 익숙해진다. 바로 그 익숙해짐이 폭력을 문화로 만든다. 저항하지 못하도록 만들어 폭력을 재생산하는 터를 만든다. 그렇기에 여성에게 폭력은 한 번으로 끝나지 않는다. 또한 폭력을 명명할 권리를 빼앗으려 한다. 현재도 나무위키는 강남역 근처의 공용 화장실에서 일어난 '여성' 살인사건

을 '강남 묻지마 살인사건'이라는 이름으로 부르기를 고집한
다. 여성 대상의 폭력을 두고 이처럼 이름을 빼앗고 교란하려
한다. 물어야 할 것을 묻지 말라 한다.

압제자의 언어를 태워버리자

저질의 낄낄거림은 반복되고 이에 맞서는 일이 매우 피곤하
다. 그럴수록 '압제자의 언어'를 전복시키려는 강한 의지를 보
여준 시인 에이드리언 리치의 시를 꼭꼭 씹어본다.

> 난 난파선을 탐색하러 내려왔다.
> 단어들이 목적이다.
> 단어들이 지도이다.[+]

〈난파선 속으로 잠수하기〉에서 리치는 남성중심적인 역
사와 신화 속으로 파고들기 위해 언어의 해저로 내려간다.
〈아이들 대신 분서를〉에서는 "압제자의 언어를 가르치느니
차라리 불에 태워버리자"라고 외친다. 불에 태워버리자! 〈이
방인〉에서 "나는 너의 죽은 언어로 설명할 수 없는 살아 있는
정신이다"라고 말하며 여성이 생존자로서 만들어낼 세계의

[+] 에이드리언 리치 저, 한지희 역, 〈난파선 속으로 잠수하기〉, 《문턱 너머 저편》, 문학
과지성사, 2011, 215쪽.

가능성을 탐구한다. 그렇게 여성의 몸은 전쟁터가 아니라 정치적 힘이 되어간다.

　누군가에게는 집단적 트라우마를 남긴 '강남역'과 '버닝썬'이라는 이름을 유희의 대상으로 소비하는 이들과 '우리'는 같은 언어를 사용한다. 그러나 결코 같은 언어를 이해하지 못하는 다른 언어 사용자다. '압제자의 언어'를 분쇄하려는 리치는 '공통 언어에 대한 소망'을 품는다. 듣지 않는 이들과 과연 '공통 언어'를 사용할 수 있을까? 냉소가 밀려올 즈음 "나의 정치의식은 저항과 실패의 결과로 인하여 생겨나고 확장되면서 내 육체 안에 있다"라는 리치의 〈최루탄〉이 날아온다. 따가운 고통의 언어를 견디며 글을 지어낸 여성들이 앞서 언어의 길을 조금씩 닦아준 덕분에 조금 더 편히 걷는다. 이토록 여성의 언어를 들고 싸우려는 다른 여성들이 없었다면 어떻게 정신을 유지했을까 싶다. 알파벳으로 만든 화염병에 불을 붙이자. 언어를 만들어라. 힘차게 던진다. 압제자의 언어를 부숴버려라. 다시 생존자의 언어를 만들어라.

　리치의 말대로 "글을 쓰는 모든 여성은 생존자"다. "나는 살아남아 무한계 안에서만 존재하는 부재하는 명사, 동사이다." 압제자의 언어는 바로 여성의 생존을 방해한다. 오직 '이제는 말할 수 없는' 죽은 여성의 이름을 활용한다. 그렇기에 '장자연 사건'에 여성단체는 뭘 했느냐 빈정거리는 목소리와 버닝썬으로 말장난을 즐기는 목소리는 넓은 교집합을 형성한다. 여성단체는 뭘 했느냐고? '생존자의 언어'는 이러한 말장난을 용납하지 않는다. 여전히 여성들은 열심히 '방사장'을 호명한다. 호명에 응답하지 않는 권력에 '뭘 했느냐'라고 물어야한다.

한 순댓국밥 식당의 이름이 '버닝쑨대국밥집'으로 밝혀져 뭇매를 맞았다. 돈을 벌기 위한 작명 속에서 누군가는 으깨어진다. 버닝쑨대국밥집에서 버닝선대인까지, 이 압제자의 언어를 "싹 다 불태워라".[+]

에이드리언 리치와 아버지의 왕국

가부장제는 여성에게 창조적인 에너지를 주기보다는 '자발적 희생자'가 되기를 부추긴다. 여성은 무한한 사랑을 베푸는 사람이 되기를 권장받는다. 언뜻 아름다워 보이는 이 사랑이라는 이름으로 얼마나 많은 여성들이 착취당했을까. 그 사랑은 어머니의 사랑과 남성에게 순종하는 사랑, 곧 가족을 위한 무한한 희생이다. 여성에게 사랑은 두 가지다. 남성을 향한 이성애적 사랑과 이타적인 사랑. 분노와 야망은 남성의 전유물로 둔 채 여성에게는 남성의 인정과 사랑을 갈구하는 인간이 되

[+] BTS의 〈불타오르네〉 가사.

에이드리언 리치

기를 권한다. 많은 여성에게 고통의 근원을 제공하는 '사랑'. 리치는 《거짓말, 비밀, 그리고 침묵에 대하여*On Lies, Secrets and Silence*》(1976)에서 '사랑'이라는 말 자체를 다시 들여다봐야 한다고 제안한다. 절대적으로 동의한다.

리치는 '완전한' 여성의 삶을 살아가는 모습을 보이고 싶어 20대에 결혼과 세 번의 출산을 모두 '해낸다'. 1950년대 미국에서 바람직한 중산층 여성의 삶이었다. 지금이라고 크게 달라지진 않았다. 상대적으로 덜하지만 여전히 여성이 결혼과 출산을 통해 아내가 되고 어머니가 되는 것이 '진정한 여성의 삶'이라는 신호를 여성들에게 꾸준히 보낸다. 왜 세계 최고의 골프 선수였던 박세리에게 결혼에 대해 묻는가. 여성이 가정을 이루어 가부장제 안에서 역할을 수행하는 것이야말로 '여성으로서의 행복'인 양 가짜 이미지를 만든다.

좋아하는 사진 한 장이 있다. 오드리 로드, 에이드리언 리치 그리고 메리델 르 쉬르가 1980년 텍사스주 오스틴에서 함께 찍은 흑백사진이다. 메리델 르 쉬르는 1930~40년대 미국에서 프롤레타리아문학운동에 참여했던 작가다. 주로 중서부에서 활동한 르 쉬르의 대표작은 미네소타 사람들의 역사를 담은 《노스 스타 컨트리*North Star Country*》(1945)와 《소녀들*The Girls*》(1978)이다. 공산주의자였기에 1950년대 블랙리스트의 피해자였던 그는 1970년대 들어 페미니스트로서 다시 명성을 회복했다. 1970년대에 르 쉬르는 애리조나의 나바호족들과 관계 맺으며 미국의 원주민 터전 착취에도 관심을 갖는다. 인종과 계층을 막론하고 연대하는 이들은 모두 '아버지의 왕국'에 저항한다.

에이드리언 리치는 메릴랜드주 볼티모어의 유대인 가정에서 태어났다. 피아니스트 어머니와 의사 아버지 사이에서 문화적으로 여유 있게 자랐다. 리치는 뉴욕의 대학에서 영문학을 가르치며 시를 썼다. 1951년 첫 번째 시집 《세상 바꾸기 A Change of World》를 출간한다. 1953년에 하버드대학교의 경제학 교수와 결혼했지만, 1970년에 이혼하고 본격적으로 레즈비언 페미니스트로서 활동한다. 1976년 리치는 자메이카 태생 소설가이며 편집자인 미셸 클리프와 동반자 관계를 시작했고 이들의 관계는 리치가 세상을 떠날 때까지 지속됐다. 리치와 클리프는 1981년에서 1983년까지 레즈비언 예술 저널 《시니스터 위즈덤 Sinister Wisdom》을 발간했다. 리치는 이 아버지의 왕국에서 여성의 글쓰기를 독려하기 위해 1977년 비영리 출판 기관인 '여성출판자유기구 WIFP'도 만들었다. 작가로서뿐만 아니라 출판 기획자이며 편집자로서도 리치는 활발히 활동했다.

리치는 서른에 가까워진 1950년대 후반부터 자신의 경험을 쓰기 시작했고, 1976년 《거짓말, 비밀, 그리고 침묵에 대하여》라는 산문집을 내면서 크게 명성을 얻었다. 그는 이 책에서 이전에 발표한《며느리의 스냅사진들*Snapshots of Daughter-in-law*》(1963)이 리치 자신에게 위안이 되었다고 했다. 이전보다 더 여성 주체성에 대한 고민을 드러내는 작품이었기 때문이다. 그럼에도 그때까지 리치는 '나'라는 대명사를 차마 쓰지 못했다고 고백한다. 다른 대표작으로 산문집《피, 빵, 그리고 시*Blood, Bread, and Poetry: Selected Prose, 1966~1978*》(1986)가 있다.《더 이상 어머니는 없다*Of Woman Born: Mother as Experience and Institution*》(1976)에서 그는 여성의 몸을 지배해온 '아버지들의 왕국'의 역사를 본격적으로 파헤친다. 여성은 어떻게 몸과 언어를 지배받으며 불태워졌는가. 여성의 출산을 둘러싼 의학의 역사만 살펴보아도 여성혐오가 어떻게 여성들을 죽였는지 알 수 있다.

그 이름부터 여성의 자궁(혹은 포궁)을 병의 근원으로 보는 '히스테리*Hysterie*'는 여성을 생각이 없는 동물적 존재로 규정한다. 이 비이성적 동물을 합리적으로 지배할 권력이 남성에게 있다고 여기는 가부장 사회에서 여성의 몸과 언어는 폭력적으로 지배받는다.

한끝에는 애팔래치아산맥이나 뉴햄프셔 지방의 농촌에서
타르지로 만든 오두막이 있다. 그곳에는 네 아이를 가진
18살 먹은 어머니가 다섯 번째 아이를 임신하고 있다.
다리는 비정상적으로 부푼 정맥으로 이상한 색을 띠고 있고

배는 이미 늘어져 원상회복이 되지 않으며, 가슴도 이미
처져버렸고, 이는 칼슘 부족으로 썩고 있다. 거의 글을 읽지
못하며 매일 아이 우는 소리로 밤잠을 설치고, 딸린 아이들
때문에 모든 힘이 소진되어버렸다. 피임이나 산전 치료를
한다는 것은 그녀 존재에 대한 통제력을 갖는다는 것을
의미하며 (…) 남편이 그녀를 강간할 때, 그녀는 그것을
강간이라 부르지 않는다.[+]

　　법과 관습을 지배하는 남성 권력이 여성의 신체를 오직
재생산과 성애의 대상으로만 여기며 언어를 통제한 채 어떻
게 착취하는지 극명하게 보여주는 사례다. 많은 여성주의자
들이 몸과 언어에 관심을 갖는 이유는 사회의 약자와 소수자
들이 공통적으로 몸과 언어의 지배를 받기 때문이다. 그러니
압제자에게 깔린 몸과 언어를 구출하러 끝없이 깊고 깊은 해
저를 탐험하기로 한다. 불태워진 '마녀'들은 부활할 테니.

[+] 에이드리언 리치 저, 김인성 역, 《더 이상 어머니는 없다》, 평민사, 2018, 92~93쪽.

1929년 5월 16일 미국 메릴랜드주 볼티모어에서 태어났다. 1951년 하버드대학교 래드클리프칼리지를 졸업하며 펴낸 첫 시집 《세상 바꾸기》로 '예일젊은시인상'을 받았다. 1953년에 하버드대학교 경제학 교수였던 알프레드 하스켈 콘래드와 결혼해 메사추세츠주 케임브리지에 정착해 세 아들을 낳았다. 가정생활에 긴장을 느끼는 와중에 1960년대 여성운동을 통해 가부장제의 모순을 깨닫고 자신의 정체성을 탐구하는 데 몰두한다. 시인이면서 동시에 '사고하는 운동가'로서 여성 작가들의 문학을 새로운 시선으로 보고자 했으며 모성 신화의 해체를 주장했다. 그 과정에서 특정 종교, 백인우월주의, 이성애중심주의에 맞섰다. 특히 역사와 학문의 영역에서도 가려졌던 레즈비언의 존재를 드러내는 데 집중하며 그들의 저항과 성적 유대의 경험을 바탕으로 레즈비언 페미니즘 사상을 펼쳤다. 2012년 3월 27일 캘리포니아주 산타크루즈에서 82세 나이로 타계했다.

에이드리언 리치의 주요 작품

《더 이상 어머니는 없다 *Of Woman Born: Motherhood As Experience And Institution*》
  (논픽션, 1976), 김인성 옮김, 평민사, 2018
《공통 언어를 향한 꿈 *The Dream of a Common Language*》(시집, 1978), 허현숙
  옮김, 민음사, 2020
《거짓말, 비밀, 그리고 침묵에 대하여 *On Lies, Secrets and Silence: Selected Prose, 1966~1978*》(산문집, 1979)
《문턱 너머 저편 *The Fact of a Doorframe: Poems Selected and New, 1950-1984*》(시집,
  1984) 한지희 옮김, 문학과지성사, 2011
    ※ 위 시집에 《세상 바꾸기 *A Change of World*》(1951), 《다이아몬드
    세공사들 *The Diamond Cutters*》(1955), 《며느리의 스냅사진들 *Snapshots of Daughter-in-law*》(1963), 《생존을 위한 필수품 *Necessities of life*》(1966),
    《소엽집 *Leaflets*》(1969), 《변화를 향한 의지 *The Will to Change*》(1971),
    《당신의 조국, 당신의 삶 *Your Native Land, Your Life*》(1986), 《미드나
    이트 샐비지 *Midnight Salvage*》(1999) 등이 포함되어 있다.
《피, 빵, 그리고 시 *Blood, Bread, and Poetry: Selected Prose, 1966~1978*》(에세이,
  1994)
《가능성의 예술 *Arts of the Possible*》(에세이, 2001)
《우리 죽은 자들이 깨어날 때 *Essential Essays: Culture, Politics, and the Art of Poetry*》(에세이, 2018), 이주혜 옮김, 바다출판사, 2020

조라
닐 허스턴

여자를 위해

대신 생각해줄
필요는 없다

Zora Neale Hurston   1891~1960

그것은 왜 정치적이지 않단 말인가

권총과 엽총이 거의 동시에 발사되었다. 남자는 여자를 향해 권총을, 여자는 남자를 향해 엽총을 들었다. 고꾸라진 사람은 남자였다. 여자가 더 빨랐다. 이들은 부부다. 부부가 서로에게 총을 겨눠 남편은 죽었고 아내는 남편을 살해한 죄로 법정에 섰다. 남편을 죽인 아내인 재니는 어떻게 될까. 게다가 이들이 흑인이라면 미국 사회에서 어떤 심판을 받을까.

조라 닐 허스턴의《그들의 눈은 신을 보고 있었다*Their Eyes Were Watching God*》(1937)의 한 장면이다. 이 소설은 오프라 윈프리가 TV 영화로 만들기도 했다. 2005년 핼리 베리가 주연한 이 영화의 조감독으로 참여한 사람은 바로 〈문라이트〉(2016)로 세련된 연출미를 보여준 배리 젱킨스 감독이다. 이 작품들은 모두 플로리다를 배경으로 한다. 그 자신이 플로리다 출신인 젱킨스는 〈문라이트〉에서 바다로 둘러싸인 무덥고 축축한 플로리다의 달빛 아래 푸른색으로 보이는 '흑인'의 성장기를 잘 그려냈다.

플로리다는 거주자 중 스페인어 사용자가 20퍼센트나 되고, 흑인이 17퍼센트 정도 되는 등 비교적 다양한 언어와 사람들로 구성되어 있다. 카리브해의 반도인 플로리다는 스페인에 이어 영국의 지배를 받다가 1845년에 미국의 주가 되었다. 중미와 남미에서는 미국으로 진입하는 위치이며 미국 내에서는 주류 사회에서 '탈출'하는 장소이기도 했다. 백남준이 거주하다 타계한 지역이며 어니스트 헤밍웨이와 테너시 윌리엄스가 한때 거주하며 작품을 생산했던 곳이다. 특히 키웨스트의 헤밍웨이 집은 오늘날 유명한 관광지다.

겨울을 따뜻한 플로리다에서 보내던 헤밍웨이는 여름이면 그가 본 미국의 서부 중에서 가장 아름답다고 극찬하던 와이오밍에서 사냥을 즐겼다. 1930년대에 헤밍웨이는 아예 플로리다 남쪽 키웨스트에 정착했다. 이 시절에 쓴 소설이 《부자와 빈자 *To Have and Have Not*》(1937)다. 그 후 1940년대 말부터 키웨스트에 거주하며 작품을 남긴 작가가 테너시 윌리엄스다. 당시로는 드물게 동성애자임을 감추지 않고 살았던 윌리엄스는 자신의 파트너 프랭크 멀로와 함께 뉴욕과 키웨스트를 오가며 살았다. 윌리엄스가 키웨스트에 거주하던 시절에 쓴 작품 중 하나가 《뜨거운 양철 지붕 위의 고양이 *Cat on Hot Tin Roof*》(1955)다.

이처럼 미국의 굵직한 작가들이 굵직한 작품을 남기며 사랑했던 창작의 장소이자 휴양지인 플로리다. 이 플로리다를 배경으로 흑인 여성이 소설을 쓰면 전혀 다른 세계가 펼쳐진다. 플로리다의 중부에 해당하는 올랜도에서 북쪽으로 15분 정도 차로 달리면 이턴빌이 나온다. 19세기 말부터 마을을 형성한 이턴빌은 미국 최초의 흑인 자치 도시였다. 앨라배마에서 태어난 조라 닐 허스턴이 세 살 이후 이 지역에서 자랐다. 그의 대표작인《그들의 눈은 신을 보고 있었다》의 주요 배경도 이턴빌이다. 올랜도의 팽창으로 이턴빌의 과거 흔적은 많이 사라졌다. 지금은 대도시 올랜도의 위성도시라는 위치에 머물러 있다.

허스턴은 20세기 초 흑인 여성 중에서는 드물게 대학 교육까지 받았다. 허스턴이 1925년에 바너드칼리지에서 인류학을 공부할 때, 그는 그곳의 유일한 흑인 여학생이었다. 작가이기 전에 인류학 연구자였던 그는《내 말에게 전하라 Tell My Horse》(1938)라는 연구서도 출간했다. 이처럼 허스턴은 당시 흑인 여성으로서는 많은 교육을 받고 전문 연구자로 성장해 작가로도 활동 반경을 넓힌 흔치 않은 인물이다. 그럼에도 살아서는 경제적으로 여유롭지 않았고 질병 속에서 고통받았으며, 지금과 같은 명성을 누리지도 못했다.

20세기 초 흑인 문화 부흥기를 일컫는 할렘 르네상스 Harlem Renaissance 시기에 랭스턴 휴스 같은 거장과 함께 활동했고 여러 작품을 생산했지만, 많은 여성 작가들이 그렇듯이 허스턴도 사후에 한동안 잊혔다. 1960~70년대 여성운동과 흑인민권운동의 영향으로 흑인 페미니즘이 부상하면서 허스턴은 재발견되었다. 소수자 운동은 이렇게 지워진 목소리를 되살려

내고 역사를 재구성한다.

이턴빌에는 허스턴의 이름을 딴 도서관과 조라 닐 허스턴 박물관이 있다. 무엇보다 이턴빌에는 해마다 연초에 조라 Zora! 페스티벌이 열린다. 조라 닐 허스턴의 이름에서 따온 축제다. 1990년 첫 번째 조라 페스티벌이 열릴 때 《컬러 퍼플*The Color Purple*》(1982)을 쓴 앨리스 워커가 연설했다. 조라 닐 허스턴을 재발견하도록 일조한 사람이 바로 앨리스 워커다. 그는 발견되지 않은 허스턴의 무덤을 찾아다녔고 1975년에 그 과정을 글로 남겼다. 역사 속에서 많이 지워진 흑인 여성의 목소리를 복구하기 위한 작업이었다. 워커는 실제로 허스턴의 작품에서 많은 영향을 받기도 했다. 할렘 르네상스를 연구한 영문학자 로버트 헤먼웨이가 1977년 허스턴의 전기를 썼으며, 그다음 해 《그들의 눈은 신을 보고 있었다》가 재출간되었다. 그렇게 허스턴은 부활했다.

흑인 남성 작가들은 흑인 여성 작가들의 문학이 비정치적이라고 여겼다. 여기서 정치/비정치의 구별은 남성 중심의 시각이다. 《보이지 않는 인간》으로 유명한 랠프 엘리슨의 경우 매우 지적이고 정치적인 글을 썼다. 《보이지 않는 인간》은 흑인 남성이 백인 여성에게 성적 대상이 되는 문제나 흑인들의 목소리가 어떻게 백인들에게 빼앗기는지 등을 매우 치밀하게 보여준다. 흑인 내부의 계급투쟁과 백인에 대한 흑인의 동경 등 여러 노선을 보여주며 흑인인권운동을 복잡하게 사유하도록 이끈다. 그럼에도 이 뛰어난 작품에는 흑인 여성과 흑인 남성 간의 지배 구조는 놀라울 정도로 잘 드러나지 않는다. '정치적' 문제는 무엇일까. 누구의 문제가 정치화되는가.

한국에서도 여성이 다루는 문제(가족관계, 성폭력, 일상의 노동 등)를 역사성과 정치적인 서사에서 빗나간 이야기로 취급한다. 흑인 남성이 다루는 문학에는 흑인과 백인의 권력 관계는 있어도 흑인 사회 내부의 젠더 권력은 탈락된다. 여성의 자리를 가정에 머물게 만들면서 그 가정 안의 문제와 남자와의 관계에 대해 말하는 목소리를 비정치적인 '사랑 타령' 정도로 취급한다. 자신을 때리고 착취하는 사람에 대해 말하고, 이러한 폭력의 근원을 생각하는 일이 왜 정치적이지 않단 말인가. 허스턴이 흑인 여성으로서 느낀 감정과 흑인 여성의 사회적 위치는《그들의 눈은 신을 보고 있었다》의 초반에 잘 담겨 있다.

흑인 여자들은 이 세상의 노새

백인 남자는 자기 짐을 내려놓고는 흑인 남자더러 그걸 들라고 하지. 어쩔 수 없으니까 흑인 남자는 짐을 집어 들긴

하지만 그걸 짊어지고 나르지는 않아. 그냥 자기 여자
식구들한테 짐을 넘긴단다. 내가 아는 한 흑인 여자들이 이
세상의 노새란다.[+]

"흑인 여자들은 이 세상의 노새"라는 표현은 이 소설을 대표
하는 문장이나 다름없다. 재니의 할머니는 백인 주인에게 노
예로서 착취당했다면, 더 이상 노예 신분이 아닌 주인공 재니
는 세 번의 결혼을 통해 각기 다른 방식으로 자신을 지배하는
남편들을 경험한다. 첫 번째 남편은 아내를 그저 집안의 일꾼
으로만 본 채 무관심하게 대한다. "당신한테 정해진 자리가
어디 있어? 내가 당신을 원하는 곳이면 어디든 당신 자리지."
여자의 자리를 남자의 옆자리에 둔다. 재니는 가출해 남편이
정한 자리를 떠난다.

　　사회의 약자들은 '자리'가 없다. 《그들의 눈은 신을 보고
있었다》에는 허리케인으로 마을이 초토화되는 사건이 등장
한다. 1928년에 실제로 허리케인이 플로리다를 강타했다. 허
리케인으로 수많은 사망자가 발생했을 때 백인의 시신은 나
무로 짠 관에 들어가지만 흑인의 죽은 몸은 그냥 버려진다.
재해나 전시가 아닌 평상시에도 죽은 몸을 색에 따라 분리하
는 사회다. 현관의 입구도 다르듯이 백인과 '유색인종'은 무덤
도 분리되었다. 이 유색인종 중에서도 여성이라면, 그들의 자

[+] 조라 닐 허스턴 저, 이미선 역, 《그들의 눈은 신을 보고 있었다》, 문예출판사, 2014,
25쪽.

　　　　　　　　　　　　　　　　　　　　　　조라 닐 허스턴

리는 더욱더 보이지 않는다.

두 번째 남편은 제법 부유하며 흑인 자치 지역에서 정치적 영향력을 행사하는 인물이다. '사모님'이 된 재니는 처음에는 언뜻 괜찮아 보인다. 그러나 남편은 자신의 사회적 권력을 이용해 아내를 더욱 통제하며 '예쁜 인형'으로 취급한다. "여자들과 아이들, 닭과 암소들에게는 대신 생각해 줄 사람이 있어야 해. 그럼, 분명히 그것들은 스스로 생각할 줄 몰라." 여자와 동물, 아이는 남자 인간의 지배를 받아 마땅한 존재라고 여기는 이 남자는 재니가 스스로 생각하거나 남들 앞에서 말하는 행동을 늘 통제한다. 아내가 마을에서 연설할 기회가 생기자 "아내는 연설에 대해 아무것도 모른다"라며 오히려 그 기회를 가로막는다. 나아가 여자의 자리는 '가정'이라고 못 박는다. 재니는 시간이 흐르며 점차 남편의 말에 끼어든다. 이 '끼어들기'는 '남성성의 권위'를 박탈해버린다. 제 마음대로 안되는 아내 곁에서 남편은 서서히 병들어 죽는다. 정해진 자리를 떠남으로써 첫 번째 남편과 헤어졌다면, 남성의 말에 끼어들면서 재니는 두 번째 남편의 지배에 반발한다.

젊고 매력적인 세 번째 남편 티 케이크는 재니와 서로 사랑하는 사이이긴 하다. 하지만 독자인 나는 그의 세 번째 남편도 전혀 마음에 들지 않는다. 그 역시 재니에게 폭력의 흔적을 남기며 자신의 소유물임을 표시한다. 이 폭력에 대한 작가의 태도는 애매하다. "그녀를 때릴 수 있다는 것은 그녀를 소유하고 있다는 자신감을 그에게 심어주었다. 그것은 절대 무자비한 폭행이 아니었다. 그저 자신이 주인이라는 것을 보여주기 위해 재니의 몸을 몇 군데 살짝 때렸을 뿐이었다"라고 묘사한다.

전반적으로 세 번째 남편에 대한 작가의 애정이 읽히는 구석이 곳곳에 있다. 무자비한 폭력이 아닌 질투에서 유발한 '가벼운' 폭력 정도는 애정 표현의 연장이라는, 어쩐지 작가의 관대한 시선이 읽힌다. 작가의 이러한 시각은 아무래도 시대적 한계가 아닌가 싶다. 이는 그 남자가 '그나마' 재니와 대화가 되는 남자였기 때문이다. 죽음보다 두려운 것이 '오해'일 만큼 재니는 말이 통하는 사람을 갈망했다. 남자가 없이는 생각하지 못하는 말 없는 인형으로 여자를 취급했던 전 남편들에 비하면 세 번째 남편 티 케이크는 재니의 말을 많이 들어주었다. 듣는 남자가 얼마나 귀한지 생각해보면 티 케이크에 대한 재니의 사랑이 이해가 안 되는 것도 아니다. 그래도 여전히 이 작품에서 케이크를 바라보는 작가의 시선에는 온전히 동의하기 어렵다. 게다가 그는 재니의 돈을 허락 없이 가져가 도박으로 탕진한다. 후에 다시 도박으로 돈을 따서 잃은 돈을 회수하지만 허락 없이 남의 돈을 가져가는 행동을 이해해줄 수는 없다.

조라 닐 허스턴

티 케이크의 재니에 대한 '가벼운' 폭력을 바라보는 작가의 한계는 극 중 마을 사람들의 대화에서 찾을 수 있다. 재니의 얼굴에 남은 '가벼운' 폭력의 흔적을 보며 "재니같이 부드러운 여자를 한번 갈겨보면 좋겠어!"라고 말하거나, "누가 주인인지 보여주려고 그녀를 때린 거야"라며 마을 사람들은 감상적으로 이해한다. 이처럼 여성에 대한 남성의 '가벼운' 폭력을 다소 낭만적으로 다룬 한계는 있으나 마지막에 재니가 이 남성의 폭력에서 스스로를 구한다는 점에 방점이 찍힌다.

재니의 마음에 대한 티 케이크의 의심이 짙어지며 둘은 서로에게 총을 겨누는 파국을 맞는다. 재니는 어떻게 되었을까? 살인은 사람이 사람을 죽이는 행위지만 법과 문화적 판결은 죽은 사람의 '색깔'과 성별, 죽인 사람의 '색깔'과 성별에 따라 달라진다. 남편이 아내를 죽였을 때, 아내가 남편을 죽였을 때, 흑인 남성이 백인을 죽였을 때, 흑인 여성이 흑인 남성을 죽였을 때, 모두 다른 판단이 따른다. 한국에서 법은 부부 사이에 일어난 살인을 어떻게 바라보는가. 평생 구타하던 남편이 평소처럼 때리다가 아내를 죽이면 상해치사이지만, 평생 맞던 아내가 남편을 죽이면 계획적 살인이다. 남편을 죽인 아내들은 정당방위를 인정받기 어렵다.

허리케인이 왔을 때 미친개에 물린 뒤 광기에 사로잡혀 왜 자신과 한 침대에서 자지 않냐며 총을 겨눈 남편에 대항해 재니는 방아쇠를 당겼다. 재니의 행위가 정당방위에 해당한다며 재니를 지지한 사람들은 백인 여성들이었다. 인종을 기반으로 한 지배구조를 벗어나 가부장제의 폭력에 맞서는 자매애를 그린 장면이다. 반면 살인죄를 주장하며 무섭게 재니를 비난한 사람들은 흑인 남성들이었다. 남성의 여성살해는 '문화'지만 여성의 남성 살해는 남성 입장에서 상당한 위협으로 다가왔다. 배심원은 백인 여성도 흑인 남성도 아닌, 흑인을 위해 대신 생각하고 여자를 위해 대신 생각하는 백인 남자들로 구성되어 있다. 백인 남성들은 어떤 결정을 내렸을까? 흑인 남자를 죽인 흑인 여성에 대해.

이 작품은 세 번의 결혼을 거친 한 여성의 성장을 보여준다. 그는 할머니의 방식이 아닌 제 방식의 인생을 선택한다. 노예제도 속에서 살아온 할머니는 '백인 마님'처럼 현관 앞에 앉아 쉬는 것이 소원이었다. 백인들과 같은 그 자리에 오르는 것. 재니는 두 번째 결혼을 통해 그와 같은 '마님' 자리를 경험했다. 그 자리 또한 여전히 갇혀 있다는 사실을 깨닫고 높은 의자에 앉아 얌전히 자리를 지키며 침묵하는 마님의 자리에서 벗어나 제 인생을 설계하려 했다. 그에게 세 번째 남편 티 케이크와의 사랑과 결혼은 이렇게 자기 인생을 만들어가는 과정이었다.

마지막에 재니는 남편인 티 케이크의 죽음에도 상복을

조라 닐 허스턴

입지 않는다. 그에겐 남들이 보기 원하는 남편 잃은 여자의 슬픔을 보여줄 겨를이 없다. 그는 일하기 위해 작업복을 입는다. 슬프지 않아서가 아니다. 슬픔에 잠식당하기를 거부할 뿐이다. 가부장제가 원하는 슬픔을 연기하는 데 인생을 낭비하지 않고 제 삶을 살아가며 제 방식대로 애도한다. 여자들은 죽거나, 살아 있다면 상복을 입어야 가장 훌륭한 여자가 된다. 상복을 거부하고 작업복을 입은 재니의 선택이 이 소설의 백미다. 노예도 아니며, 인형 같은 마님도 아닌, 노동하는 독립적인 인간으로 살아남는다.

재니가 곁에 있다면 읽어주고 싶은 시가 있다. 영화 〈인빅터스〉(2009)는 넬슨 만델라가 로벤섬에 갇혀 있는 동안 깊은 감명을 받았던 시, 윌리엄 어니스트 헨리의 〈인빅투스Invictus〉에서 따온 제목이다. 기약 없는 수감생활을 하며 스스로를 단련시키는 사람에게 이 시의 한 구절 한 구절은 큰 위로가 되었을 것이다. 물리적으로 수감되어 있지 않아도 우리는 문화적 수감 생활에서 자유롭지 않다.

아무리 문이 좁아도
아무리 많은 형벌이 내게 주어질지라도 상관없다,
나는 내 운명의 주인:
나는 내 영혼의 선장.

〈인빅투스〉의 마지막 연이다. '운명의 주인'이 되는 삶을 살기가 진짜 어렵다. 운명에 끌려가고 타인이 감옥이 되기 일쑤다. 정복당하지 않은 온전한 나를 지키기란 평생의 과제다. 너의 영혼도, 너의 운명도 모두 너의 것. 결코 정복될 수 없다.

조라 닐 허스턴

1891년 1월 7일 미국 앨라배마주 노타설가에서 8남매 중 다섯째로 태어났다. 세 살에 미국 최초 흑인 자치 도시 플로리다주의 이턴빌로 이사했다. 1904년 어머니의 사망 이후 혼자 힘으로 학업을 이어갔다. 1918년 하워드대학교에 입학해 스페인어, 영어, 그리스어를 공부하고 대학신문을 창간하기도 한다. 1925년 졸업 후 뉴욕으로 가서 아프리카계 미국인의 문화를 표현한 짧은 글 〈용기〉를 《뉴니그로》에 싣는다. 1925년 흑인 여성 최초로 컬럼비아대학교의 명문 여대인 바너드칼리지에 장학금을 받고 입학해 인류학을 공부한다. 1934년에는 베튠-쿡맨칼리지에 흑인들을 위한 연극예술학교를 설립한다. 1936~1937년에는 구겐하임재단의 지원으로 자메이카와 아이티로 여행을 떠나며, 이듬해 그 경험을 바탕으로 민속 연구서 《내 말에게 전하라》를 출간한다. 그로부터 10년 후 마야문명 등 발견되지 않은 문명에 대한 열정을 갖고 중앙아메리카로 여행을 떠나 소설 《스와니강의 천사》을 쓴다. 1948년에 10세 남자아이를 추행했다는 오명을 쓰고 기소되어 삶에 타격을 입는다. 이후 작가, 도서관 사서, 가정부 일을 하며 근근이 생계를 이어나가던 중 중풍을 앓게 되어 강제로 요양원에 입원한다. 1960년 1월 28일 플로리다에서 심장 질환으로 사망했다.

조라 닐 허스턴의 주요 작품

《여정의 끝 *Journey's End*》(시집, 1922)

《밤 *Night*》(시집, 1922)

《열정 *Passion*》(시집, 1922)

《스위트 *Sweat*》(단편집, 1926)

《금박의 75센트 *The Gilded Six-Bits*》(단편집, 1933)

《요나의 박 넝쿨 *Jonah's Gourd Vine*》(장편, 1934)

《노새와 인간 *Mules and Men*》(논픽션, 1935)

《그들의 눈은 신을 보고 있었다 *Their Eyes Were Watching God*》(장편, 1937),
　　이미선 옮김, 문예출판사, 2014

《내 말에게 전하라 *Tell My Horse*》(논픽션, 1938)

《모세, 산의 사람 *Moses, Man of the Mountain*》(장편, 1939)

《길 위의 먼지 자국 *Dust Tracks on a Road*》(논픽션, 1942)

《스와니강의 천사 *Seraph on the Suwanee*》(장편, 1948)

《노예 수용소: 마지막 '블랙 카고' 이야기 *Barracoon: The Story of the Last
　　"Black Cargo"*》(논픽션, 2018)

젤다
세이어
피츠제럴드

노는 여자가
안전할 때까지

Zelda Sayre Fitzgerald   1900~1948

잘 노는 여자들

> 나는 밤마다 나이트클럽boite de nuit에서 졸도 직전까지
> 놀았다.[+]

젤다 피츠제럴드의 단편소설 〈미친 그들〉에서 만난 이 평범한 문장이 예사롭지 않게 다가온다. 한때 "나는 나이트에 가면 새벽 5시까지 놀아"라는 말을 하며 괜히 어깨를 으쓱하곤 했다. '강남역 뉴욕제과 앞'이 약속 장소이던 시절이다. 실제로 새벽 5시까지 나이트클럽에서 논 적은 딱 한 번이다. 그 한 번의 경험으로 나이트클럽이 새벽 5시에 문을 닫는다는 사실을 알았고, 그 후에는 종종 그 한 번의 경험을 써먹었다. 어릴 때 내게 클럽은 잘 놀고 감각 있는 사람들이 모이는 장소라는 이미지가 강했다. 유명한 호텔 나이트클럽에도 두 번 가봤다. 나는 괜히 자랑하고 싶어 '나 거기 가봤다'며 은근히 티를 냈다. 허세였다. 잘 노는 사람을 동경했기 때문이다. 어릴 때부터 '오락부장' 유형의 친구들이 가진 재능을 부러워했다. '놀 줄 아는 사람'에 대한 막연한 동경이 있었던 탓에 과장되게 나의 경험을 부풀려서 떠들어댔다. 이 허세가 얼마나 기가 막히게 웃긴지는 나중에 알았다.

　20세기 초에 '카바레 볼테르Cabaret Voltaire'에서 아방가르

[+] 젤다 피츠제럴드 저, 이재경 역, 〈미친 그들〉, 《젤다》, 에이치비프레스, 2019, 90쪽.

드의 상징인 다다Dada가 탄생했다. 살롱은 18~19세기 프랑스에서 예술과 인문학에 대해 토론하고 사교를 나누던 장소이자 모임이다. 이 살롱은 주로 장소를 제공하는 '마담'이 주도한다. 18세기에 볼테르가 활동하던 살롱의 '마담'은 바로 근대 최초의 여성 과학자인 에밀리 뒤 샤틀레[+]였다. 장자크 루소를 비롯한 남성 지식인들은 이 '마담'들이 지성의 흐름을 주도하는 현상을 마뜩잖게 여겼다.

예술과 지성의 산실이던 카바레도, 살롱도, 이를 주도하던 마담도 지구를 반 바퀴 돌아오니 전혀 다른 의미로 진화했다. 룸살롱은 남성들의 유흥 공간이고 마담은 이 유흥의 장소에서 남성을 접대하는 사람이며 카바레는 성인 나이트클럽이다. '성인'이라는 말이 들어가면 대체로 이상해진다는 사실은 굳이 설명할 필요도 없다. 여성들이 제 집에서조차 '자기만의 방'을 위해 투쟁할 때 남성들은 온 사방에 드나들 '룸'을 만들었다.

누군가에게 나이트클럽은 내가 아는 '춤추는 곳'이 아니다. 춤추러 오는 여자들을 잡아먹으려는 남자들의 만찬장이다. 클럽에서 여성들을 '제공'하기 위해 여성 손님은 무료라거나 할인을 해준다고 광고한다. 여성은 화려하게 다듬어져 나오는 과일과 동격이니 클럽은 제 발로 걸어오는 과일들을 환영할 뿐이다. 여자를 '공급'하고, 이 테이블에서 저 테이블로

[+] 에밀리 뒤 샤틀레는 18세기 초에 활동한 프랑스의 과학자이다. 라틴어로 쓰인 아이작 뉴턴의 《프린키피아Principia》를 프랑스어로 번역하고 독자의 이해를 돕는 상세한 주석을 달았다. 언어학에도 뛰어났던 그는 라틴어, 이탈리아어, 그리스어, 독일어에 능했고 과학 연구뿐만 아니라 번역에도 힘썼다.

젤다 세이어 피츠제럴드

여자를 끌고 가서 상차림으로 올리고, 여자를 시식할 기회를 남자들에게 제공하고, 본격적인 식사를 위해서 일종의 소화제처럼 '물뽕'도 준다. 나는 정말 상상도 할 수 없는 세계다. 아찔하다. 내가 동경하던 유흥의 장소가 실은 폭력과 범죄의 장소임을 알아갔다. 여성에게 혜택을 주는 듯 '무료입장'을 광고하는 곳은 여성의 몸을 유흥의 재료로 사용할 것이다.

'유흥업소'라는 단어를 들었을 때 떠오르는 이미지는 결코 젠더중립적이지 않다. 이 장소에서 일하는 사람의 성별과 '고객'의 성별은 정확하게 나뉜다. 이처럼 유흥이 남성주도적인 사회에서 노는 여자는 타락한 여자다. 창녀의 '창娼'은 '노는계집'을 뜻한다. 노는 여자는 곧 '몸을 파는' 여성이고, 이 몸을 파는 여성은 윤리적으로 타락한 여성으로 취급된다. 성매매 여성을 윤락, 곧 윤리적으로 타락했다는 뜻으로 '윤락 여성'이라 부른다. 성매수 남성을 윤락 남성이라 하진 않는다. 윤리적으로 타락한 이 여성들은 함부로 대해도 된다고 생각한다. 그렇기에 클럽을 찾은 노는 여자를 아무런 죄책감 없이 놀이의 대상으로 대한다. 재즈시대 '노는 여자'의 상징인 젤다 세이어 피츠제럴드의 글에는 20세기 초 파리의 나이트클럽 풍경이 자세히 나온다.

시즌 중의 파리 나이트클럽은 이제 몹시 진지한 산업이다.

웨이터들부터 부담이 보통 아니다. (…) 고객 중에는 업장
측에서 당사자는 알지 못하게 감춰야 하는 고객이 있다.
종려나무 뒤에, 가리개 뒤에, 아니면 콜드 뷔페 뒤에라도.
또한 반대로, 반드시 내보여야 하는, 그래서 십분 활용해야
하는 고객들이 있다. 그런 사람들은 설사 개인적으로는
접근이 어려운 구석자리를 선호한다 해도, 본의 아니게
일종의 사교계 스폰서 위치에 놓이는 것을 좋아하는 사람이
될 수밖에 없다.✢

이처럼 당시 파리의 나이트클럽에는 유명인들이 모이고,
웨이터들은 이 유명인들을 명성에 맞는 자리에 앉히려 애를
썼다. 유흥과 지성이 뒤섞인 이 장소에는 사교와 음악을 즐기
는 사람들이 몰려들었다. 이 나이트클럽에서 젤다의 소설 속
인물은 졸도 직전까지 논다. 왜 그는 유흥에 빠졌을까. 여성에
게 타락의 증표인 유흥은 쟁취해야 할 영역 중 하나다. 젤다
의 수필을 보면 그가 얼마나 '노는 여자'로서 자신을 실험하고
자 애썼는지 알 수 있다. 그가 말하는 권리란 "내일이면 죽고
없을, 속절없기에 더 애틋한 자기 자신을 실험할 권리"✢✢다.
　젤다에게 여성의 꾸밈과 유흥은 그의 표현대로 '존재의
예술'이다. 앨라배마주 몽고메리에서 법관의 딸로 태어난 젤
다는 여자들을 제약해온 보수적인 전통에 자신을 맞추지 않

✢ 젤다 피츠제럴드, 〈재능 있는 여자〉, 앞의 책, 62~63쪽.
✢✢ 젤다 피츠제럴드, 〈플래퍼 예찬〉, 앞의 책, 125쪽.

고 제 욕망을 드러내며 인생을 즐기는 '신여성' 플래퍼flapper였다. 놀이의 대상으로 여성을 규정짓는 사회에서 쾌락을 대놓고 즐기는 여성은 기존의 여성상에 대한 도전이다.

꾸밈 노동은 여성에게 전가되는 성역할이고 오늘날에는 이에 저항하는 '탈코르셋' 운동이 젊은 여성들 사이에서 점점 각광받는다. 그러나 시대에 따라 꾸밈에 대한 해석도 다르고 여성들이 서 있는 위치가 다르기에 각자 도전하는 방향도 다르다. 수필 〈연지와 분〉에서 젤다가 여성들에게 "예뻐져라"라고 외치는 건 외모지상주의가 아니라 '노는 여자' 예찬이다.

> 미국 전체가 할리우드가 되고, 극장에서 비너스가 좌석
> 안내를 하고 살로메가 코트 보관소에서 일하는 그날까지,
> 예쁜 처자들이 더 많아지고, 이미 예쁜 처자들은 더
> 예뻐져라.✢

'미친년'은 어떻게 만들어지는가

이처럼 대놓고 노는 여자로 살아가다 보니 그를 여전히 사치스럽고 남성 편력이 심해 남편을 망친 여자 정도로 기억하는 사람들도 있다. 영화에서는 스콧 피츠제럴드를 정신병에 걸

✢ 젤다 피츠제럴드, 〈연지와 분〉, 앞의 책, 149쪽.

린 아내 젤다에게 헌신하는 남편으로 그리기도 했다. 출판 편집자들이 관심 가질 만한 영화 〈지니어스〉(2016)가 바로 유명한 편집자 맥스 퍼킨스와 토머스 울프의 이야기다. 맥스 퍼킨스는 헤밍웨이와 피츠제럴드의 편집자로도 유명하다. 영화에서 토마스 울프와 맥스 퍼킨스의 호흡보다는 니콜 키드먼이 연기한 엘린과 로라 린니가 연기한 루이스에게 눈여겨볼 지점이 있었다. 울프는 연인인 엘린의 무대 작업에 무관심하며 극작가인 루이스를 한 수 아래의 작가로 대한다. 영화에는 이미 거장이 된 헤밍웨이와 재기를 꿈꾸는 피츠제럴드도 잠깐 등장한다. 여기서 피츠제럴드를 아내 젤다에게 헌신적인 남자로 그려서 조금 웃음이 흘러나왔다. 늘 이런 식으로 두 사람이 재현되기 때문일까.

실제로 젤다 때문에 고생했다며 스콧 피츠제럴드를 안쓰럽게 여기는 시선이 많다. "피츠제럴드가 말년에 젤다 때문에 참 고생이 많았어. 할리우드 진출도 잘 안 되지, 젤다가 나중에 정신병이 걸렸는데 그래도 끝까지 젤다를 돌보고……" 혹은 "젤다가 남자관계가 엄청나게 복잡했거든" 뭐 이런 이야기들. 그럴까? 젤다의 시각에서 보면 전혀 다른 이야기가 펼쳐진다. 플래퍼를 예찬하는 젤다는 당시 사회가 이 '신여성'들을 얼마나 몰아세웠는지 보여준다.

얼마 전 신기한 신문 사설 하나를 접했다. 이 사설은 이혼 사태, 범죄 급증, 물가 상승, 부당 과세, 금주법 위반 사례, 할리우드 범죄들을 죄다 플래퍼의 탓으로 돌리고 있었다.[+]

무척 신기했다. 촛불로 갈아치운 정권에서도 대통령 직속 정책기획위원회에서 20대 남성의 정권 지지율 하락의 원인을 '페미니즘 탓'으로 돌렸던 기억이 난다. 심지어 20대 남성들이 '북핵 이슈'에 대해서 반대한다고 선회한 원인이 "문재인 정부의 '친여성' 정책 기조에 대한 불만의 표시인 것으로 해석 가능"하다고 할 정도로 페미니즘은 현재 남한 사회에서 상당한 괴력을 가진 사상으로 보인다. 너무 비슷하지 않은가! 한 세기 전 미국에서 플래퍼 탓에 물가가 상승하고 범죄가 늘어난다고 했듯이 오늘날 남한에서는 페미니즘과 북핵까지 엮으려 한다.

젤다의 정신질환도 오늘날 시각으로는 딱히 근거가 없다. 창의적인 남성들은 범죄까지 옹호받지만 창의적인 여성들에게는 독창적인 표현이 오히려 정신병의 근거로 작용했다. 여성의 창의적인 에너지를 억압하는 방식이 '미친년 만들기'다. 젤다가 쓴 단편소설이나 산문을 보면 얼마나 저돌적으로 욕망을 드러내려 애썼는지 알 수 있다. 젤다는 입술에 붉은 립스틱을 바르는 행위가 "남자를 직접 선택하겠다는 의지

[+] 젤다 피츠제럴드, 〈플래퍼 예찬〉, 앞의 책, 124쪽.

의 표현"[+]이라고까지 썼다. 선택되는 여성에 머무르지 않으려 얼마나 목소리 높였는지 알 수 있다.

그는 성인이 되면 사교계에 정숙한 신붓감으로 데뷔해야하는 미국 남부 사회를 벗어나려 했다. 플래퍼 여성들은 머리를 자르고 입술을 붉게 바른다. 머리를 짧게 자르는 행위는 전통적인 여성성과의 단절을 뜻한다. 입술에 색을 진하게 바름으로써 정숙한 여성상을 거부한다. 이는 선택받는 인형이길 거부하고 선택하는 사람이 되어 제 욕망을 드러내고 표현하겠다는 의지다.

2013년 미국에서 출간된《Z: 젤다 피츠제럴드에 관한 소설》는 젤다의 시각에서 이야기를 구성한 소설이다. 1940년 12월 20일 몽고메리에서 할리우드에 있는 스콧에게 젤다가 보내는 편지로 프롤로그를 연다. 스콧은 12월 21일에 사망했으니 젤다는 이 편지에 대한 답장을 받지 못했다. 젤다는 '마지막 거물의 사랑The Love of Last Tycoon'이 아주 좋은 제목이라는 이야기로 편지를 시작한다.[++] 그러면서 편집자 맥스 퍼킨스는 어떻게 생각하는지 묻는다.

이 소설 속에서 젤다는 서재가 '아버지의 장소'라는 점, 그 아버지는 여러 곳을 돌아다닌다는 점을 언급하며 상대적으로 자신은 애팔래치아산맥 동쪽으로 넘어가보지도 못했음을 한탄한다. 스콧은 그에게 결혼을 통해 문화적 중심지인 미

[+] 젤다 피츠제럴드, 〈연지와 분〉, 앞의 책, 149쪽.
[++] 스콧 피츠제럴드의 사망 후, 미완성인 채로 평론가이며 작가인 에드먼드 윌슨에 의해《라스트 타이쿤The Last Tycoon》(1941)으로 출판되었다. 1993년에 원래 제목인 '마지막 거물의 사랑'으로 다시 출판되었다.

젤다 세이어 피츠제럴드

국 동부로 이동할 수 있는 기회를 제공한 인물인 셈이다. '남자를 직접 선택하겠다는 의지'는 당시 젤다가 처한 상황에서는 최선의 도전이었다.

젤다는 언론 기고를 통해 스콧이 자신의 일기를 표절한 사실도 능청스럽게 밝힌다. 실제로 젤다의 글은 두 사람의 공동 작업으로 알려지거나 스콧의 이름으로만 출간되기도 했다. 프랑스의 작가이며 '벨에포크의 비너스'라고 불리는 자유분방한 콜레트도 처음에는 남편의 이름으로 글을 출간했다. 얼마나 많은 남성 예술가들이 여성 파트너의 창작에 무관심했고 의도적으로 계속 무시했는지, 때로는 그 여성들의 창작물을 은근히 제 것으로 삼기까지 했는지. 역사는 이 사실에조차 무심하다.

남편인 스콧은 젤다의 출판을 마뜩잖게 여겼으며 젤다의 소설을 '3류'라고 악평했다. 젤다의 작품 중 딱 한 편만 고르라면 나는 〈미친 그들〉을 선택할 것이다. 이 글을 읽고 과연 젤다를 '3류'라고 말할 수 있을까. 스콧은 지속적으로 젤다가 드러내는 '나'를 삭제하려 했다. 스콧은 "그놈의 'I' 좀 집어치울 수 없어? 당신이 대체 뭔데?"라고 말하며 젤다의 원고에서 'I'를 'We'로 바꿨다고 한다. 이렇게 젤다의 '나'는 지워졌다가 다시 복원되었다. 오늘날 젤다는 앨라배마 여성 명예의 전당에 들어갔다.

호텔에서 글쓰기

'호캉스'라는 말이 더는 낯설지 않다. '호텔'과 '바캉스'를 합성한 이 신조어는 호텔에서 휴가를 보낸다는 뜻이다. 호텔이 숙박을 위한 장소에 그치는 게 아니라 호텔 자체가 휴양지가 된다. 호텔에 머물면 무엇보다 큰 장점이 있는데 바로 청소를 하지 않아도 된다는 점이다. 가사 노동에 직접 관여하지 않는 사람은 이 차이를 크게 느끼지 못하겠지만 일상적으로 집 안에서 노동하는 사람에게 호텔은 가사 노동에서 해방되는 장소다. 그러니 호텔이 그 자체로 휴양지가 되는 게 자연스럽다.

게다가 호텔이라는 장소는 숙박 이외에 여러 가지 형태로 만남이 이루어지는 곳이다. 젤다의 에세이 중에서 〈F씨 부부를 방으로 모시겠습니다〉는 피츠제럴드 부부가 결혼하던 해인 1920년부터 1933년까지 그들이 방문한 호텔에 대한 글이다. 미국, 프랑스, 영국, 이탈리아, 캐나다, 아프리카의 여러 휴양지 등에서 그들이 머문 장소를 중심으로 70여 개의 숙소가 언급된다. 최고급 호텔에서 이름 없는 저가 숙소까지 다양하다. 이 장소에서 그들은 때로 미국 출신 작가 혹은 현지의 예술가 들을 만난다. 예를 들면 파리에서 출판인 실비아 비치에게 초대를 받거나 화가 로메인 브룩스를 만난다. 미국에서도 이들 부부는 안정적인 주거 환경을 갖추지 않고 하숙집이

나 호텔 등에서 생활하기도 했다. 또한 두 사람 모두 창작 활동을 위해 돌아다닐 일이 많았을 뿐 아니라, 젤다의 글을 보면 특정 지역에서 여행을 지원받은 적도 있음을 알 수 있다. 당시 유명세가 있는 부부 작가인 그들이 여행 후 글을 쓰면 그 지역이나 호텔이 홍보가 되기 때문이다.

문화적 황금기였던 양차 대전 사이 세계의 예술가들이 파리로 모여들었고 피츠제럴드 부부도 이러한 흐름에 있었다. 젤다는 호텔을 중심으로 돌아다닌 각 지역의 풍경과 사람, 음식 이야기만이 아니라 그곳에서 끊임없이 토론했던 다양한 주제들을 써 내려간다. 젊고, 독박 육아를 하지 않아도 되는 젤다는 열심히 돌아다니며 다양한 경험을 했다. 특별히 '호텔'이라는 숙소에 대해 글을 적어 내려가는 모습이 인상적이면서도 한편으로는 이해가 된다. 집과 호텔의 차이를 절실히 느낄 사람이 누구일까. 집을 떠났을 때 휴식의 공간을 얻을 수 있는 사람은 대체로 여성이다. 물론 젤다는 가사 노동을 많이 하던 사람은 아니었다. 그러나 가사와 육아에 별로 관심이 없었다고 언급되는 사람은 스콧이 아니라 언제나 젤다이다. 호텔은 청소를 신경 쓰지 않아도 된다는 점에서 굵직한 노동의 한 부분을 덜어준다. 어쩌면 젤다는 일찍이 '호캉스'의 가치를 인식한 사람이다.

젤다의 글을 읽다가 최영미 시인이 괜한 구설수에 올랐

던 '사건'이 생각났다. 2017년에 최영미 시인이 불안정한 주거 문제로 고민하다 한 호텔에 1년만 객실을 지원받을 수 있는지 문의한 적이 있다. 적극적으로 호텔을 홍보하고 시 낭송 등의 행사를 진행하는 조건으로 1년간 방을 쓸 수 있으면 좋겠다는 바람을 자신의 페이스북에 게시했다. "도로시 파커처럼 호텔에서 살다 죽는 것"이 로망이라는 말과 함께. 이사가 지겹다는 그의 호소에 절실히 공감한 탓인지 나는 그 발상이 재밌다고 생각했다. 어디까지나 호텔에 제안을 한 것이고 이 제안을 받느냐 거절하느냐는 호텔 측의 결정에 달렸다. 그러나 생각지도 못한 일이 벌어졌다. 마치 최 시인이 호텔에 방을 내놓으라고 갑질이라도 한 것처럼 왜곡되었다.

최영미 시인이 언급한 도로시 파커와 호텔은 실제로 밀접한 관련이 있다. 20세기 초 뉴욕을 중심으로 활동한 시인 도로시 파커는 알곤킨 호텔에서 작가, 비평가, 배우 등의 친구들과 자주 만나 점심 식사를 했다. 1919년부터 1929년까지 지속된 이들의 모임은 '알곤킨 라운드 테이블Algonquin Round Table'이라 불렸으며 당시 하나의 문학 흐름을 형성할 정도로 영향력을 행사했다.

카페와 함께 호텔은 사람이 모이고 만나는 장소로서 '창조적 모임'이 일어나는 곳이다. 불안정한 주거 문제를 해결하는 동시에 사람을 만나기에도 좋은 호텔에서 1년간 거주하며

젤다 세이어 피츠제럴드

글 쓰고 싶다는 시인의 제안이 그토록 사회적 물의를 일으킬
만한 행동일까. 그는 JTBC 〈뉴스룸〉에까지 나와서 해명했다.
호텔과 여성의 조합이 사치와 허영이라는 엉뚱한 결과를 도
출하도록 이끌어 불필요한 잡음을 만들었다고 본다. 호텔, 브
런치, 디저트 등이 여성과 연결될 때 유난히 호들갑스럽게 반
응한다. 그럴 때마다 호텔, 브런치, 디저트 등에 대해 글을 이
어가고 싶은 충동이 인다. 젤다처럼 말이다.

놀이의 대상이 아닌 놀이의 주체가 되어

갖고 놀다. 자신을 우롱한 사람에게 이렇게 따진다. "날 데리
고 놀았구나!" 가벼운 관계는 속어로 '인조이'라고 한다. 서로
가 서로를 유흥의 대상으로 '가볍게' 만나는 관계다. 하지만
한쪽이 일방적으로 놀이의 대상이 된다면 모멸적 관계다.

　성폭행을 자랑하는 남성들이 있는가 하면 연인 사이의
성관계도 숨기는 여성들이 있다. 이때 '성'은 결코 같은 의미
를 갖지 않는다. 누군가에게 성이 놀이의 수단이라면 누군가
에게 성은 목숨 걸고 지켜야 하는 대상이다. 과연 이들에게
함께 노는 관계가 가능할까.

　노는 여자가 안전할 때 이 폭력적 먹이사슬이 끊어진다.

'나'를 집어삼키려는 폭력적 욕망 앞에 굴하지 말고 놀아야 한다. 노는 여자와 정숙한 여자를 분리하는 사회에서 정숙한 여자는 안전한가. 그럴 리가. 정숙한 여자는 남편, 아버지, 오빠 등 가족관계에 있는 남자들이 '알아서 지배하도록' 사회가 내버려둘 뿐이다. 노는 여자가 안전할 때까지 여자들은 제 자신을 실험할 권리가 있다. 그림, 글, 발레 등으로 자신을 열심히 표현하며 실험했던 젤다는 정신병으로 더욱 어려운 상황에 놓였다. 그의 '정신병'은 오늘날이라면 충분히 치료할 수 있는 조울증이나 조현병으로 추정된다. 정신병 진단을 받았을 때도 젤다는 그림을 그렸다. 당시에 정신질환자는 끔찍하게 다뤄졌다. 젤다는 정신병원에서 전기치료를 받기 위해 기다리다가 화재로 꼼짝도 못하고 사망했다. 그의 나이 48세. 스콧이 죽은 지 8년 정도 지났을 때다.

젤다에 대한 이야기를 이렇게 비참하게 마무리하고 싶지 않다. 화가 잭슨 폴록이 즐겼던 요리를 모아놓은 요리책《잭슨 폴록과 디너를*Dinner with Jackson Pollock*》(2015)을 읽고, 타이베이 중정기념관에 전시된 장제스의 밥상을 보고, 유명한 여자들의 밥상이 궁금해져서 찾아본 적이 있다. 실제로《유명한 여자들이 좋아하는 요리법*Favorite Recipes of Famous Women*》이라는 책이 1925년에 출간되었다. 메리 픽퍼드처럼 당대 최고의 영화배우부터 1920년대 중반 미국 사회에서 유명한 여자들이 즐겨 만들던 요리를 각자 소개한다. 음료, 빵, 과자, 샐러드, 수프 등 160개의 다양한 음식이 등장한다. 이 유명한 여성들 중 한 사람으로 역시 젤다도 포함되었다. '요리와 살림에 관심이 없는' 젤다의 아침 식사 메뉴가 나온다. 토스트에 계란과 베이컨을 이용한 비교적 간단한 요리다. 계란을 수란으로 요리하는 걸 보면 그도 나처럼 툭 터져 나오는 계란 노른자를 좋아하는 모양이다.

　나이트클럽에서 죽기 직전까지 놀다가 젤다와 아침 식사를 하면 어떤 기분일까. 젤다는 조지아 오키프의 그림을 보고 이렇게 썼다. "추상이라는 무언의 웅변에 너무나 적절히 담긴 장엄한 열망에 마음을 잃었다. 깊은 감정적 경험이었다."✝ 젤다의 글을 차곡차곡 읽어나가다 보면 방방 뜨는 성격으로 보이던 젤다에게서 깊은 고요를 발견할지도 모른다.

✝ 젤다 피츠제럴드, 〈F씨 부부를 방으로 모시겠습니다〉, 앞의 책, 186~187쪽.

1900년 7월 24일 미국 앨라배마주 몽고메리에서 태어났다. 어릴 때부터 활동적이었고 춤추는 것을 즐겼다. 1918년 군대에 지원해 몽고메리 외곽의 셰리든 캠프에 있던 스콧 피츠제럴드를 만났고, 1920년에 결혼했다. 스콧 피츠제럴드의 첫 소설이 성공을 거두면서 그 역시 유명해졌으며 1920년대 신여성의 아이콘이 되었다. 그 자신도 재즈시대의 중요한 예술가였는데, 장편소설《왈츠는 나와 함께》를 출간하고 희곡《스칸달라브라》를 써서 무대에 올렸으며 잡지에 단편소설과 산문을 기고했다. 1934년에는 뉴욕에서 '때로는 광기가 지혜가 된다'라는 주제로 전시회를 여는 등 전방위적으로 작품 활동을 했다. 두 번째 장편소설《시저의 것Caesar's Things》을 집필하던 중 지병으로 노스캐롤라이나 애쉬빌의 한 병원에 입원했는데, 1948년에 이 병원에서 발생한 화재로 3월 10일에 사망했다. 1970년 전기작가 낸시 밀퍼드가 발표한 젤다의 평전이 퓰리처상 최종 후보에 오른 것을 계기로 젤다는 창작자로서 재조명되었고, 페미니즘 운동의 아이콘으로 떠올랐다. 이와 더불어 젤다의 많은 작품이 스콧과의 공저 혹은 스콧의 이름으로 출간되었다는 문제가 제기되었다. 1992년 앨라배마 여성 명예의 전당에 이름을 올렸다.

젤다 세이어 피츠제럴드의 주요 작품

《왈츠는 나와 함께 *Save Me the Waltz*》(장편, 1932)

《스칸달라브라 *Scandalabra*》(희곡, 1933)

《젤다 피츠제럴드 선집 *The Collected Writings of Zelda Fitzgerald*》(1997)

※이 책에 수록된 글 중 일부가 《젤다: 그녀의 알려지지 않은 소설과 산문》(이재경 역, 에이치비프레스, 2019)에 번역되어 실려 있다.

윌라 캐더

설치고
돌아다니는

여자들

Willa Cather   1873~1947

내가 고등학교 입학을 앞둔 중학교 3학년때, 그해 가을이 되자 한 달 만에 엄마가 운전면허를 따고 곧이어 흰색 중고 프라이드를 샀다. 야간 자율학습을 끝내고 밤 10시가 넘어 교문 밖을 나서는 '여학생'을 집까지 안전하게 데려가기 위해서다. 그렇게 도로 위로 나온 '아줌마'는 남자 운전자들에게 "집구석에서 솥뚜껑 운전이나 하지, 왜 차를 끌고 나왔냐!"라는 소리를 들었다.

30년 가까이 무사고 운전자인 엄마는 운전을 배운 것을 인생에서 잘한 일 중 하나로 꼽는다. 이동수단이 생겼다는 건 단지 생활이 더 편리해졌다는 뜻만은 아니다. 갈 수 있는 장소에 대한 가능성, 상상력이 커진다. '집구석에 처박혀 있어야 미덕'인 여성들에게는 특히 그렇다. 여성의 자리와 이동에 대한 사회의 고정관념은 여성의 삶의 선택권을 제한한다. '남편만 따라다녀야' 사회의 질서를 교란시키지 않는다.

'백마 탄 왕자'는 여성에게 구세주 같은 남자를 그리는 표현이다. 단지 남자가 소유한 재산을 과시하는 표현이 필요했다면 성을 가진 왕자, 다이아몬드를 가진 왕자라고도 할 수 있을 텐데, 왜 하필 '백마 탄 왕자'일까. 여자는 그 자리에 있고 왕자가 '오기' 때문이다. 왕자의 활동 반경은 훨씬 넓다. '인어공주' 이야기 속 왕자는 신부가 될 공주를 보기 위해 배를 타고 멀리 이동하지만, 그 공주는 성스러운 교회에서 좋은 왕비가 될 준비를 한다. 남자의 능력을 과시하는 방식은 꾸준히 이동의 자유와 연결되어 왔다. 제인 오스틴의 《이성과 감성 *Sense and Sensibility*》(1811)에서 엘리너와 매리앤의 오빠의 아내인 패니는 자기 동생 로버트가 요즘 런던에서 얼마나 잘 나가는지 과시하기 위해 사륜마차를 언급한다. 오늘날에는 바로 그 역할을 자동차가 맡고 있다. 남성에게는 재산 목록 중 유독 교통수단이 중요하다. 영역표시를 하듯 돌아다니는 수컷과 선택되길 기다리는 얌전한 암컷으로 성역할을 고정해놓았다.

2018년, 보름 만에 사퇴한 김기식 전 금융감독원장을 둘러싸고 여러 사건이 있었다. 그중 '여성 비서의 해외출장 동행'과 관련된 구설수를 바라보는 시각에서 여성의 돌아다님과 경제활동에 대한 사회의 편견이 드러난다. 하태경 의원은 "남성 의원이 여성 비서와 (출장을) 가는 게 괜찮은 거라고 하면 이걸 참을 수 있는 사람이 있겠나"라며 "저는 와이프가 무서워서 가라고 해도 못 간다"라고도 말했다. 하태경의 발언은 솔직히 지적하기도 피곤할 정도로 유치하고 어리석은 생각이다. 그러나 안타깝게도 이러한 의식이 결코 소수의 생각이 아니기에 가볍게 넘길 수 없다.

남성연대 사회는 집 안의 정숙한 아내와 집 밖의 요부로 여성을 분리한 후 그 두 종류의 여성이 적대하는 구도를 짠다. 나아가 집 밖에서 일하는 여성들은 온전히 자신의 능력이 아니라 남자를 성적으로 유혹해 성공한다는 못돼먹은 편견에 맞서야 한다. 미국 드라마 〈폴리티컬 애니멀스〉(2012)는 힐러리 클린턴을 모델로 한 정치 드라마다. 시고니 위버의 멋진 모습을 볼 수 있는 반면 이 드라마에서 언론계에 종사하는 여성들을 묘사하는 방식이 아주 고약하다. 여성들은 남성 편집장과 애인 관계이거나 적어도 섹스 파트너다. 여성 기자는 자신의 취재원인 국무장관의 아들과 비행기 안에서 술김에 성관계를 한다. 2010년 강용석이 아나운서를 모욕하는 발언을 하거나 2020년 만화가 기안84가 상사와의 성관계 이후 취업하는 여성 이미지를 만들어내듯이, 여성은 결국 자신의 성을 활용해 사회에서 원하는 것을 얻어내는 존재로 그려진다. 이런 현상은 역설적으로 여성을 바라보는 이 사회의 시각을 잘 보여준다.

이렇게 왜곡된 문화 속에서 '일부' 남성들은 비서뿐 아니라 함께 일하는 여성 동료를 집 밖의 아내, 곧 정부처럼 여긴다. 인터넷 검색창에 '여비서'로 검색해보자. "여행 가서 여비서랑 뭐 했나" 등 얄팍한 상상이 넘실거린다. '비서'는 고위인사의 비서실장 또는 비서관이 아닌 한 그 직종 자체가 젠더화되어 있다. 비서와 남성 상사의 관계를 보는 대중의 상상은 진부한 성적 환상에 기초한다. 그래서 〈여비서〉라는 포르노 영화까지 있다. 비서가 성적 서비스까지 해주는 집단 망상에 빠져 있는 사회에서 만들어지는 포르노다.

다시 '여성'과 '출장'을 검색해보길. 여성 전용 출장 마사지가 주르륵 나온다. 여성이 자리를 이동해 업무를 보러가는 상황에 대한 이 사회의 관념과 호기심, 상상력이 어떤 범주에 머물고 있는지 짐작할 수 있다. 여성이 거주 지역을 옮기고, 집을 떠나 먼 곳에서 일하는 서사의 중요성을 다시 한번 절감한다.

개척자 여성들

윌라 캐더는 미국의 대표적인 지역주의 작가다. 네브래스카 최초의 유명 여성이며 '네브래스카 소설'이라 불릴 정도로 지역성에 충실한 글쓰기를 했다. '네브래스카'라는 지명은 주로 오클라호마를 중심으로 살고 있던 원주민 오토otoe의 언어에서 비롯되었다. '평평한 강'이라는 뜻이다. 북서쪽 일부를 제외하고 대체로 밋밋한 대평원이 이어진 네브래스카에서 윌라 캐더는 성장했다. 훗날 그는 여덟 살에서 열여섯 살까지의 삶이 작가에게 중요하다는 말을 했다. 윌라 캐더 자신이 그 시절 동부에서 네브래스카로 이주하면서 미국 중서부의 자연과 사람들에게 많은 영향을 받았기 때문이다. 네브래스카의 척박한 기후와 맞서며 삶을 일구던 북유럽 이민자들과 가까이 살았던 그의 경험은 앞으로 그의 문학적 소재로 발전한다. 1923년 윌라 캐더는 퓰리처상을 수상했다.

캐더가 100여 년 전에 발표한 《나의 안토니아My Antonis》 (1918)는 스콧 피츠제럴드의 《위대한 개츠비The Great Gatsby》 (1925), 이디스 워튼의 《순수의 시대The Age of Innocence》(1920)와 비슷한 시기에 쓰였다. 그러나 《나의 안토니아》에는 동부 대도시에서 화려한 생활을 하는 사교계의 인물들이나 유럽의 중산층 출신 인물이 등장하지 않는다. 척박한 땅으로 이주한 유럽의 가난한 이민자들의 이야기이다. 열아홉 살이던 1892년에 단편 〈피터Peter〉+를 문학 주간지 《마호가니 나무The Mahogany Tree》에 기고하면서 글쓰기를 시작한 캐더는 잡지 편집자와 드라마 평론가를 겸하며 살아갔다. 동성애자이며 평생 독신으로 살았지만, 이때 '독신'은 제도적으로 결혼하지 않았다는 뜻일 뿐이다. 캐더는 40년 동안 친구이자 편집자인 이디스 루이스와 함께 살았다. 루이스 역시 네브래스카 출신으로 윌라 캐더의 문학에 상당히 영향을 미친 문학적 동지다.

1912년 첫 장편 《알렉산더의 다리Alexander's Bridge》를 출간하며 캐더는 전업 작가가 되었고, 다음 해 《오, 개척자들이여!O

+ 〈피터〉는 나중에 《나의 안토니아》에 삽입되었다.

Pioneers!》를 출간했다. 《나의 안토니아》는 그가 이미 문학적으로 명성을 얻은 뒤인 1918년에 출간한 소설이다. 캐더는 1947년 뇌출혈로 사망할 때까지 주로 미국의 네브래스카, 뉴맥시코, 캐나다 등의 낯선 지역에서 삶을 개척하는 여성 이민자들의 이야기를 썼다. 1940년에 출간한 그의 마지막 작품도 19세기 중반 버지니아의 한 백인 여성과 노예 소녀의 이야기를 다룬 《삽비라와 노예 소녀 *Sapphira and the Slave Girl*》이다.

당시 비영어권에서 온 많은 유럽인들은 영어를 몰라 브로커에게 사기를 당하기도 했다. 일부 이민 여성들은 가족 없이 혼자 유럽에서 한 달이나 걸려 바다를 건너와 다시 기차를 타고 중부 내륙의 오지로 온다. 이렇게 험난한 여정을 택하는 이유는 먹고살기 어려워 살길을 찾기 위해서이기도 하지만, 단지 사회 억압을 벗어나 새로운 삶을 찾기 위해서 미국에 오는 경우도 있었다. 돈이 넉넉하지 않은 경우에는 이미 도시가 형성된 동부가 아니라 아직 주인 없는 넓은 땅이 있는 내륙으로 들어왔다. 이들은 토굴 같은 흙집을 짓고 살면서 삶의 터전을 만들어갔다.

《나의 안토니아》에는 다양한 성격을 가진 젊은 여성들이 나온다. 이 소설 속의 시골 여성들은 대부분 자기 아버지의 빚을 갚아주거나 동생들을 학교에 보내기 위해서 일거리를 찾아 '블랙 호크'로 불리는 조금 더 큰 마을에 나와 산다. 어

쩜! 여자들의 삶은 동서고금을 막론하고 이리도 비슷한 점이 많을까. 한국에도 '첫딸은 살림 밑천'이라는 아주 못돼먹은 말이 있다. 오죽하면 'K-장녀'라는 신조어까지 있을까. 30대에 남편이 떠나고 아이 일곱 명을 홀로 감당해야 했던 19세기의 피아니스트 클라라 슈만의 경우도 결혼하지 않은 첫 번째 딸이 평생 그의 비서 역할을 했다. 시노다 세츠코의《장녀들長女たち》(2017)은 고령사회에서 장녀의 돌봄노동이 가지는 의미와 고충을 짚은 책이다. 특히 결혼하지 않은 장녀는 보이지 않게 집안을 돌보는 존재다. 나는 장녀다. 나의 고모도 장녀다. 나의 엄마도 장녀다. 아직 내게는 다가오지 않은 일이지만 엄마와 고모를 통해 각각 제 어머니를 돌보는 고통을 간접적으로 경험할 수 있었다.

윌라 캐더는 바로 이 '살림 밑천이 된 여성들'에게 초점을 맞춰 그들을 재정의한다. "황야를 일구는 일을 도우며 자란 맏딸들은 삶에서, 빈곤에서, 어머니와 할머니에게서 많은 것을 배운 사람들이었다."[+] 작가는 그들이 '밑천'으로 소멸되지 않고 어떻게 '배운 사람'으로 성장해가는지 알려준다.

특히 4부는 그 제목이 '개척자 여인의 이야기'이듯이 이민 여성들이 정착해가는 과정을 통해 '개척자'의 다양한 삶을 잘 보여준다. 실은 여성들은 여전히 '개척자'다. 여성은 '사회적 자리'가 좁기 때문에 개척자 정신으로 살아가지 않으면 매

[+] 윌라 캐더 저, 전경자 역,《나의 안토니아》, 열린책들, 2011, 194쪽.

번 하녀의 자리로 돌아가게 된다. 이 작품 속에서 가난하고 영어가 비모국어인 여성들은 노동으로 가족을 먹여살리면서 제 꿈도 이어간다. 하녀 일을 하는 여성들은 주인 남자의 성폭력과 추근거림을 피해다녀야 했고, 호텔에 일자리를 얻으면 '젊은 여자가 하기에 좋지 않은 일'로 취급하는 시선을 견뎌야 했고, 혼자 사는 집에 남자가 드나들면 이웃의 쑥덕거림을 들어야 했다. 이렇게 돈 벌러 읍내로 나온 시골 여성들은 "사회 질서에 위협적인 존재로 간주되었다. 그들의 아름다움은 관습적인 통념에 대조되어 지나칠 정도로 대담하게 빛을 발했기 때문이다."✝

노동자에게는 노동의 장소인 호텔이 '젊은 여성' 노동자에게는 성애의 장소로 바뀐다. 그는 돈을 벌기 위해 호텔에 가는데 주위의 시선은 엉뚱한 곳에 놓인다. 이와 같은 차별적 관념 속에서 여성들의 노동시장 진입은 마치 사회의 성도덕을 교란시키는 타락한 행위인 것처럼 취급받는다.

돌아다니는 발

주인공 안토니아는 자신이 발 딛고 선 그 땅, 네브래스카를 끝까지 떠나지 않고 살아간다. 그는 그 마을을 떠난 사람들이

✝ 윌라 캐더, 앞의 책, 197쪽.

찾아왔을 때 고향 같은 존재가 되어주었다. 다시 그를 찾아온 이 소설의 화자인 짐은 안토니아를 "생명의 풍요로운 광산"으로 표현한다.

젤다 피츠제럴드는 스콧 피츠제럴드의 《아름답고 저주받은 사람들 *The Beautiful and Damned*》(1922)에 대한 서평에서 다른 무엇보다 흥미로운 여성 캐릭터를 장점으로 꼽았다. 오색찬란한 여성 인물에게 호감을 보이며 그는 제니 게르하르트✝, 안토니아, 더버빌가의 테스 같은 여성 인물들이 남자들의 마음에 일으키는 "청승맞은 비애감을 극도로 혐오"한다고까지 말한다. 젤다가 과격하게 표현하긴 했지만 '안토니아 같은 여자'를 몹시 싫어했던 그 마음을 조금은 이해할 수 있다. 늘 그 자리에 있는 여자보다는 돌아다니는 여자가 내게도 훨씬 매력적이다.

게다가 《나의 안토니아》에서는 마치 안토니아처럼 이가 다 빠질 정도로 제 몸을 헌신하면서 대가족을 지키는 여성이 '진정한 아름다움'으로 평가되는 면이 있다. 자신의 전문 영역을 개척하며 도시에서 살아가는 독신 여성보다 안토니아를 참된 여성의 모습으로 바라보는 저자의 시각이 은근히 읽힌다. 나는 주인공 안토니아보다 그의 친구 레나를 더 좋아한다. 물론 이 소설 3부의 제목이 '레나 린가르드'일 정도로 윌라 캐더는 레나의 서사에도 공을 들였다. 어쩌면 안토니아와 레나

✝ 시어도어 드라이저가 1911년 출간한 《제니 게르하르트 *Jennie Gerhardt*》의 주인공.

는 서로가 서로를 인정하며 동경하는 한 사람의 다면적 모습일지 모른다. 마치 토니 모리슨의 《술라》 속 넬과 술라의 관계처럼, 극단적으로 달라 보이는 두 여성은 모두 한 사람의 내면에 자리한 복합적인 정체성이다.

레나는 어릴 때부터 발랑 까진 여자다. 유부남이 레나에게 시선을 흘리자 온 동네가 레나에 대한 소문으로 가득하다. 마을의 목사가 레나를 찾아가 "일이 그렇게 되도록 허용해서는 안 된다"라고 경고하기까지 한다. 레나는 아무 짓도 안 했는데 유부남에게 꼬리 치는 여자가 되어버렸다. "내 곁에서 얼쩡거리는 걸 내가 어쩌겠"냐며 받아치는 레나는 남의 시선에 굴하지 않는다.

땅과 집을 벗어나기 힘들었던 통념적 여자의 삶을 원치 않았던 레나는 '여행하는 상인'이라는 직업을 동경한다. 이 소설 속 시골 마을 사람들의 시각으로 집과 땅을 벗어나지 않는 안토니아는 성실하고 건전하지만 새로운 장소로 이동을 꿈꾸는 레나는 정숙하지 못한 여자다. 옷 만드는 기술을 배워 네브래스카의 시골 마을에서 네브래스카의 주도 링컨으로, 나아가 서부 대도시 샌프란시스코로 자리를 옮긴다. 그는 여자가 항상 집에만 박혀 있길 원하는 당시 남자들의 사고방식이 싫어 결혼도 하지 않는다. 혼자 살면 쓸쓸하니 가정이 있는 게 좋지 않냐는 주위의 권유에 그는 "난 외로운 게 좋아"라고 말하며 가정생활 실컷 해봤으니 가르치지 말라 한다. 이 말은 정말 속 시원하다. 가정생활 실컷 해봤다!

돈을 벌기 위해 서부로 떠난 또 다른 여성 티니는 서부에서 다시 알래스카로 향한다. 그곳에서 선원과 광부들의 하숙집을 운영한다. 급기야 사금광 개발에 투자하는 등 억척스럽게 살아 성공한 뒤 샌프란시스코에 자리를 잡는다. 예쁜 스타킹과 구두로 멋을 부려 시골 마을에서 눈에 띄던 그는, 알래스카에서 일할 때는 동상에 걸려 발가락을 세 개나 잃었다. 티니는 전처럼 뾰족한 구두를 신을 수 없다. 그렇게 몸의 일부를 잃었어도 그는 모험을 했다. 여자에게 정해준 삶의 자리와 역할에 머물지 않았다. 그의 잘린 발가락은 '보여주는 발'에서 '노동하는 발'로 전환하는 티니의 의지를 담고 있다.

돌아다니는 여자에게는 언제나 소문이 따라온다. 남자랑 무슨 관계일까, 가서 뭐 했을까, 여자가 말이야……. 그러거나 말거나, 오늘도 여자들은 설치고 돌아다닌다. 도시를 유랑하는 만보객은 대체로 남성이었다. 런던을 돌아다니며 제 언어로 도시를 스케치한 버지니아 울프의 '런던 산책기'가 반가운 까닭도 여성의 돌아다님이 남성보다 많은 제약을 받았기 때문이다. 예쁜 발에 머물지 않고 여행하는 발, 노동하는 발, 곧제 길을 찾아 나서는 발들을 더 많이 보고 싶다. 움직이는 몸에서 움직이는 생각을 발견한다.

이주는 음식과 함께

속초의 아바이 순대처럼 사람의 이동에는 음식도 따라온다. 19세기 이민자들은 서부로 오는 과정에서 식구들과 가축을 먹이기 위해 기차 안에서도 음식을 했다. 이들은 이주하면서 본국의 종자를 챙겨오고 정착해서는 각자 본국의 조리법을 이어간다. 현지의 식재료와 결합해 음식은 이동을 하면 할수록 그 종류가 무한히 증식한다. 루이지애나의 음식이 프랑스와 스페인 문화의 영향을 받았듯이, 미국 중서부에는 독일 이민자들이 많았기에 다른 지역보다 맥주가 다양하다.

러시아와 보헤미아 출신의 이민자가 등장하는《나의 안토니아》에도 이민자들의 요리가 언급된다. 보헤미아 출신인 쉬메르다 부인은 "나무뿌리를 깎아낸 것처럼 보이는 작은 갈색 조각들"을 짐의 할머니에게 주지만, "코를 찌르는 흙냄새"와 "동물성인지 식물성인지도 구별할 수 없는" 이 정체불명의 식재료를 할머니는 화덕 속으로 던져버린다. 짐은 몇 년 후에 이 갈색 조각이 마른 버섯이라는 사실을 알게 된다. 쉬메르다 부인이 보헤미아의 어느 숲에서 뜯어왔을 소중한 식재료였다.

음식은 때로 가장 쉽게 다른 문화에 스며들지만, 직접 몸에 들어가기 때문에 익숙하지 않은 식재료는 쉽게 혐오받는다. 특히 후각을 자극하는 음식일수록 경계 대상이 된다. 짐의 할머니가 화덕에 던져버린 그 깃털처럼 가볍고 흙냄새가 진한 마른 버섯은 무엇일까. 이 버섯만이 아니라 "오이를 우유로 요리"하면 아주 맛있다는 이야기도 나온다. 소설의 화자인 짐도 이 요리를 궁금해하지만 작가는 더 이상 자세히 알려주지 않는다. 도대체 오이와 우유를 어떻게 함께 요리할 수 있을까. 궁금해서 참을 수 없었다. 소설에 나오는 음식을 만들어 맛보기는 나의 소소한 취미다. 물론 "사과로 속을 넣어 갈색으로 요리한 거위"는 차마 시도하지 못하지만.

빵을 만들면서도 유제품을 사용하지 않던 나는 이 호기심에 결국 굴복해 오이를 우유로 요리하는 방법을 찾아보았다. 구글링을 미친 듯이 했다. 오이 요리할 때 쓰라며 우유를 준 피터는 러시아 출신이며, 이 요리가 맛있다고 말한 안토니아는 보헤미아 출신이다. 동유럽에서 많이 먹는 방식으로 추정한 뒤 열심히 조리법을 뒤졌다. 미국 중서부 오이 요리, 네브래스카 오이 요리, 동유럽 오이 요리, 오이와 우유, 보헤미안 오이 요리, 러시아 오이 요리 등 검색어를 바꿔가며 오이를 우유로 어떻게 요리하는지 찾았다. 우유보다는 요구르트나 치즈를 활용하는 경우가 많았다. 다양한 조리법을 보다가 추측컨대 가장 비슷해 보이는 오이 요리를 발견했다. 오이, 양파, 우유, 식초, 마요네즈, 설탕, 딜, 소금, 후추, 레몬즙으로 만든 샐러드다. 한 미국 여성이 독일 이민자 출신 할머니가 해주던 샐러드라고 썼다. 재료를 갖춘 뒤 쉽게 슥슥 만들었다. 생각보다 익숙한 맛이 느껴졌다. 콜슬로에 양배추 대신 오이를 넣은 맛이라고 해야 할까. 우유가 들어가서인지 콜슬로보다 훨씬 고소했다. 맛을 보니 다음에는 두유를 넣어도 상관이 없겠다는 생각이 들었다. 아삭한 식감과 고소하면서도 상큼한 맛을 느끼며 안토니오와 짐이 힘들게 우유를 들고 걸어가던 모습을 떠올린다.

1873년 12월 7일 미국 버지니아주 고어에서 태어났다. 1895년 네브래스카주립대학교를 졸업하고 피츠버그에서 몇 년 동안 신문, 잡지사 일과 교직 생활을 했다. 네브래스카에서 북유럽 이주민 개척자들과 함께 보낸 10년의 경험을 바탕으로 1912년부터 창작에 전념했다. 이후 네브래스카의 대초원을 무대로 펼쳐지는 거대한 서사시인《오, 개척자들이여!》와《나의 안토니아》를 발표했으며, 개척자 정신이 사라져가는 것에 대한 안타까움을 담은《우리 중의 하나》로 1922년 퓰리처상을 수상했다. 그 밖에 서부 개척자 여성의 허물어져가는 사랑에 초점을 맞춘《방황하는 여인》, 뉴멕시코주 혈거인의 휴식에 대한 동경을 그린《교수의 집》등이 있다. 1927년에는 미국 뉴멕시코 지방을 여러 차례 여행하면서 구상한 작품인《대주교에게 죽음이 오다》를 발표했다. 미국의 대표적인 지방주의 작가이자 네브래스카 최초의 여성 유명 인사였던 캐더는 편집자 이디스 루이스와 39년간 함께 지내며 문학적으로 많은 교류를 했다고 알려져 있다. 1947년 4월 24일에 미국 뉴욕에서 사망했다.

윌라 캐더의 주요 작품

《트롤 가든*The Troll Garden*》(단편집, 1905)

《알렉산더의 다리*Alexander's Bridge*》(1912)

《오, 개척자들이여!*O Pioneers!*》(1913)

《라크의 노래 *The Song of the Lark*》(1915)

《나의 안토니아*My Antonia*》(1918), 전경자 옮김, 열린 책들, 2011

《우리 중의 하나*One of Ours*》(1922)

《방황하는 여인*A Lost Lady*》(1923)

《교수의 집*The Professor's House*》(1925)

《나의 죽여야만 하는 적*My Mortal Enemy*》(1926)

《대주교에게 죽음이 오다*Death Comes for the Archbishop*》(1927), 윤명옥 옮
    김, 열린책들, 2010

《바위 위의 그림자*Shadows on the Rock*》(1931)

《루시 게이하트*Lucy Gayheart*》(1935)

《삽비라와 노예 소녀*Sapphira and the Slave Girl*》(1940)

《윌라 캐더: 글쓰기에 대하여*Willa Cather: On Writing*》(에세이, 1949)

실비아
플라스

피의 홍수는
사랑의 홍수

Sylvia Plath   1932~1963

여성의 미덕은 언급되지 않는 것이다

이희호 김대중평화센터 전 이사장의 별세 소식을 들은 엄마는 '시대의 어른'을 상실한 우울감을 표현했다. 빈소에 가고 싶은데 못 가니 너라도 다녀오라며 전화가 왔다. 이희호의 죽음은 무엇을 의미하는가. 다시 말해 그의 죽음을 추모하는 행위는 오늘날 여성들에게 어떤 의미인가. 손녀딸을 돌보느라 꼼짝 못하는 엄마. 애기 할머니, 동네 할머니, 그냥 아줌마로 불리는 엄마에게 '이희호 별세' 소식은 왜 특별했을까.

야망을 가진 여성이 험난한 굴곡을 모두 헤쳐나가며 '시대의 어른'으로 남아 존경받다가 세상을 떠나는 모습을 매우 귀하게 마주한다. 개인적으로 썩 좋아하지 않고 사용하지도 않는 표현인 '시대의 어른'을 이번에는 의미 있게 생각해본다. 여성의 성장을 방해하는 사회에서 '어른'이나 '스승'은 남성형이다. '시대의 어른'에 대한 이미지는 남성의 얼굴을 하고 있다. '야망'도 남성형이다. 여성이 가진 야망은 단속 대상이다.

많은 여성들이 살아서 제 생각을 말하고 제 뜻을 펼치면서 부패하지 않은 모습으로 존경받고 박수받는 여성의 모습을 갈망한다. 한편 학대당해 죽거나 가부장제에 질식해 스스로 삶을 마친 여성들 소식은 쉽게 접한다. 모르는 사람에게, 아는 사람에게, 가족에게 폭력을 겪어 이 세상을 비참하게 떠난다. 이 비참함마저 가십으로 소비한다. 여성의 죽음은 가십이다. 생물학적으로 사라지지 않더라도 사회적으로 사라진다. 사회가 여성에게 꾸준히 메시지를 보낸다. 작아져라, 낮아져라, 가늘어져라, 끝내는 사라져라! 혹은 희대의 살인마가 되거나 자신의 야망을 실현하는 과정에서 좋지 않은 선례만 남겨 여성들을 되레 위축시키는 인물로 불려나온다.

유명세는 여성에게 안전하지 않다. 2019년, 가수이며 배우인 설리(최진리)의 죽음이 이를 또 한 번 확인해줬다. 살아 있을 때 그를 '관종'이라고 조롱하던 이들은 그의 죽음마저 조롱거리로 삼았다. 설리가 떠난 후 가수 구하라의 죽음이 뒤를 이었다. 이 젊은 여성들의 죽음은 결코 개인적이지 않다.

여성의 미덕은 '언급되지 않는' 것이다. 사라지라는 뜻이다. 가장 훌륭한 여자는 죽은 여자다. 여성의 피해 경험이 사회를 전복시키는 발화로 작용하지 못하게 방해한다. 영원한 '피해자의 자리'에 처박아두고 관음하기 위해 가부장제는 여성에게 '피해자 되기'를 부추긴다.

창작, 곧 공적인 영역에 자신의 생산물을 발표하는 작가가 여성일 때 창작물보다 작가 자체를 작품으로 소비하는 경향이 있다. 비극적으로 죽었다면 더욱 매력적인 소비 대상이다. 대표적인 예로 실비아 플라스가 그렇다. 그의 시보다는 그가 어떻게 죽었는지가 더 회자된다. 여성, 특히 젊고 유명한

실비아 플라스

여성이 스스로 목숨을 끊을 때 이 죽음은 그 자체로 남성연대의 '볼거리'가 되기 때문이다. 그 여성들이 왜 극단적 선택을 할 수 밖에 없었는지에 대해서는 아무런 성찰도 하지 않은 채, 그럴 필요성도 느끼지 못한 채, 그들의 죽음을 자극적 볼거리로 소비한다.

매력적인 시가 많음에도 '실비아 플라스'라는 이름은 내게 꽤 오랫동안 호감을 주지 못했다. 고전이 되어버린 그의 자전소설 《벨 자The Bell Jar》(1963)도 쉽게 좋아하지 못했다. 정확히 말하면, '실비아 플라스'라는 이름에 대한 나의 거리 두기는 그 이름 뒤에 늘 이어지는 자살에 대한 서술 때문이다. 그렇게 실비아 플라스가 아니라 실비아 플라스의 세계를 소비하는 방식에 대한 거부였음을 뒤늦게 알아차렸다. 회자되는 방식은 크게 두 가지다. 비극적 죽음과 남편인 테드 휴스와의 관계. 이는 여성이 살아서는 남자와의 관계를 통해서만 서사를 남길 수 있고, 여성은 죽어야 아름답다는 메시지를 준다. 실비아 플라스의 자살 방식이 꾸준히 언급되면서 그는 수많은 사람들의 머릿속에서 셀 수 없이 죽었을 것이다.

실제로 그의 작품은 끝없이 죽음을 탐한다. "스미스 대학 시절의 시들은 전부 참담한 죽음의 소망으로 점철되어 있다"[+]라고 일기에 썼듯이 그의 작품에서 죽음은 중요한 소재다. 실비아 플라스는 그의 죽음이 그가 남긴 최고의 '예술'로

[+] 실비아 플라스 저, 김선형 역, 《실비아 플라스의 일기》, 문예출판사, 2004, 586쪽.

남았다. 죽음에 대한 그의 사유가 아니라 그 자신의 죽음이 하나의 작품이 되어버린 현상. 여성 죽음의 미학화다.

여성 죽음의 미학화

에드거 앨런 포는 대표작인 〈갈가마귀〉의 작법을 밝힌 〈작법의 철학〉을 통해 예술에서 죽음이 어떻게 여성과 연결되어 미학화되는지 잘 설명한다. 모든 주제 중 가장 우울한 주제인 '죽음'은 어떻게 가장 시적일 수 있을까. "그건 죽음이라는 주제가 '미의 여신'과 가장 밀접하게 동맹을 맺을 때지. 그러면 의심할 여지 없이, 이 세상에서 가장 시적인 주제는 아름다운 여인의 죽음이야."[+]

실제로 포의 작품에는 죽음, 특히 젊은 여성의 죽음이 등장한다. 익히 알려진 대로 이는 그의 인생에서 여성의 죽음이 미친 영향이 크기 때문으로 보인다. 어머니와 아내를 비롯해 그가 사랑했던 여성들은 모두 일찍 세상을 떠났다. 반면 그의 생부는 그가 기억하기도 어려운 어린 나이에 가족을 버리고 사라졌으며, 그를 키운 양부와는 경제적 문제로 대학 진학 이후로 관계가 좋지 못하다 결국 절연당한다. 그에게 애절하고 그리움으로 남은 인물들은 대체로 여성이며 이 여성들의 이

[+] 에드거 앨런 포 저, 손나리 역, 〈작법의 철학〉, 《글쓰기의 철학》, 시공사, 2018, 19쪽.

실비아 플라스

른 죽음은 그의 문학과 무관하지 않다.

여성의 죽음과 병약함, 나아가 시체는 남성 작가들에게 창작의 원천이 되어왔다. 한국의 아름다운 단편소설로 꼽히는 황순원의 〈소나기〉도 소녀의 죽음이 이 작품을 가장 '아름답게' 만드는 역할을 한다. 그 죽은 소녀를 그리워하는 소년의 애절하고 순수한 마음에 감정이입하게 만든다.

이처럼 여성의 죽음은 '아름다운 예술'이다. "죽어가는 것은 예술이죠, 다른 모든 것처럼. 나는 그것을 뛰어나게 잘하죠." 플라스는 그의 시 〈나자로 부인〉에서 자신이 '그것', 곧 자살을 잘한다고 말한다. 강간문화를 집대성한 수전 브라운밀러는 《우리의 의지에 반하여*Against Our Will*》(2013)에서 마조히즘에 대한 여성의 환상을 부추기는 여러 문화적 요소를 언급하며 실비아 플라스의 예를 든다. "플라스는 평생 피해자에게 동일시했다. 그녀는 거기서 고개를 흔들어 깨어날 수 없었다"✚라며 특히 그의 시 〈아빠〉를 언급한다. "모든 여자는 파시스트를 흠모하지"라는 구절이 특히 그의 마조히즘 정서를 보여준다. 실제로 서른한 살에 플라스는 자살했다. 여성의 미덕은 희생이며 가장 명예를 지키는 길은 바로 희생적인 죽음이다. 죽어야만 '좋은 여자'가 되는 문화 속에서 여성들은 삶을 감당하기 어렵다. 미치거나 죽거나.

여성의 죽음은 심지어 '상품'이 된다. 2013년 패션 문화

✚ 수전 브라운밀러 저, 박소영 역, 《우리의 의지에 반하여》, 오월의봄, 2018, 509쪽.

잡지 《바이스》는 여성 작가들의 죽음을 재연한 화보를 만들어 논란이 된 적 있다. 자살로 생을 마감한 버지니아 울프, 아이리스 장, 샬럿 퍼킨스 길먼, 실비아 플라스, 산마오, 엘리스 코웬의 자살 현장을 재연했다. 헤밍웨이처럼 남성 작가들 중에도 자살한 경우가 있지만 여성의 죽음을 더욱 아름답게 소비하는 문화가 있기에 이런 패션 화보가 생산된다. 피해자의 발화를 믿지 않지만 피해자의 이미지를 전시해 소비하길 즐긴다.

플라스가 다루는 죽음은 한편 강력한 생명력에 대한 갈망이다. 그렇기에 "피의 홍수는 사랑의 홍수"[+]가 된다. 피 냄새가 나는 시. 응어리진 핏덩이가 보이는 시. 몸에서 꿀렁꿀렁 피가 쏟아지는 느낌을 경험하는 시. 비릿한 피 맛이 나는 시. 300편에 가까운 플라스의 시 중에서 내게 더 가까이 다가온 시들은 공통적으로 피를 흘린다. 그에게 "솟구치는 피는 시다."[++] "나는 살아 있다, 나는 살아 있다, 나는 살아 있다"라고 자전적 소설 《벨 자》에서 중얼거리듯, 실비아 플라스는 너무도 간절히 살고 싶어서 매번 자신을 죽인 사람이다. 자살은 그에게 살아 있음에 대한 극단적 확인 절차였다. 첫 번째 자살이 실패한 후 다시 살아났고, 두 번째 자살도 실패해 다시 살아났다. "내가 소생한 이 땅덩어리는 아담의 편이구나, 그러면 나는 고통에 신음한다."[+++] 살기를 갈망하며 야망에 찬

[+] 실비아 플라스 저, 박주영 역, 〈뮌헨의 마네킹〉, 《실비아 플라스 시 전집》, 마음산책, 2013, 536쪽.
[++] 실비아 플라스, 〈친절〉, 앞의 책, 549쪽.
[+++] 실비아 플라스, 〈도착〉, 앞의 책, 505쪽.

이 시인은 고통을 통과한 뒤 부활을 꿈꿨다. 그는 다시 살아나 "공기처럼 남자를 먹어치운다."✝ 세 번째 자살은 성공했고 '드디어' 죽었다.

실제로 정신병원에서 전기치료를 경험한 그는《벨 자》에서 주인공이 겪는 정신병원에서의 공포와 점점 이성을 잃어가는 상태를 흡입력 있게 묘사한다. 솔직히 이런 사람이 내 옆에 있다면 호감을 가질 수 있을까. '아니'라는 대답이 진실에 가깝다. 어쩌면 내가 일상에서 호감 갖지 못한 사람들의 내면이 이토록 복잡한 응어리를 품고 있을지 모른다는 생각이 들었다. 이 응어리를 가공해 창작의 생산물로 내놓으면 사람들은 그 작품에만 관심을 가진다. 이러한 태도는 온전히 그 응어리의 세계를 이해하지 못했다는 뜻이다. 내가 조금 더 젊었을 때 실비아 플라스에게 호감을 갖지 못했던 이유다. 세월이 가면서 그의 언어가 이해된다. 글을 쓰거나 그림을 그리거나 혹은 악기를 연주하는 등의 표현행위는 내면에 갇힌 고통과 응어리를 바깥으로 꺼내어 스스로를 치유하는 역할을 한다.

벨 자Bell Jar. 벨, 종. 종은 신호를 보내는 도구다. 현관에 누가 들어왔음을 알리기 위해 문에 종을 달거나, 다른 곳에 있는 누군가를 부르기 위해 종을 친다. 타인이 나의 공간에 들어옴을 알리는 종소리. 혹은 시간을 알린다. 학교 종이 땡땡땡. 벨 자에 갇혀있을 때, 빠져나올 수 없다면 신호를 보낼 수

✝ 실비아 플라스, 〈나자로 부인〉, 앞의 책, 497쪽.

있다. 그 신호를 알아듣지 못하고 나는 일상에서 많은 타인의
불안을 외면하진 않았을까.

이대로 죽을 순 없다

여성을 '피해자'로 끝없이 소환하는 방식은 살아 있는 여성들
에게 저항의식을 고취시키기보다 좌절과 공포를 준다. 연대
를 위한 공감이 아니라 공포와 불안을 자아내는 피해자와의
동일시가 여성들에게 미치는 영향은 단순하지 않다. 특히 피
해자에 공감을 잘하는 사람일수록 예민해진다. 실제로 플라
스의 일기에 이러한 의식이 잘 드러난다.

　　"버지니아 울프는 왜 자살했을까. 사라 티즈데일을 비롯
해 그 수많은 영민한 여성들은 왜 스스로 목숨을 끊었을까?
신경증 때문에? 그들의 글은 과연 깊은 본능적 욕구의 승화
(아, 이 끔찍스런 단어)였던 것일까? 그 해답을 알 수만 있다
면. (⋯) 자살이나 해버려야지. 나를 도와줄 수 있는 사람은
세상에 없어."✠ 이 일기를 쓴 다음 해 플라스의 두 번째 자살
시도가 있었다. 부활을 꿈꾸던 플라스는 자신의 글로 부활했
다. 그가 죽기 6일 전 쓴 마지막 시 〈가장자리〉는 다음과 같이
시작한다.

✠ 실비아 플라스 저, 김선형 역,《실비아 플라스의 일기》, 문예출판사, 2004, 145~146쪽.

　　　　　　　　　　　　　　　　　　　　　　　　실비아 플라스

여인은 완성되었다.

그녀의 죽은

육체는 성취의 미소를 띤다.[+]

　죽은 육체로 완성되는 여자. 이제 여성의 죽음이 예술이
되지 말았으면. 여성이 살해당한 장소에 살아 있는 여성들이
포스트잇을 붙이는 애도만이 아니라, 살아서 목소리 낸 여성
의 죽음 앞에 국화꽃을 꽂으며 명복을 비는 경험이 더 늘어나
길 갈망한다. 이희호 선생은 생물학적으로 고인이 되었으나
행적은 남았다. 무더운 6월 그의 빈소를 찾았다. 그의 빈소를
찾는 행위는 여성들에게 드문 경험을 안긴다. 피해자가 된 여
성을 추모하는 게 아니라 적극적으로 발언해 역사에 이름이
남길 여성을 기리는 경험을 만들어주었다. 이 경험에 대해 누
군가는 무심하겠지만, 죽음으로써 존재가 살아나는 여성들을
더 많이 목격하는 입장에서는 무심할 수 없다.

　《벨 자》에서 주인공은 글을 쓰려고 하지만 어머니는 속
기를 배우라 한다. 작문이 아니라 속기. 제 이야기가 아니라
다른 사람의 이야기를 적어야 한다. 당시 여성들은 속기를 배
우면 취직하기 더 쉬웠다. 여성은 제 생각을 발언하기 어려웠
지만 낭독과 속기를 배우면 돈을 벌 수 있었다.《핑거스미스

　[+] 실비아 플라스 저, 박주영 역, 〈가장자리〉, 《실비아 플라스 시 전집》, 마음산책,
2013, 556쪽.

Fingersmith》(2002)에서 삼촌의 지시에 따라 낭독을 하던 모드가 마지막에는 직접 글을 쓰는 작가로 경제활동을 하며 살아간다. 글쓰기와 속기, 말하기와 낭독의 관계는 젠더 권력을 보여준다. 글쓰기와 말하기가 남성의 영역이었다면 속기와 낭독은 여성에게 '허락'된 일이었다. 제 생각을 직접 말하지 못한 채 누군가의 생각과 이야기를 전하는 역할만 여성에게 주어졌다. 말하지 못해 숨이 막힌다.

이희호 선생이 성폭력 폭로 운동인 '미투'를 지지하며 남긴 말은 "여성들, 더 당당하게 나가길"이었다. 나는 더 많은 할머니의 모습을 보고 싶다. 60대에 글을 배운 할머니의 글씨 연습과 일기장이 책이 되어 나오거나, 소박한 그림들이 그림책으로 출간되는 모습을 보면 그렇게 반가울 수가 없다. 어디 글과 그림뿐일까. 유튜브 크리에이터 박막례 할머니가 인기를 끄는 건 다 이유가 있다.《박막례, 이대로 죽을 순 없다》(2019) 책 제목이 이미 많은 걸 말한다. 희생하는 할머니가 아니라 유머의 생산자인 할머니, 남의 욕망을 위해 사라지는 할머니가 아니라 제 욕망을 펼치는 할머니를 만나기 어렵다. 이대로 죽을 순 없다.

실비아 플라스

오랫동안 반지하에 살았던 고모는 더 이상 혼자 살 수 없는 상태가 되자 요양원으로 들어가면서 지상으로 올라왔다. 2층 계단에 올라서니 현관문 앞에 낮은 철문이 하나 더 있다. 혹시라도 홀로 요양원을 벗어나는 사람이 생길까 봐 만든 안전장치였다. 몇 차례 방문해봤지만 요양원의 공기는 여전히 어색하다. 문을 열고 들어가면 표정이 없고 머리 모양이 똑같은 할머니들이 우두커니 앉아 있다. 벽에는 '유아어 금지. 반말 사용 금지. 어르신으로 부를 것' 등이 나붙어 있다.

그날은 고모 생일이었다. 우리 가족이 도착하기 전 요양원에서 생일상을 차렸고 고모는 생일 케이크 앞에 앉아 있었다. 우리가 들고 간 케이크와 음료 등을 요양원의 다른 사람들에게 나눠준 뒤 생일 축하 노래를 불렀다. 고모가 건강한 상태가 아니라는 건 알았지만 그래도 어딘가 행동이 이상해 보였다. 보호사가 고모의 손을 꽉 잡고 있다. 축하 파티가 끝나고 방에 들어가 가족끼리 모였으나 고모는 나를 알아보지 못했다. 우리의 대화는 질문으로 가득했다. "내가 누구야?", "나 몰라?", "이 사람은 누구야? 아무개 몰라?"

서로 자기가 누구인지 고모에게 물었다. 기억하게 만들려고 애썼고, 정말 모르는지 확인했다. 고모는 치매에 걸렸다.

1941년생인 고모는 우리 가족에게 버사 메이슨 로체스터[+] 같은 존재다. 겉보기에 아무 문제가 없으며 모든 일이 평안하게 돌아가는 한 가정 안에 깊숙이 숨어 있는 광기의 인물.

고모가 젊을 때 똑똑하기로 소문났던 사람이라고 어른들이 말했지만 나는 잘 모른다. 내가 아는 고모는 이상한 사람이었다. 고모를 좋아한 적도 없고 그다지 가까이하고 싶지도 않았다. 내가 보는 고모는 사회부적응자에 자기가 잘났다는 망상이 지나쳐서 오히려 우스꽝스러워진, 그런 사람이었다. 한편으로는 무서웠다. 가끔씩 까무러쳤고, 예상치 못한 지점에서 화를 냈다. 고모는 사범학교를 다니다가 돈이 없어 마지막 학기 등록금을 내지 못해 졸업장을 못 받았다. 그러나 고모가 꾸준히 학생들을 가르쳐 돈을 벌었고, 그렇게 번 돈으로 평생 고모와 할머니가 생계유지를 했으니 사회부적응자는 아니다. 또한 잘 가르친다고 소문이 나 찾아오는 학생들이 있었으니 어쩌면 고모는 정말 잘났는지도 모른다.

그럼에도 '시집 안 간 딸'은 평생 할머니에게 짐이었다. 고모가 똑똑하다고 잘난 척하던 시절, 어떤 아저씨의 청혼을 거절했다는 사실은 나도 안다. 고모가 결혼했다면 '제대로 인간구실' 했을 텐데. 가족들은 그렇게 말하곤 했다. 결혼했다면, 언제나 그렇게 가정한다. 결혼 안 하고 혼자 살다가 연탄가스나 마시고 저게 뭐냐. 마치 고모 인생의 모든 불행은 고

[+] 샬럿 브론테의 《제인 에어》(1847)에 나오는 인물로, 에드워드 로체스터의 첫 번째 부인이다.

실비아 플라스

모가 결혼하지 않은 탓인 양. 언젠가부터 고모 스스로도 자신을 모자란 사람으로 여겼다. 스스로를 사회에서 격리시켰다. 고모는 그렇게 늘 있지만 없는 사람이 되어갔다. 고모가 치매에 걸린 채 요양원에 머물게 되자 가족들은 오히려 고모의 존재를 편하게 말한다. 치매에 걸린 여든 살 노인은 '평범한' 존재다.

고모는 과연 이상하기만한 사람이었을까. 나의 울부짖음이 거칠어질수록, 내가 소리를 지르다 온몸이 파르르 떨려 그대로 기가 차 넘어갈 것 같은 순간을 경험할수록, 내 말을 믿어주지 않는 상황을 겪을수록, 나는 고모의 모습이 떠올랐다. 고모를 달리 생각하려고 하자 고모는 치매에 걸렸다. 의학적으로 치매 진단을 받기 전에도 정신이 온전치 못한 사람으로 취급받았는데 치매 판정을 받은 후에는 어떤 차이가 있을까. 나이가 들어서인지 치매 이후에 광기는 사라졌다. 잘난 척하는 말도 하지 않는다. 오히려 더 유순해졌다.

나는 '미친 여자들'에 대해 자주 생각했다. 그들은 정말 미쳤을까. 픽션 속 인물에서 실존 인물에 이르기까지, 왜 그토록 수많은 여자들은 미쳐갔을까. 《햄릿Hamlet》(1603)의 오필리아는 왜 미쳤을까. 카미유 클로델은 왜 오랜 시간 정신병원에 감금되었어야 했을까. 《정신병원 여행The Loony-Bin Trip》(1990)을 쓴 케이트 밀릿은 왜 아팠을까. 실비아 플라스가 앉았던 그

전기의자에는 얼마나 많은 여성들이 앉았을까. 생각이 많아질수록 미칠 것만 같은 그런 시간들이 있다. 과대망상, 피해의식 등으로 여성의 목소리를 찍어 누르는 사회에서 미치기는 얼마나 쉬울까. 소리 지르고, 찢어버리고, 부숴버리고 싶은 순간들을 우아한 언어로 전환시키며 살아갈 뿐, 미치기 직전의 순간은 내게도 수없이 있었다. 100년 전이라면 나도 치료라는 이름으로 감금되거나 전기의자에 앉았을지도 모른다. 내 안에 있는 열 명, 혹은 백 명의 미친 여자들의 안부를 물으며 아직 살아 있음에 감사한다. 죽지 마, 미쳐도 돼, 라고 속삭이면서.

실비아 플라스

1932년 10월 27일 미국 매사추세츠주 보스턴에서 태어났다. 여덟 살 때 〈보스턴헤럴드〉에 시를 실을 정도로 어릴 때부터 문학에 재능을 보였다. 1950년에 스미스대학교에 장학생으로 입학해 문학을 공부했고 우등으로 졸업했다. 1955년 풀브라이트 장학생으로 영국 케임브리지대학교에서 공부했는데 이때 만난 촉망받는 시인 테드 휴스와 1956년 결혼했다. 이듬해부터 2년 동안 스미스대학교에서 영문학을 가르쳤다. 1960년 첫 시집《거대한 조각상》을 출간했다. 같은 해 딸 프리다가 태어났고 1962년에 아들 니콜라스가 태어났다. 1962년 테드 휴스와 별거에 들어갔으며, 홀로 두 아이를 키우다 1963년 2월 11일 스스로 생을 마감했다. 죽기 몇 주 전 자전소설《벨 자》가 빅토리아 루커스라는 가명으로 출간되었으며 사후에 시집《에어리얼》,《호수를 건너며》,《겨울 나무》가 출간되었다. 1981년 테드 휴스가 엮은《실비아 플라스 시 전집》은 이듬해 퓰리처상을 수상했다. 시 부문에서 작가 사후에 출간된 책이 퓰리처상을 수상한 것은 처음이다.

실비아 플라스의 주요 작품

《거대한 조각상 *The Colossus and Other Poems*》(시집, 1960)

《에어리얼 *Ariel*》(시집, 1965)

《세 여자 *Three Women: A Monologue for Three Voices*》(장편, 1968)

《호수를 건너며 *Crossing the Water*》(시집, 1971)

《겨울 나무 *Winter Trees*》(시집, 1971)

《벨 자 *The Bell Jar*》(장편, 1963), 공경희 옮김, 마음산책, 2020

《실비아 플라스의 일기 *The Journals of Sylvia Plath*》(일기, 1982)

《마술 거울 *The Magic Mirror*》(장편, 1989)

《실비아 플라스의 일기 *The Unabridged Journals of Sylvia Plath*》(일기, 2000),
　　김선형 옮김, 문예출판사, 2004

《실비아 플라스 동화집 *The It-Doesn't-Matter Suit and Other Stories*》(2001), 오현
　　아 옮김, 마음산책, 2016

《실비아 플라스 서간집 1·2 *The Letters of Sylvia Plath, Volume 1·2*》(2017·2018)

《메리 벤투라와 아홉 번째 왕국 *Mary Ventura and the Ninth Kingdom*》(장편,
　　2019), 진은영 옮김, 미디어창비, 2020

실비아 플라스

루이즈 글릭

상실에 응답하는
목소리

Louise Glück   1943~

억울한 죽음에는 여러 종류가 있지만 그중에서도 가장 원통한 상황은 몸이 돌아오지 못한 경우가 아닐까. 삶이 끝났어도 몸을 보고 인사를 건넬 수 있다면 그나마 나을 텐데, 때로 그렇지 못한 죽음이 있다. 2010년 당진제철소에서 일어난 사고로 1,600도가 넘는 쇳물에서 몸을 찾지 못한 20대 청년의 죽음이 그렇다.

또 다른 억울한 죽음은 몸이 있어도 제대로 장례를 치를 수 없는 경우다. 한국마사회의 비리를 고발하고 스스로 삶을 마친 문중원 기수의 가족들은 마사회와 합의가 이루어질 때까지 장례를 치르지 못하다가 100일이 지나서야 가까스로 장례를 치렀다. 제때에 의식을 치르지 못하는 죽음들은 대체로 '진상규명'과 '책임자 처벌'을 요구한다. 왜 죽었는지 밝혀주세요, 다시는 이런 일이 없도록 해주세요, 가해자를 반드시 처벌해주세요.

어떤 죽음은 몸을 빼앗긴다. 삼성전자서비스 양산센터에서 수리 기사로 일하던 서른네 살의 염호석이 2014년 5월에 생을 마쳤다. 그는 살아서 최저임금도 받지 못했고, 삼성전자서비스 노조원이라는 이유로 업무에서 배제되곤 했다. 그는 자신의 장례를 노동조합 동료들에게 맡김으로써 장례 의식이 곧 정치적 행동이 되길 바랐다. 보이지 않는 인간의 죽음을 보이도록 만들기 위해서다. 그러나 삼성전자서비스 측에서 장례 중 시신 탈취라는 경악할 짓을 벌여 노조장을 막았다.

이 세계가 사라진 몸들의 곡성으로 가득하지만 들리지 않는다. 이 곡성을 뚫고 '큰 별'이 졌다는, '거인'이 떠났다는 부고가 방방곡곡 전해진다. 이건희 별세. 그의 자리가 넓으니 떠나는 소식도 조용할 수는 없겠으나 이리저리 걸리는 게 너무 많다. '삼성 덕에 한국인이라 말해'라는 제목으로 실린 〈조선일보〉 2020년 10월 26일 자 기사를 비롯해 이건희와 삼성 '덕분에'를 외치는 목소리 때문이다. 삼성 '덕분에' 외화를 벌어 우리가 '이만큼' 산다, 삼성 '덕분에' 해외에서 뿌듯하다 등, 졸지에 삼성에 빚진 사람투성이가 되었다.

어떤 죽음은 죽음의 원인 자체를 밝히거나 몸을 찾기 위해 애써야 한다면, 어떤 죽음은 기억되고 싶은 방향으로 서사를 편집할 권력을 휘두른다. 권력은 굳이 직접 목소리 내지 않는다. 생물학적으로 죽음을 맞이한 후에도 많은 이들이 고인의 '어록'을 되새긴다. 신뢰받는 화자만이 누릴 수 있는 특권이다.

"마누라와 자식만 빼고 다 바꿔라."

"2등은 아무도 기억해주지 않는다."

"천재 한 사람이 10만 명을 먹여 살린다."

루이즈 글릭

그의 어록 속에 '나'는 바뀌어서 교체되는 대상일 수 있으며, 2등은커녕 등수 바깥의 인물이라 기억되지 않을 것이며, 천재 뒤에서 보이지 않는 사람들 중 한 사람일 것이다. 심지어 이건희 전 회장은 〈여성신문〉에 의해 "여성 인재 중용"에 앞장섰던 인물로 활자화되었다. 인재를 중용했을진 몰라도, 삼성전자 반도체 노동자 황유미 씨처럼 산재 피해자가 되어 백혈병으로 스물 셋에 떠난 사람은 외면했다. 삼성의 산재 피해자 중에 사망자만 118명이다. 초일류 기업 삼성은 주검을 딛고 올라 애도를 묵살하며 만들어졌다.

애도가 권력이 될 때

삼성 '덕분에' 우리가 이렇게 산다는 목소리를 들으며 박원순 '덕분에' 광장이 열렸다는 목소리가 다시 떠올랐다. 보수 진영은 자본 '덕분에' 진보 진영은 시민운동가 '덕분에'라고 한다. 박원순 사망 후 이와 같은 '권력형 애도'에 대해 계속 생각한다. 한 사람의 위대한 시민운동가 덕분에, 한 위대한 기업인 덕분에 우리가 민주주의 사회에서 먹고사는 것일까.

영향력 있는 인물이 사망했을 때 슬픔과 분노 등을 느끼는 그 감정 자체는 문제가 아니다. 그러나 제 슬픔을 바깥으로 표출하는 행위에는 생각해볼 지점이 있다. 상대적으로 발언권이 있는 사람들이 성폭력 사건으로 피소된 상태였던 박원순에 대한 상실감을 적극적으로 드러내는 태도는 어떤 역할을 할까. 슬픔에도 위력이 있어 어떤 슬픔은 타인의 입을 봉쇄한다.

상실감을 표현하는 많은 목소리 중에서도 〈한겨레〉에 실린 조희연 서울특별시 교육감의 글은 즉각적으로 신문에 실렸다는 점에서, 더구나 그가 '친구'를 호명한다는 점에서 훨씬 더 문제적이었다. 사적 인맥이 지배하는 공적 영역에서 '작은 개인들'의 목소리가 비집고 들어갈 틈이 없다. 연이은 택배 기사의 죽음에도 '내 친구'를 부르짖는 목소리를 우리는 신문에서 보지 못한다. 택배 기사와 연결된 사람들 중에 발화권을 가지고 공적 지면에 즉각적으로 애도를 표할 수 있는 사람이 없어서다. 그런 면에서 조희연 교육감의 '친구 애도'가 일간지에 실린 것은 매우 부적절한 권력 행위였다. 그 외에도 여러 사람이 개인 SNS에 인상적인 글을 썼다. 이들의 글은 공통적으로 도입부에서 자기 내면의 혼란과 우울감을 언급한다.

"하늘이 무너지고 땅이 무너지고 나의 희망도 무너져 내리네."✝

"극심한 우울증에서 벗어나고 싶습니다."✝✝

"지난 이틀 동안 나는 한국과는 지리적으로 멀리 떨어진

✝ 서울특별시 교육감 조희연 페이스북.
✝✝ 사회학자 김동춘 페이스북.

루이즈 글릭

텍사스에서 착잡한 마음을 깊숙하게 품고 지내야만 했다."✢

이 애도의 말들은 누구를 향하는 말일까. 게다가 고인에 대한 비판적 의견을 극단적 무례처럼 규정하는 시각도 있었다. 애도는 모든 것을 뒷전으로 한 채 죽음을 숭앙하는 것이 아니다. 맹목적인 애도는 오히려 죽음을 삶과 분리시켜 신비화한다. 박근혜 전 대통령은 평생 애도하는 몸으로 살았다. 누구를? 오직 제 아버지를 애도했다. 그는 어머니 육영수의 외관을 재현하며 아버지를 대리했다. 그가 언급했던 '부모를 흉탄에 잃고'라는 서사는 제 슬픔으로 다른 존재들을 제압하는 효과를 발휘했다. 그렇기에 그의 애도는 권위적이고 폭력적일 수밖에 없었다.

> 당신이 갑자기 죽은 후
> 그동안 전혀 의견 일치가 되지 않던 친구들이
> 당신의 사람됨에 대해 동의한다.
> 실내에 모인 가수들이 예행 연습을 하듯
> 이구동성으로 말한다.
> 당신은 공정하고 친절했으며 운 좋은 삶을 살았다고✢✢

루이즈 글릭의 시 〈애도〉는 이렇게 시작한다. 죽음은 모든 것을 아름답게 만드는가, 과연? 타인의 죽음 후 그에 대해

✢ 철학자 강남순 페이스북.
✢✢ 류시화, 〈애도〉, 《시로 납치하다》, 더숲, 2018, 142~143쪽.

좋은 말만 하는 것은 죽은 자에 대한 예의 때문이라기보다 남은 사람들이 제 슬픔을 달래기 위해서다. 추모의 말들은 그렇기에 남은 자가 자신을 위로하는 역할도 한다. 죽은 사람을 잊을 수는 없지만 그의 부재로 인한 제 고통을 잊기 위해 몸부림친다. 때로는 하나의 방식으로 애도를 강요한다. 고인을 향한 다른 말들은 고인을 추모하는 자기 자신을 아프게 하기 때문이다.

미적인 것이 어떻게 윤리적인 것과 연결되고, 윤리적인 것은 어떻게 정치적이 되는가. 애도는 내게 그런 질문을 꾸준히 전달한다. 사람의 죽음은 한 세계의 상실. 이 상실을 어떻게 대할 것인가. 상실한 그 세계는 어떤 세계였는가. 이구동성으로 죽은 자를 칭송하는 것이 죽음에 대한 유일한 예의일까. 죽음은 과연 모든 인간에게 평등한가. 너무 비관적일지 모르나, 나는 죽음마저도 평등하지 못한 것이 삶의 비극처럼 여겨진다. 그래서 더욱 죽음에 대해 생각한다.

코로나19 관련해 한국에서는 2020년 2월에 첫 사망자가 발생했다. 사망자 숫자가 바뀔 때마다 중앙방역대책본부 브리핑에서는 '돌아가신 분의 명복을 빕니다'라고 말한다. '명복을 빕니다'가 공식 석상에서 이처럼 많이 들린 적이 있었을까. 매일 오전 10시는 모르는 누군가의 명복을 비는 시간이 되었다. 그렇지만 코로나19로 사회적 거리 두기를 권장하면서 정작 많은 이들은 애도의 기회를 상실해야만 하는 상황에 처해 있다. 병문안을 할 수 없고, 임종을 볼 수 없고, 장례식도 축소해야 한다. 애도가 어려운 시대에 애도는 점점 권력이 될 것이다.

애도가 저항이 될 때

권력자의 몸을 대리하는 초상화와 동상은 그들이 생물학적으로 사라져도 세계 속에서 한 자리를 차지한다. 죽은 자를 기리는 제의의 대상이며 이미지 정치의 도구다. 반면 살아 있을 때도 보이지 않던 존재는 죽은 후에도 애도의 대상이 되지 못한다. 주디스 버틀러는 9·11테러사건 이후 〈폭력, 애도, 정치〉라는 글을 통해 누가 인간인가, 누구의 삶이 삶인가, 무엇이 애도할 만한 삶이 되게 하는가를 질문한다. 왜 어떤 죽음은 언론의 커다란 부고 소식을 채우고 어떤 죽음은 전혀 알려지지 않을 뿐 아니라 애도를 방해받을까. 버틀러는 '존재했던 적이 없기에 애도의 대상이 될 수 없는' 존재를 생각한다. 사회의 배제된 자들은 "죽어 있음"의 상태로 끈질기게 살아가기에 심지어는 "죽여야 하는 존재"다. 이들을 향한 폭력은 그렇기에 폭력으로 해석되지 않는다. 공권력의 물대포, 가부장의

폭력, 산업재해 등으로 희생되는 삶은 우리 주변에 늘 유령처럼 떠돈다.[＋]

　2013년 영국에서 마거릿 대처가 사망했을 때 런던에 '그년이 죽었다The bitch is dead'라는 현수막이 걸렸다. 이 여성혐오적인 문구를 나는 전혀 환영하지 않는다. 그러나 '세계적인 부고' 소식에 되받아치는 다른 목소리는 대처가 상징하는 체제 속에서 계속 죽어갔던 존재를 상기시킨다. 박원순 전 서울시장의 오일장과 서울시장葬에 대한 장혜영, 류호정 의원의 조문 거부 선언도 이러한 맥락이다. 한 사람의 삶을 존중하지 않아서가 아니라, 그 지배적인 조문 행렬에 동참하지 않기를 선언함으로써 보이지 않는 다른 존재의 삶을 보이게 만든다. 애도는 상실의 정체를 정확히 알고자 하는 태도이다.

　그런 면에서 작업복을 입은 류호정 의원의 모습은 매우 효과적인 '쇼'다. 국정감사에 이어 국회 본관 앞에서도 그는 2018년 사고로 세상을 떠난 태안 화력발전소 김용균 씨와 같은 작업복을 입었다. 국회라는 장소에서 권위를 가지거나 환대받는 위치에 있지 않은 이들을 대표하기represent 위해 재현한다represent. 없는 존재를 '있음'으로 만들기 위한 긍정적인 쇼다. 애도를 불가능하게 만드는 권력 앞에서 애도는 곧 저항이다.

　죽음으로 말하려 했던 이들이 저 하늘 위의 작은 별처럼

＋ 주디스 버틀러 저, 윤조원 역, 〈폭력, 애도, 정치〉, 《위태로운 삶》, 필로소픽, 2018.

루이즈 글릭

158

무수하다. 2003년 떠난 노동자 김주익의 유서에도, 2004년 떠난 노동자 김춘봉의 유서에도, 그리고 또 다른 노동자들의 수많은 유서에 "나 한 사람 죽어 ~할 수 있다면"이라는 문장이 등장한다. 그들은 죽음으로 목소리 내고자 했다. 살고 싶어서 죽은 사람들이다.

내 슬픔은 누구에게 등을 보이는가. 내 슬픔은 누구의 얼굴을 바라보는가. 이름 없이 공적인 얼굴을 상실한 자들을 애도하고 싶다. 1991년 부산에서 한 노동자는 팔에 다음과 같이 적고 투신자살했다. "내 이름은 공순이가 아니고 미경이다." 그는 권미경이다.

상실에 응답하기

독보적인 현대무용가 마사 그레이엄은 검은 자루 같은 옷을 입고 〈애가〉(1930)를 춘다. 마치 온몸을 휘감은 슬픔 속에서 절도있게 발버둥 치는 모습이다. 벗어나기 어렵지만 그 슬픔 안에서도 산 자는 계속 살아가야 한다. 정도의 차이는 있겠으나 누구에게나 삶은 고통과 트라우마의 연속이다. 치유하고 버티고 때로 저항한다. 사람, 곧 관계를 상실한 후 남은 자들은 어떻게 이 죽음에 응답할 수 있을까. 예술은 때로 개인적이며 사회적인 애도의 방식이다. 박완서의 수필이나 소설에는 한국전쟁 당시 죽은 오빠의 이야기가 여러 번 나온다. 오빠의 죽음 자체보다는, 전쟁 중 제대로 형식을 갖춰 오빠의 몸을 보내지 못했기에 박완서는 완성되지 못한 장례에 대해 죄책감을 느꼈다. 박완서는 이 고통과 죄책감을 회피하기 위해서가 아니라 마주하기 위해 쓴다. 애도는 삶을 정면으로 마주하는 용기를 필요로 한다. 그렇기에 그는 아들을 먼저 보내고도 다시 썼다.

에밀리 디킨슨과 영국 시인 존 키츠의 영향을 받은 루이즈 글릭의 시는 '죽음에 대한 집요한 생각'을 드러낸다. 디킨슨의 영향을 받은 만큼 그의 시에서 자주 등장하는 자연은 태어나고, 죽고, 재탄생한다. 자연은 순환하지만 인간은 순환하지 않는다. 퓰리처상을 받은 《야생 붓꽃The Wild Iris》에 실린 〈물러나는 바람〉은 신의 목소리를 빌려 인간이 정원의 식물들처럼 순환하지 못함을 지적한다. 이 점이 인간과 동물이 겪는 상실의 고통일 것이다. 다시는 만나지 못한다. 박원순 사망 후, "100조가 있어도 복원할 수 없는 존재"를 상실한 슬픔을 토로하는 목소리(김동춘)가 소름 끼쳤던 이유다. 모든 죽음은 복원할 수 없는 한 존재의 상실이다.

루이즈 글릭은 뉴욕의 유대계 가정에서 나고 자랐다. 고등학생이던 열여섯 살에 심각한 섭식장애로 학업을 지속하지 못했다. 고등학교 중퇴 후 7년 동안 정신분석학자에게서 상담 치료를 받았다. 작가가 되고 싶었던 아버지와 당시로는 '대학 나온 여성'이었던 어머니 덕분에 글릭은 어릴 때부터 고전을 많이 접했다. 글릭은 비교적 어린 나이에 시를 쓰기 시작했다. 자전적 이야기가 담긴 시를 썼으며 주로 슬픔과 고립을 다뤘다. 초기에 자전적 고백을 담은 작품들 때문에 실비아 플라스의 계보를 잇는 시인으로 여겨지기도 했다. 그러나 글릭의 시 세계가 변해갔듯이, 플라스도 계속 살았다면 그의 세계가 어떻게 변모했을지 알 수 없다.

글릭은 잡지 《마드모아젤》에 처음 시를 발표한 후 《뉴요커》, 《애틀랜틱먼슬리》 등에 글을 쓰며 작가로 성장했다. 1967년에 결혼하지만 오래 가지 않아 이혼한다. 극심한 섭식 장애, 학업 중단, 결혼과 이혼 등을 겪은 후 1968년 첫 시집 《맏이 *Firstborn*》를 출간했다. 루이즈 글릭이 두 자매 중의 맏이지만 그에게는 죽은 언니가 있으니 첫 번째로 태어난 자식은 아니다. 글릭이 태어나기 전에 언니가 죽었다. 흔히 부모의 자식 상실에 비하면 이 형제 상실은 덜 다뤄지는 편이다. 형제 상실의 경험이 있는 사람들은 스스로를 '살아남은 자식'으로 여기고 크고 작게 이 상실이 삶에 스며든다. 상실에 반응하는 자세는 루이즈 글릭의 시에 전반적으로 나타난다.

특히 만나본 적 없는 언니의 죽음은 그의 삶에 적지 않은 영향을 끼쳤다. 그에게 존재의 부재를 인식하도록 했다. 세 번째 시집인 《하강하는 형상*Descending Figure*》(1980)의 첫 번째 수록작 〈정원〉은 죽음을 탐색하는 시다. 5부로 나뉜 연작시 〈정원〉의 마지막은 '매장의 두려움'이다. 영혼은 떠났어도 매장되기 전까지 몸은 아직 곁에 있다. 하지만, 이제 매장을 통해 몸은 남아 있는 사람들과 영영 이별한다. 《하강하는 형상》은 이전 작품들보다 더 좋은 평가를 받지만, 그 후 화재로 전 재산을 잃는 등 불행한 일이 닥쳤다. 1980년 버몬트에 있던 글릭의 집이 모두 타버린 후 1985년에 그는 시집 《아킬레스의 승리*The Triumph of Achilles*》를 발표했다. 아버지의 죽음 이후에는 시집 《아라라트》(1990)를 발표한다. 시 〈아라라트〉에서도 화자는 언니의 환영을 본다. 그는 지속적으로 상실을 겪지만 그 후에 늘 시를 썼다.

신뢰할 수 없는 화자

글릭의 시에서 화자는 다양하다. 꽃이 되기도 신이 되기도 하면서 목소리의 주체를 다각도로 보여준다. 주관적이면서도 객관적인 화자가 되려고 했을까. 《아라라트》에 실린 〈신뢰할 수 없는 화자〉는 자아와 거리 두려는 시인의 태도를 보여준다. 많은 시 중에서 내가 가장 오래 생각한 시다.

> 내 말을 듣지 말아요. 가슴이 찢어져요.
> 나는 어떤 것도 객관적으로 보지 못하죠.
> (…)
> 우리는 손상된 존재이며 거짓말쟁이지요.

시의 화자는 자신이 '어떤 것도' 객관적으로 보지 못한다고 하면서 결국에는 제 마음속에서 자기 자신도 보이지 않는다고 한다. 자아를 찾을 수 없다. 자아가 없으니 그는 신뢰할 수 없는 화자다. 그가 가장 열심히 말할 때 가장 신뢰받지 못한다고 한다. 세상에서 인정받지 못한 존재다. 바로 그것이다! 말이 믿어지지 않는 존재들, 신뢰받는 화자가 되기를 갈망하며 죽음을 향해간 이들을 떠올렸다. 세상의 틀에서 보이지 않는 인간은 수시로 거짓말쟁이가 된다. 세상의 수많은 거짓말쟁이는 어떻게 목소리를 회복할 수 있을까. 글릭의 시에서는 꽃들이 말을 하고, 자연이 인간을 관찰한다. 〈야생 붓꽃〉의 화자는 바로 야생 붓꽃이다. 꽃들은 담담하게 제 고통과 소멸에 대해 이야기한다.

> 내 고통의 끝에

문이 있어요.

내 이야기를 들어주세요. 당신이 죽음이라 부르는 것을
나는 기억해요.

(…)

나는 다시 말할 수 있다고 말하지요. 무엇이든지
망각에서 되돌아오는 것은
목소릴 내기 위해 되돌아온다는 것을.

고통과 소멸 뒤에 '문'이 있어 결국에는 다시 찾아온다.
다시 찾아온다는 것은 '목소리를 회복'하는 일이다. 말할 수
없는 상태를 두려워하던 화자였지만 잊힌 후 다시 나타나기
를 시도한다. 온 힘을 다해 꽃을 피우는 야생 붓꽃은 말한다.

내 삶의 중심에서
거대한 샘물이 솟아났어요.
쪽빛 바닷물 위에 시퍼런 그림자들이.

내 옆에 놓인 조지아 오키프의 그림 〈검은 붓꽃Black Iris〉
(1926)에는 하늘색과 짙은 군청색으로 가득하다. 말하는 몸이
아니라 대상화된 여성의 몸으로 바라보는 남성적 응시는 오
키프의 꽃 그림을 꾸준히 '여성의 생식기'로 해석했다. 글릭의

루이즈 글릭

붓꽃이 쪽빛을 쏟아내며 말할 때, 나는 길쭉한 오키프의 붓꽃이 말을 하는 듯 느꼈다. 짙은 푸른색에서 무언가 쏟아질 듯한 힘이 있는 꽃이 인간을 바라보고 인간에게 말한다.

인간은 순환하지 않는다. 그러나 연대를 통해 말을 이어갈 수는 있다. 누군가의 고통 끝에 있는 문을 닫아버리는 애도가 아니라 활짝 열고 그 고통의 청취자이며 용감한 목격자가 되는 애도를 이어갈 수 있다. 사회적 동물인 인간은 그렇게 타자를 통해 순환하는 존재가 될 수 있다.

글릭의 시 〈붉은 양귀비〉의 마지막은 이렇게 끝난다. "나는 말해요./왜냐면 나는 산산이 부서졌으니까요." 신뢰받지 못하는 화자들은 더욱 말하기를 갈망한다. 그는 주관적인 목소리들이 객관성과 보편성을 얻도록 하기 위해 싸우는 것으로 보인다. 자전적 이야기로 시작해 보편적인 상실을 다루는 글릭은 2004년 9·11테러사건에 대한 응답의 방식으로《시월 *October*》을 출간했다.

루이즈 글릭이 영어권 백인 여성이긴 하지만, 노벨문학상은 대체로 시인보다는 장편소설가가, 여성보다는 남성이 수상하기 때문에 글릭의 수상이 약간은 반가웠다. 2020년 그는 여성으로는 열여섯 번째로 노벨문학상을 수상했다. 여성 시인으로는 비스와바 쉼보르스카에 이어 두 번째다. 신뢰받는 화자의 얼굴이 다양해지길 원한다.

1943년 4월 22일 미국 뉴욕의 유대인 가정에서 태어나 뉴욕주의 롱아일랜드섬에서 자랐다. 10대 시절 거식증을 앓았지만 여러 해 동안 정신과 치료를 받으며 이를 극복했다. 건강 문제로 학위 취득은 하지 않았고, 세라로런스칼리지와 컬럼비아대학교의 시 워크숍에 참여하면서 본격적으로 창작을 시작했다. 1968년 첫 시집 《맏이》로 등단한 후 1971년 버몬트의 고다드대학교에서 시를 가르쳤다. 1980년에 세 번째 시집 《하강하는 형상》을 출간하고 호평을 받았다. 같은 해 버몬트에 있는 집을 화재로 잃게 되는데, 1985년에 이 비극을 딛고 출간한 시집 《아킬레스의 승리》로 전미도서비평가협회상을 수상했다. 1990년대에는 이혼 등 개인적인 고난을 딛고 왕성한 작품 활동을 했고, 《야생 붓꽃》으로 1993년 퓰리처상과 윌리엄카를로스윌리엄스상을 수상하며 미국 현대문학을 대표하는 시인으로 자리매김했다. "꾸밈없는 아름다움을 갖춘 확고한 시적 목소리로 개인의 실존을 보편적으로 나타냈다"라는 평가를 받으며 2020년 노벨문학상을 수상했다. 현재 미국 예일대학교 영문과 교수로 재직하며 창작 활동을 지속하고 있다.

루이즈 글릭의 주요 작품

《맏이*Firstborn*》(1968)

《습지의 집*The House on Marshland*》(1975)

《하강하는 형상*Descending Figure*》(1980)

《아킬레스의 승리*The Triumph of Achilles*》(1985)

《아라라트*Ararat*》(1990)

《야생 붓꽃*The Wild Iris*》(1992)

《증명과 이론*Proofs and Theories*》(에세이, 1994)

《미도우랜즈*Meadowlands*》(1997)

《비타 노바*Vita Nova*》(1999)

《인생의 일곱 단계*The Seven Ages*》(2001)

《아베르노*Averno*》(2006)

《마을 생활*A Village Life*》(2009)

《시*Poems: 1962~2012*》(2012)

《충실하고 고결한 밤*Faithful and Virtuous Night*》(2014)

《아메리칸 오리지널리티*American Originality*》(에세이, 2017)

케이트 쇼팽

침묵의
외투를 벗은

여자의 각성

Kate Chopin   1850~1904

한국 여자들은 권리만 주장하면서 의무를 하지 않는다. 유언비어나 다름없는 이러한 언설이 꽤 설득력을 얻은 채 돌아다닌다. 한국 여자들은 군대에 가지 않으면서 권리를 주장한다, 무임승차한다, 페미니스트는 피해망상과 이기심에 젖어 있다, 악쓰면서 권리를 주장하는 '메퇘지'들의 발광이다. 메갈쿵쾅!

여기서 의무는 무엇인가. 여성의 의무가 따로 있나? 한 인간의 의무가 성별에 따라 구성된다는 발상도 경악스럽지만, 그 의무(?)에 따라 인간의 존엄성을 짓밟아도 된다는 생각은 매우 심각해 보인다. 인권이 의무에 따라 얻을 수 있는 보상인가. 이러다가는 동물권을 말하기 위해 인간이 동물에게 의무를 강요하게 생겼다. 여성에게 일어나는 성폭력과 살인, 폭력, 노동시장에서의 차별 등 아주 기본적인 인권이 의무와 연결된다는 발상은 가볍게 넘길 사안이 아니다.

KBS 시사 프로그램 〈더 라이브〉의 진행자 최욱은 방송에 출연한 고민정 국회의원에게 "집에 자녀가 있는데 국회의원이 되면 엄청 바쁘실 텐데 아이의 육아는 그럼 어떻게 되는 겁니까?"라는 질문을 던졌다. 이어서 남편에 대해 묻는다. 2020년 한국의 공영방송에서도 여성 국회의원 당선자에게 남성 진행자가 성역할과 관련된 질문을 한다. 마치 '의무'를 다하고 있는지 검증하겠다는 듯. 여성의 자리를 알려주는 가부장제의 무의식은 여전히 뿌리 뽑히지 않았다. 이런 발언은 '정상'이고, 이 발언을 문제 삼는 사람이 항상 '문제를 일으키는' 사람으로 취급받는다. 과연 이런 현실은 '정상'인가.

페미니즘에 대한 왜곡된 생각은 '페미니즘은 정신병'이라고 주장하기에 이른다. 흥미롭게도 페미니스트들은 '미침'에 관심이 많다. '제자리'를 벗어나면 제정신이 아닌 사람으로 취급하는 사회에서 여성들은 쉽게 미친년으로 여겨진다. 18세기 페미니스트 메리 울스턴크래프트의 미완성 소설《마리아 혹은 여성의 과오 *Maria, or the Wrongs of Woman*》(1798)는 정신병원과 여성의 관계를 다룬다. 사회가 여성을 어떻게 정신병자로 만드는지 보여준다. 주인공 마리아는 정해진 답, 세상이 진실이라고 주장하는 강요된 답을 말하기보다 자신의 대항 서사를 구성해 여성을 억압하는 구조에 반기를 든다. 이 작품은 울스턴크래프트 사망 1년 후에 남편 윌리엄 고드윈에 의해 출간되었다.

다시 100여 년 후, 미국 작가 케이트 쇼팽은 여성의 역할과 의무에서 벗어나 온전히 한 개인의 삶을 찾아가는 여성의 고독한 투쟁을 다룬《각성 *The Awakening*》(1899)을 발표했다. 쇼팽은 주로 루이지애나 지역의 프랑스와 스페인, 멕시코와 아프리카 등이 혼종된 독특한 지역문화를 배경으로 여성의 삶

케이트 쇼팽

을 다룬다.

뉴올리언스의 '미친' 블랑쉬

루이지애나주 뉴올리언스는 테너시 윌리엄스의 희곡《욕망이라는 이름의 전차*A Streetcar Named Desire*》(1947)의 배경이 되는 도시이며, 마거릿 미첼의《바람과 함께 사라지다*Gone with the Wind*》(1936)에서 스칼렛과 레트가 배를 타고 신혼여행을 와서 온갖 맛을 즐기던 장소다. 뉴올리언스는 미국 내에서 가장 유명한 미식의 도시이자 이국적인 장소다. 미국 속의 프랑스 같은 뉴올리언스는 겉보기에는 유럽의 흔적으로 채워진 화려함과 아기자기함이 있지만 실제로는 미국에서 빈부격차가 꽤 큰 도시 중 하나다.

테너시 윌리엄스는 1939년부터 한동안 뉴올리언스의 프렌치 쿼터에 살았다. 프렌치 쿼터는 그 이름에서 알 수 있듯이 프랑스 식민지 흔적을 고이 간직하는 장소다. 프랑스 이전에는 스페인의 식민지였기 때문에 스페인+프랑스+(프랑스인들이 데려온 노예의 출신지인)서아프리카+중남미 등등이 마구 섞여 있다. 한때 부두교를 믿는 사람이 많았기 때문에 지금도 그 흔적이 있다. 테너시 윌리엄스가 살았던 툴루즈가

722번지 2층은 현재 '히스토릭 뉴올리언스 컬렉션The Historic New Orleans Collection'에서 관리, 소유하고 있다. 테너시 윌리엄스는 바로 이 집에 머물면서 《비외 카레 *Vieux Carré*》를 쓰기 시작했다. 완성은 무려 40년 가까이 지난 1977년이 되어서야 가능했다. 수전 브라운밀러는 《우리의 의지에 반하여》에서 '강간을 미화하지 않은' 작가로 테너시 윌리엄스를 언급한다. 이때 예로 든 작품이 바로 《욕망이라는 이름의 전차》다. 여기서 블랑쉬를 성폭행하는 스탠리는 경멸의 대상이 된다. 한편 강간 피해를 입은 후 블랑쉬의 정신질환이 재발해 끝내 그는 정신병원으로 이송된다. 이름에서 알 수 있듯이 프랑스계인 블랑쉬는 몰락한 남부 귀족 출신으로 현실에 적응하지 못해 자기만의 환상에 빠지곤 했다. '남부의 품위'를 지키려는 블랑쉬는 변화하는 사회에 적응하지 못한 채 붕괴한다.

공교롭게 《각성》의 주인공도 정신병을 의심받는다. 블랑쉬가 여전히 과거의 향수를 붙들고 스스로를 파멸로 몰고 갔다면, 《각성》의 주인공 에드나 퐁텔리에는 적극적으로 그 '품위'에서 벗어나려고 한다. 각기 다른 방향으로 움직인 여성들이지만 모두 정신병을 의심받거나 실제로 정신질환자가 된다. 끈적이는 공기가 몸에 휙휙 감기는 뉴올리언스를 걷다 보면 이 미친 블랑쉬와 에드나의 영혼이 어딘가에서 떠돌지 않을까 궁금해진다.

케이트 쇼팽

에드나 퐁텔리에는 뉴올리언스 근처 그랜드섬에 휴가를 갔다가 조금씩 우주 속 자신의 위치를 깨닫기 시작한다. 에드나는 그전까지 자신의 생각이나 감정을 표현하지 않고 마음속에 담아두는 태도에 평생 익숙해 있었다. 자신의 솔직한 속마음을 한 번도 투쟁의 형태로 내뱉은 적이 없었다. "침묵의 외투"를 벗고, 그간 유지해온 정숙한 부인상에서 어긋하는 말과 행동을 하기 시작한다. 그는 한 인간으로서 우주 속에서 자신의 위치를 깨닫기 시작했던 것이다. 또한 자기 내면과 외부의 인간관계에 대해서도 생각하기 시작했다.

물론 처음부터 그의 감정과 생각이 말끔하게 정리되진 못했다. 에드나의 마음은 뒤죽박죽이고 매우 혼란스러웠다. 그해 여름 내내 그는 멕시코만에서 수영을 배우고 그림을 그린다. 그는 바닷가에서 온몸을 움직여 수영을 하면서 무한의 세계를 향해 나아가는 기분을 경험한다. 루이지애나의 후덥지근하고 습한 공기 속에서 에드나의 차가운 깨달음이 일어난다. 처음에 에드나는 자신이 느끼는 감정을 명확하게 표현하지 못한다. 막연한 우울과 설움에 북받쳐 눈물을 흘릴 뿐 자기 자신에 대해 정확하게 설명하지도, 감정을 표출하지도, 자유롭게 판단을 내리지도 못한다. 이런 에드나의 변화를 보며 에드나의 남편은 에드나가 정신이 이상해졌다고 생각한다. 그는 의사를 찾아가 상담한다. 남편이 에드나가 정신이 이상해졌다고 판단하는 근거는 다음과 같다.

집안 꼴이 엉망이 되도록 그냥 방치하고 있다.

영원한 여성의 권리에 대한 생각에 사로잡혀 있다.

결혼이야말로 지구상에서 가장 슬픈 광경이라고 말한다.

이 기준에 따르면 얼마나 많은 여성이 제정신이 아닐까? 여성의 권리에 대해 생각하고, 여성을 구속하는 사회제도에서 벗어나려고 하면 쉽게 제정신이 아닌 여자가 된다. 이에 대한 의사의 조언은 더욱 웃음이 터지게 만든다. 의사는 혹시 에드나가 최근에 소위 지적인 체하거나 고상한 척하는 여성들과 어울렸는지 묻는다. 여자들은 원래 변덕스럽다는 말까지 알차게 덧붙인다. 각성이 일어나는 순간, 타인이 보기에 그는 '제정신이 아닌' 상태로 보인다. 《각성》에는 독신 여성인 피아니스트가 등장한다. 에드나는 가끔 그 여성의 집을 찾아 대화한다. 어떤 사람들은 이 독신 여성도 "약간 정신이 나간 사람"이라고 말한다. '제정신'을 제대로 붙들기 위해서는 오히려 제정신으로 보이지 않는 수모를 감당해야 한다.

에드나는 주변의 시선과 소문에 개의치 않고 자신의 세계를 만들어간다. 수영에 대한 열정이나 경마에 대한 상당한 지식, 경주마를 친구처럼 생각하는 태도 등은 에드나가 얼마나 자유를 갈망하는지 잘 보여준다. 그는 결국 '남편의 집'에서 나와 자기만의 작은 '비둘기 집'에서 홀로 살기로 결심한다.

케이트 쇼팽

'남편의 집'을 나오기 전에는 의자 열두 개를 준비해 성대한 파티를 연다. 가부장제를 떠나기 전 펼치는 최후의 만찬이다.

이 소설은 19세기 미국 남부의 규범을 기준으로 보면 대단히 도발적인 '비도덕적인' 내용을 담고 있다. 억척스러운 여성의 삶을 잘 다룬 윌라 캐더조차 쇼팽의 《각성》이 도덕적이지 않다고 비판했다. 애교라고는 찾아볼 수 없는 여자, 아이들의 부재를 구원처럼 여기는 엄마, 젊은 총각들의 구애를 받는 아내라는 여성은 기존의 관념에서 당연히 부도덕한 인간이다. 이처럼 많은 비난 속에서 잊혔다가 20세기 중반 중요한 페미니즘 소설로 재발견되었다. 처음엔 이 소설에 '고독한 영혼A Solitary Soul'이라는 제목이 붙여졌으나 최종적으로 '각성'이 되었다. 자신을 깨달아가는 과정은 고독하기 마련이다.

쇼팽의 작품은 이처럼 대체로 여성의 자아 인식을 다룬다. 다만 《각성》의 주인공인 에드나는 자신의 독립적인 위치에 대해 고민하고 이를 실행하는 과정에서도 하녀를 여전히 하녀로 여긴다. 이를 오늘날의 시각으로 단순하게 재단하기는 어렵다. 투철한 사회주의자인 로자 룩셈부르크나 카를 마르크스도 하녀를 두는 삶을 살았다.

케이트 쇼팽은 인종문제에 상당히 관심을 기울인 편이었다. 예를 들어 그의 단편 〈데지레의 아기〉는 피부색에 따른 차별이 실은 얼마나 어이없는 구별을 바탕으로 이루어지는지 폭로한다. 백인 부부 사이에서 '순수한 백인'의 피부색이 아닌 아이가 태어나자 남편은 아내가 순수한 백인이 아니라고 의심한다. 데지레는 남편의 무시와 외면 속에서 결국 아이와 함께 자살한다. 데지레의 죽음 후 밝혀지지만 사실은 남편인 아르망이 혼혈이다. 스스로 '순수한 백인'이라 의심치 않았던 아르망은 겉으로 보기에만 백인이다. 흑인과 백인 사이에서 태어나도 피부색이 하얗게 보일 수 있다. 인종의 개념이 얼마나 허구인지, 나아가 '순수'와 '혼혈'의 구별 자체가 폭력적인지를 드러낸다.

쇼팽은 루이지애나를 배경으로 작품을 썼다. 때문에 그의 소설에는 크레올 문화가 종종 등장한다. 유럽의 식민지배국 출신과 현지인 사이에서 출생한 이들을 일컬어 크레올 Creol이라 부른다. 이들은 언어적으로 문화적으로 때로 인종적으로 뒤섞인 존재다. 문화적 혼종을 드러내는 지역색이 묻어나는 점도 쇼팽 문학의 매력이다.

덧붙이자면, '백인으로 보이는 흑인'에 대해 다룬 작품으로는 넬라 라슨의 《패싱Passing》(1929)을 빼놓을 수 없다. 할렘 르네상스를 대표하는 작가 중 한 사람인 넬라 라슨의 이 작품에는 백인으로 보이는 혼혈 물라토 여성들이 백인 사회에서 살아가는 모습을 담았다. 이 여성들은 흑인임이 들통나지 않으려 애쓰고, 백인 남성과 결혼했으나 아이가 태어났을 때 흑인의 모습으로 보일까 봐 불안해한다. 일상에서 이들은 당시에 흑인이 들어갈 수 없는 호텔이나 식당에 백인의 정체성으로 입장할 수 있다. '패싱'은 바로 흑인이 자신의 흑인 정체성을 외면하고 백인으로 보이기를 선택하는 태도이다. 끝내 비극적으로 마무리되는《패싱》은 계층적으로 소외되지 않는 여성들도 인종문제로 극도의 불안과 차별을 겪는 모습을 탁월하게 보여주는 소설이다.

돈으로 해결되지 않는 것들

케이트 쇼팽은 미주리주 세인트루이스에서 캐서린 오플레허티로 태어났다. 20세에 오스카 쇼팽과 결혼해 루이지애나에 거주한다. 자식을 여섯 명 낳은 그의 20대는 출산과 육아로 채워졌다. 사업을 하던 남편은 빚만 남긴 채 사망했고 쇼팽은 몇 년 후 다시 어머니가 있는 고향 세인트루이스로 돌아갔다. 그때까지 쇼팽에게 경제적 문제는 크게 없었던 것으로 보인다. 그러나 어머니까지 사망하면서 그는 경제적 문제뿐 아니라 정서적으로 힘든 시기를 거친다. 우울증이 심해진 그는 의사인 친구의 조언으로 글쓰기를 시작한다. 40세가 넘어 본격적으로 글을 발표한 그는 지역색이 짙은 작품으로 이름을 알렸다. 49세 되던 해에 그의 대표작이라 할 수 있는 《각성》을 출판하고 수많은 부정적 평가에 시달렸다. 주인공 에드나는 모성을 배반하고 여러 남자들과 연애를 하는 여성으로서, 상당히 부정한 여성으로 여겨졌기 때문이다. 소설 속 에드나의 모습은 오늘날 한국의 기준으로도 받아들여지기 힘든 인물이다. 《각성》을 발표하고 5년 후 뇌출혈로 사망한 쇼팽은 그의 고향인 세인트루이스에 묻혔다.

《각성》에서 에드나는 '자기만의 집'을 마련한다. 남편과 함께 살던 집보다는 작지만 남편이 지배하는 공간이 아닌 오직 자기만의 집에서 그는 변화된 의식을 기른다. 버지니아 울프가 1929년 발표한 《자기만의 방A Room of One's Own》보다 앞서 여성의 독립된 공간이 가지는 의미를 부각했다. 1879년 입센의 《인형의 집Et Dukkehjem》이 노라가 집을 나가는 것으로 이야기를 끝맺었다면 《각성》은 에드나가 집을 나간 이후의 모습까지 보여준다.

'남자와의 사랑'이라는 이름으로 빚어진 낭만적 사랑과 결혼제도는 여자를 결국 노예로 만든다. 가정은 여성에게 안전해 보이지만 실은 각종 성역할로 구속 상태를 합리화한다. 왜 노라도 에드나도 《순수의 시대》의 엘렌도 경제적으로 아무 문제가 없으면서 가정을 벗어나려 했을까. '중산층 여성'이라는 보기 좋은 굴레의 실체가 어여쁜 구속이기 때문이다. 여성은 동일한 계급의 남성과 동일한 권력을 갖지 못한다. 계급으로 해석할 수 없는 삶들이 있다.

경제적으로 아무런 부족함이 없고, 사회적으로 존경받지만 개인의 존재감이 없고, 제 인생 앞에서 무력감과 우울함을 느끼는 중상류층 여성의 감정은 때로 '진정한 투쟁' 앞에서 묵살당한다. 아무리 계층적으로 권력이 있어도 자아를 점령당한 사람의 우울과 고독마저 해결되는 것은 아니다. 쇼팽의 단편 〈한 시간의 이야기〉는 아예 남편이 죽었다는 소식을 듣고 점차 해방감을 느끼는 여성의 감정을 다룬다. 실제로 쇼팽은 남편이 사망한 후 많은 남성들과 연애했다.

남북전쟁 당시 남부군에 참여한 군인 출신인 에드나의 아버지는 사위에게 딸을 너무 풀어준다며, 강압이 필요하다고 말한다. "그것이 바로 아내를 다루는 유일한 방법"이라 알려준다. 핏줄보다 견고한 이 남성연대. 규범을 만들고 주도하는 입장에 있는 이들은 정신병이라는 낙인을 쉽게 활용한다. 훈육, 감금, 체벌의 대상으로 삼아 이 '정신병자'들을 교정하려 한다. 이렇게 특권을 유지하기 위해 타인의 보편적 인권에 대한 요구를 정신병으로 몰아간다.

허구적인 자아를 조금씩 벗어던지던 에드나는 결국 아무 옷도 입지 않고 바다로 들어간다. 에드나의 각성. 우주 속에서 자신의 위치를 깨달은 그는 멕시코만에 제 몸을 던져 구속에서 벗어난다. 그는 멀리, 점점 더 멀리 수영하며 끝없이 앞으로 나아간다. 기운이 점점 빠진다. 해변이 멀어진다. 제정신으로 보이지 않겠지만 이미 떠나온 세계로 다시 돌아갈 수 없다.

돈과 방마저 없다면

드라마 〈디어 마이 프렌즈〉(2016)가 종방된 후 이틀 3일 동안 몰아서 봤다. 보는 내내 마음이 심란했다. 생의 마지막 일 년 반을 요양원에서 보내다 돌아가신 할머니 생각, 요양원에 할머니를 보내는 과정에서 벌어진 일들, 할머니를 요양원에 보낸 이후 엄마가 가진 죄책감 등이 드라마 속의 인물들에게서 보여 중간중간 휴식이 필요했다. 여성에 대한 가부장제의 폭력이 거의 총집결한 드라마였다. 너무도 현실적이라 보기 힘든 면이 있었으나 한편으로는 '그래도 저 정도는 잘 사는 편'이라는 생각에 외로워지던 작품이었다.

드라마 속 인물들 중에서 돈 걱정을 하는 사람은 별로 없었다. 결정적으로 내가 공감이 안 되는 부분이다. 번역을 하고 책을 한 권 내서 작가로 데뷔했으며 잡지에 글을 기고하면서 "지 용돈벌이 겨우 하는" 박완(고현정)도 남자 친구를 만나기 위해 비즈니스석 비행기를 타고 슬로베니아로 즉흥적으로 날아간다. 돈이 없어도 사람이 순간적으로 그럴 수 있지. 이 정도는 오히려 적당한 쾌감을 준다. 그러나 난희(고두심)는 암에 걸렸지만 치료를 위한 돈 걱정은 안 한다. 희자(김혜자)는 치매에 걸린 사실을 알자 자식들에게 피해 주지 않으려 좋은 요양원을 찾는다. 자식들에게 손 벌리지 않고도 요양원에 갈 수 있는 돈이 있다. 그곳에서도 1인실을 선택할 수 있다. 또한 급전이 필요하면 이유 불문 돈을 척척 내놓는 충남(윤여정)과 영원(박원숙)이라는 친구들도 있다. 법조계에 있었던 탓에 여러 인맥을 동원해 행방불명 된 친구를 찾을 수 있는 변호사 출신 성태(주현)도 있다. 남편과 갈라서기 위해 정아(나문희)는 자기 명의의 집을 팔아 낡은 집을 마련할 수 있다. 정아와 석균(신구)의 딸이 남편에게 구타당해 집을 떠날 때도 자금을 마련해줄 수 있는 '이모' 영원과 변호사 성태의 도움이 컸다. 작가인 박완은 대출받아서 집을 샀다. 글쓰기 외에 다른 경제활동을 하지 않으며 수입이 일정하지 않은 작가가 대출은 어떻게 갚아나가고 있을지 궁금했다. 그들의 돈과 그들의 방은 드라마 속에서는 크게 문제가 되지 않았다. 돈과 방 때문에 근심이 떠나지 않는 나의 눈에는 이런 점이 계속 보였다. 그들은 그래도, 돈과 방이 있으며, 그 돈과 방이 없으면 도와줄 수 있는 '인맥'이 있구나.

오히려 드라마 속 주인공들은 별로 좋아하지 않던 주변

인물에 마음이 갔다. 기자(남능미)는 난희의 암수술 후 문병을 와서 '좋은 병실'에 시선을 둔다. 나도 암 걸려서 이런 방에 한번 있어봤으면 좋겠다는 그의 '막말'은 비난받아 마땅하지만, 방에 대한 그의 절실함이 묻어나서 애잔했다. 자기가 처한 현실이 언제나 절박하고 궁색하면 사람이 그렇게 '망가지기' 쉽다. 드라마 속에서 그는 툭하면 제 신세 한탄으로 친구들을 피곤하게 만들고 남의 말 하기 좋아하는 가벼운 인물일 뿐이다. 주요 등장인물인 아홉 명은 기자를 별로 좋아하지 않는다. 그는 끝까지 '친구'에 속하지 않으며 마지막에 여행에 동참하는 인물에도 들어가지 않는다. 기자는 여전히 콜라텍에서 돈을 벌며 손녀와 작은 방에서 살아갈 것이다.

2020년 코로나19로 인해 우리 사회의 단면을 들춘 사건들이 여럿 있다. 그중 하나가 대구 한마음아파트 집단감염이다. 이 아파트 거주자의 반 이상이 신천지 신도였다. 이를 통해 '근로여성임대아파트'라 불리는 여성 독신자아파트가 화두에 올랐다. 경제활동을 하는 비혼 여성들에게 저렴한 임대료로 아파트를 임대하는 제도다. 낡은 아파트를 비추는 뉴스 화면을 보다가 나는 주차장에 시선이 갔다. 집단감염으로 자가격리 중인 사람들이 많은 시기였지만 주차장에 차가 별로 없었다. 월 임대료가 몇 만원에 불과하기에 근로여성임대아파트에 거주하는 여성들은 대부분 저소득 노동자들이다. 아파트마

케이트 쇼팽

다 나이 제한이 다른데 어떤 곳은 35세 이하, 어떤 곳은 40세 이하다. 나이 많은 가난한 여성은 대체 어디로 가야 할까.

본명 캐서린 오플래허티. 1850년 2월 8일 미국 미주리주 세인트루이스에서 아일랜드 출신의 사업가인 아버지와 프랑스 귀족 혈통의 어머니 사이에서 태어났다. 19세기를 대표하는 미국 작가로 페미니즘 소설의 선구자로 평가받는다. 세인트루이스 가톨릭 여학교를 졸업하고 20세인 1870년에 루이지애나주 출신의 오스카 쇼팽과 결혼해 뉴올리언스에 살면서 여섯 명의 자녀를 낳았다. 프랑스풍의 크리올 문화가 지배적인 이국적인 도시 뉴올리언스에서 보낸 9년은 이후 그의 작품에 큰 영향을 미쳤다. 1882년에 남편이 말라리아로 사망하자 많은 부채와 자녀들의 양육을 떠맡게 되었다. 다시 부모의 집으로 돌아와 본격적으로 글을 쓰기 시작했으며, 1890년 첫 장편소설 《중대한 과실》을 자비로 출판했고, 1892년부터 단편소설들을 잡지에 기고했다. 1894년 첫 단편집 《바이유 사람들》을 출간해 명성을 얻었고, 1897년 두 번째 단편집 《아카디에서 보낸 하룻밤》을 출간했다. 1899년 장편소설 《각성》을 출간했으나, 여성의 부도덕한 일탈을 그렸다는 이유로 곧 출판이 금지되었다. 1904년 8월 22일 세인트루이스에서 뇌출혈로 사망했다.

케이트 쇼팽의 주요 작품

《바이유 사람들*Bayou Folk*》(단편집, 1894)

《아카디에서 보낸 하룻밤*A Night in Acadie*》(단편집, 1897)

《한 시간 사이에 일어난 일*The Story of an Hour*》(단편집, 1894), 이리나
옮김, 책읽는고양이, 2018

《중대한 과실*At Fault*》(장편, 1890)

《각성*The Awakening*》(장편, 1899), 한애경 옮김, 열린책들, 2019

에밀리
디킨슨

빵과 시,

행복에의 의지

Emily Elizabeth   1830~1886
Dickinson

홍차는 내게 제인 오스틴을 떠올리게 하고, 호밀빵은 에밀리 디킨슨을 떠올리게 한다. 홍차와 빵이 오스틴이나 디킨슨과 동격이어서가 아니다. 제인 오스틴이 아침에 홍차 마시기를 좋아했기 때문이고 에밀리 디킨슨은 빵을 잘 구웠기 때문이다. 그들이 좋아했던 대상과 즐겨 만들었던 대상을 떠올린다.

디킨슨은 호밀빵으로 1856년에 그가 살았던 미국 매사추세츠주 애머스트에서 열린 경연 대회에서 우승한 적이 있을 정도로 빵을 잘 구웠다. 부엌에서 달큰한 호밀빵과 옥수수빵을 굽는 에밀리 디킨슨의 모습을 상상하면 마음이 오븐 속의 열기처럼 뜨거워진다. 미국이 아직 서부의 자원을 덜 착취하던 시절, 밀 재배가 어려웠던 미국 동부 사람들은 호밀과 옥수수를 이용한 빵을 주로 만들었다. 호밀빵 주세요. 아침식사를 주문하며 토스트를 고르라고 할 때 늘 나는 호밀빵을 찾았다. 밀가루로 만든 빵보다 색이 짙고 조금 더 거칠다. 호밀빵 위에 버터와 계란, 때로는 훈제 연어를 올려 맛있게 먹는다.

생뚱맞게 왜 먹는 타령인가 하니 여자와 음식이 동격이 되는 문화가 지긋지긋해서다. 여성의 몸과 먹거리를 문학의 이름으로 뒤섞어놓은 진부한 표현들은 말의 낭비처럼 여겨진다. 음식과 여자를 모두 '먹으려는' 입속에 '여자의 말'을 꾸역 꾸역 집어넣고 싶다.

> 소멸할 권리란 분명
> 당연한 권리 ―
> 소멸하라, 그러면 우주는
> 저쪽에서
> 저의 검열관들을 모으고 있으리니 ― ✢

디킨슨은 죽음과 소멸을 노래하던 시인이다. 많은 여성 작가들이 그렇듯이, 시인 에밀리 디킨슨도 죽은 후에 재발견 되었다. 그의 몸은 소멸했으나 그의 말은 남아 그를 부활시켰 다. "사라지며 더욱 아름답게 ― ", "소멸하는 ― 뚜렷한 ― 얼 굴로 ― "

소멸에 대한 상상이 나를 그나마 견디게 해준다. 언젠가 소멸할 것이다. 아무 것도 남기지 않고, 깔끔하게. 디킨슨의 시에서 '죽음'이라는 화두는 절대적이다. 그는 죽음을 비관하 지 않고 징벌로 받아들이지도 않는다. 오히려 삶을 구원하는 얼굴로 나타난다. 그의 묘비에 "Called back(불려 갔음)!"이 라 적혀 있듯이, 그에게 죽음은 영원으로 향하는 길이다. 흰옷 을 입고 죽음을 생각하며 한 집에 머물렀던 그의 모습을 상상 해보면 어쩐지 괴팍하기까지 하다. 디킨슨은 1886년 5월 15

✢ 에밀리 디킨슨 저, 강은교 역, 〈소멸의 권리란 분명〉, 《고독은 잴 수 없는 것》, 민음 사, 2016, 105쪽.

에밀리 디킨슨

일에 제 집에서 사망했다. 사인은 간 질병으로 추정한다.

그가 살았던 19세기에 여성의 열정과 야망은 지금보다 훨씬 더 위험했다. 편집자인 사무엘 볼스가 디킨슨의 시집을 출판하려고 했지만 디킨슨 아버지의 반대로 이루어지지 못했다. 여성이 익명으로 살기를 강요하는 문화 속에서 출판은 쉽지 않았다. 그는 시를 통해 '소멸'과 '무명'을 긍정하지만 그에게도 '야망의 맥박'이 뛰었다. 그는 입을 다물지 못해 시를 썼다. 디킨슨의 삶을 다룬 영화 〈조용한 열정〉(2015)은 제목이 그의 삶을 잘 요약한다. 조용하지만 열정적인 목소리가 시가 되었고, 그 언어가 시간을 통과해 우리에게 전해졌다. 전통적으로 여성들은 '야망의 맥박'이 느껴지면 이를 잠재우려 했다. 여성이 '셀럽'이 되고 싶다는 목소리는 셀럽파이브의 재미있는 노래처럼 희화화될 때 안전하게 퍼져나간다.

과거에는 내게 은둔이 매력적이지 않았다. 은둔은 사회와 단절한 채 자신을 은폐시키며 세상의 갈등을 회피하는 자세라 생각했다. 요즘은 그 생각이 점점 바뀌어간다. 인정받기에 대한 불안을 잠재울 용기가 없으면 은둔할 수 없다. 대부분은 '셀러브리티'를 욕망하지는 않더라도 '노바디nobody'가 될까 봐 두려워한다. 그에 비하면 '무명인', 곧 '나는 아무나다'라고 말하는 자세는 내면의 불안을 잠재울 수 있는 단단함이 있기에 가능하다.

내게는 야망도 욕망도 없다.

시인이 되는 건 나의 야망이 아니다.

그건 내가 홀로 있는 방식.✝

포르투갈의 시인 페르난두 페소아의 시를 읽으며 나는
'야망'에 대해 다시 생각해보았다. 디킨슨에게도 어쩌면 '시인
이 되는' 것은 그가 홀로 있는 방식이었을지 모른다. 나아가
그 '홀로 있음'이 그의 야망이었을지 모른다. 이를 두고 '은둔'
이라 하지만 이 은둔은 고집스럽게 자신의 세계를 유지하는
행위다. 종교적 관념을 거부했던 개인주의자이며 당시 여성
에게 강요되던 관습을 따르지 않았던 에밀리 디킨슨이 집 밖
에 나오지 않았던 이유는 자신만의 안전한 세계를 구축하기
위해서였다.

디킨슨의 시에는 — 대시dash가 많다. 부연 설명하는 기능
을 가진 이 대시는 그의 시에 수시로 등장한다. 나는 작은따
옴표를 많이 쓰는 편이다. 가독성을 생각해 줄이려고 애쓰지
만 내가 말하고자 하는 내용을 담기에는 현실의 언어에 한계
가 있다 보니 자꾸 작은따옴표를 쓰게 된다. 특히 여성학자의
글에서 작은따옴표를 많이 발견한다. 아마 그들도 비슷한 이
유가 아닐까 짐작한다.

이처럼 디킨슨의 대시도 그가 말하고 싶은 '부연 설명'을

✝ 페르난두 페소아 저, 김한민 역, 〈양 떼를 지키는 사람〉, 《시는 내가 홀로 있는 방
식》, 민음사, 2018, 11쪽.

에밀리 디킨슨

담고 있다. 그의 대시는 당시에 많이 지적받았고 실제로 출판된 몇 편의 시는 이런 대시가 사라진 경우가 있었다. 하고 싶은 말이 숨겨져 있는 이 대시를 삭제하는 행위는 어쩌면 그의 진짜 목소리를 삭제하는 것이나 다름없다. 당대에는 이렇게 삭제되었던 그의 대시는 훗날 '디킨슨의 언어'로서 연구 대상이 되었다. 대시는 디킨슨만의 '언어의 방'이다.

디킨슨이 죽을 때까지 떠나지 않았던 애머스트는 보스턴에서 서쪽에 있으며 자동차로 2시간 정도 걸린다. 디킨슨이 56년간 살았던 이 마을에는 '에밀리 디킨슨 박물관'이 있다. 그의 물리적 활동 반경은 좁았을지 몰라도 생각의 반경은 무한했다. 흥미롭게도 '무명인'을 노래하던 그는 유명인이 되었고 집 밖으로 나가지 않던 그의 집으로 전 세계 사람들이 찾아온다. 그는 집 안으로 세계를 빨아들였다.

알베르투 카에이루⁺의 시 한 구절처럼, "아름다우면서 인쇄되지 못한다는 건 있을 수 없다"라는 말은 디킨슨에게 딱 들어맞는다. 1,800편 정도의 시를 썼지만 살아서는 한 권의 시집도 내지 않았다. 약 7편 정도의 시만 발표했던 에밀리 디킨슨의 시는 사후에 출간되었다. 동생 라비니아가 1,000편이 넘는 시를 발견했다. 오빠인 오스틴과 그의 아내이자 에밀리의 친구인 수전이 이 시를 모두 공개하기로 했으나 출간은 계속 늦어졌다. 에밀리 디킨슨 사후 10년간 이중 400여 편의

✝ 페르난두 페소아의 이명. 그는 무려 80개가 넘는 이명을 사용했다.

시가 출간되었다. 그렇게 에밀리 디킨슨은 시인으로 다시 살아났다. 사망한 지 거의 70년이 지난 1955년, 그의 시집이 하버드대학교에서 세 권으로 묶여 본격적으로 출간되었다.

말이 살이 되게 하는 일

비록 뒤늦게라도 그 아름다움이 발견되면 인쇄된다. 1904년에 캐나다 시인 블리스 카르먼은 그리스 시인 사포의 시를 엮어 출간했다. 이 책에 실린 시는 온전히 사포의 시라기보다는 카르먼에 의해 편집되고 추가된 시다. 그러나 이 시집의 성공은 당시 이미지즘 시인들에게 영감을 주어 그들의 창작에 영향을 끼쳤다. 그리스 역사에 관심이 많았고 그 자신이 양성애자였던 힐다 둘리틀은 특히 사포의 영향을 많이 받았다. H.D.라는 이름으로 활동한 20세기 초 아방가르드 시인 둘리틀은 에즈라 파운드의 연인이며 리처드 올딩턴의 아내로 소개되곤 한다. 작가로서 H.D.의 재발견은 1970년대 페미니즘 운동의 영향이 크다. 공교롭게도 힐다 둘리틀이 태어난 해는 에밀리 디킨슨이 죽은 해다. 하나의 시인이 육체적으로 소멸할 때 다른 하나의 시인이 세상에 나왔다. 최초의 여성 시인으로 알려진 사포부터 오늘날 여성에 이르기까지 이들의 말과 삶은 이어져 있을 것이다.

출판은 공중에게 자신의 뜻을 전달하는 행위다. 살아생전 시집은 출간하지 않았지만 쿠키와 케이크를 사람들에게 나눠주는 일이 디킨슨에게 일종의 '출판'이었을지 모른다는 생각이 들었다. 시를 쓰는 행위는 여성적이지 않았으나 빵을 만드는 행위는 전통적으로 여성적이었다. 엘리자베스 브라우닝과 조지 엘리엇의 글을 좋아했던 그는 위험한 말은 서랍 속에 고이 넣어두고, 대신 사람들의 입속에 그가 만든 빵을 넣었다.

부엌은 집 안에서 디킨슨이 오래 머물렀던 장소다. 그가 편안하게 느꼈던 공간이다. 부엌은 돌봄의 장소이며 생산하는 작업실이다. 먹을 것을 만드는 행위는 삶을 지속시키고자 하는 의욕적 행동이다. 록산 게이는 《헝거Hunger》(2017)에서 요리의 즐거움을 다음과 같이 표현한다. "내가 직접 한 반죽에 내가 고른 체리를 넣은 아름다운 체리파이를 만드는 것은 진정한 즐거움도 따르고 마음도 안정되는 일이다. 그럴 때면 나는 생산적인 사람, 유능한 사람이 된 기분이 든다."✢ 요리는 노동이면서 동시에 창조적 행위다. 나아가 다른 사람을 먹이는 기쁨을 통해 연결된다는 감정을 느끼게 해준다. 그렇기에 막연히 생각하는 '은둔'의 이미지와 실제 디킨슨의 삶은 거리가 있었으리라 생각한다. 에이드리언 리치는 디킨슨이 자신의 천재성을 알았기에 은둔을 선택했다고 믿는다.

✢ 록산 게이 저, 노지양 역, 《헝거: 몸과 허기에 관한 고백》, 사이행성, 2018, 245쪽.

특히 시인의 빵 굽기는 돌봄과 창작 행위의 결합이었다. 디킨슨은 코코넛 케이크를 잘 만들었고, 생강향이 감도는 진저브레드를 만들어 이웃 아이들에게 나눠주기를 즐겼다. 가족들이 먹는 빵도 그가 주로 담당했다. 여유 있는 가정이니 집에 일하는 사람이 있었음에도 디킨슨은 자주 빵을 구웠다. 아버지를 비롯해서 가족들은 디킨슨이 만든 빵을 더 좋아했다고 한다. 대문자를 많이 사용하거나 기존의 운율에서 벗어난 시를 시도했듯이 그는 새로운 방식의 빵 만들기도 즐겼다. 여성에게 새로운 언어는 위험하지만 새로운 조리법은 상대적으로 안전하다. 시에 독자가 필요하다면 빵도 먹는 사람이 있어야 한다. 그에게 시와 빵은 발언의 도구이며 타인과의 관계를 형성하는 매개였다. 디킨슨이 가족이나 친구들과 나눈 편지에는 제빵에 관한 이야기가 자주 등장한다. 특히 그의 요리는 주로 디저트에 특화되어 있었다. 제 삶을 스스로 달콤하게 만들었을지도 모른다.

디킨슨은 책상 위에서만 시를 쓴 것이 아니라 때로 부엌에서도 시를 썼다. 그의 시 〈절대 돌아올 수 없는 것들〉은 친구에게 보낸 코코넛 케이크 조리법 뒷면에 적은 시다. 조리법 적기와 시 쓰기는 그에게 모두 말이 살이 되게 하는 언어활동이다. 이 '제조의 현장'이 그의 안식처다.

행위는 처음에 생각을 노크하지

그리곤 ─ 의지를 두드려

그것이 제조의 현장

또한 평화와 행복의 의지.[+]

그가 가족이 먹는 빵을 만들고 이웃에게 쿠키를 나눠주거나 친구에게 조리법을 전달하는 행위는 세상에 대한 은밀한 영향력 행사의 욕구다. 음식 만들기는 여성의 노동이면서 실제로 여성이 타인과 사회에 영향을 미치는 일종의 '힘'으로 작용했다. 자연의 곡물이나 과일 등을 먹을 수 있게 가공해 빵이나 다양한 디저트로 변형시키는 과정에는 먹는 사람과의 연결에 대한 욕구뿐 아니라 미적 욕구도 개입한다. 기독교에서 성체는 예수의 몸을 상징한다. 가톨릭에서 이 성체를 나눠 먹는 행위는 예수의 말씀을 몸에 축적함을 뜻한다. 디킨슨이 제 손으로 만든 음식을 타인과 나누는 행위는 그의 언어를 세계에 축적하는 상징적 행위나 다름없다.

애머스트칼리지나 하버드대학교 도서관에 소장 중인 디킨슨의 자필 조리법을 보면 한 가지 눈에 들어오는 게 있다. 그가 손으로 적어놓은 조리법에도 대시가 있다! 예를 들어 그의 유명한 블랙 케이크의 조리법을 읽어 내려가다 보면 마치 시를 읽는 기분이 든다.

[+] 에밀리 디킨슨 저, 강은교 역, 〈행위는 처음에 생각을 노크하지〉, 《고독은 잴 수 없는 것》, 민음사, 2016, 97쪽.

5 teaspoons

Cloves — Mace — Cinnamon

2 teaspoons Soda —

정향 5 작은 술 — 육두구 가루 — 계피 가루

소다 2 작은 술 —

이것은 시일까, 조리법일까. 조리법에 적힌 대시를 보노라면 그는 정말 시를 쓰듯 조리법을 적었다는 생각이 든다. 디킨슨은 오늘날의 기준으로 보면 푸드 라이터food writer가 아니었을까. 실제로 디킨슨의 블랙 케이크 조리법은 2007년 출간된 《아메리칸 푸드 라이팅*American Food Writing: An Anthology with Classic Recipes*》에도 실려 있다.

또한 그의 시에 자연에 대한 시선이 많이 보이듯이 실제로 그는 식물 돌보기에 관심이 많았다. 디킨슨은 많은 생명과 소통했다. 그저 돌보기만 하는 것이 아니라 식물도감도 직접 만들었다. 2019년에는 원예 전문가인 마르타 맥도웰이 《에밀리 디킨슨의 정원 가꾸기*Emily Dickinson's Gardening Life: The Plants and Places That Inspired the Iconic Poet*》를 출간할 정도로 디킨슨의 삶에서 식물 돌봄은 많은 부분을 차지했다. 디킨슨의 집에는 사과, 배, 자두, 체리 나무가 자라는 과수원이 있었다. 정원과 과수원에서 그는 은유와 상징을 배웠고, 고통을 견디는 법을 알아

에밀리 디킨슨

갔다. 부엌과 함께 정원과 과수원은 그에게 시를 쓰는 작업실이며 우주를 이해하도록 돕는 세계였다.

실연의 슬픔과 여성으로서 제한된 삶의 반경 속에서 그는 고통을 철저히 언어화했다. "크나큰 고통이 지난 뒤엔" 쾌감을 넘어 해방감을 느낀다. "처음엔 — 오한이 나다가 — 이윽고 황홀 — 이윽고 해방"을 노래한다. 단단한 돌과 바위를 동경하던 그는 제 자신의 영혼을 단단하게 단련했다. "영혼이란 제 있을 곳을 선택하는 법"이라던 그는 불필요한 "관심의 밸브를 잠가"버리고 제 영혼이 있을 곳을 선택했다. "심판을 향해 떠나가며" 그는 "단념하는 살Flesh"이 되어 소멸한다. 살은 언어로 남는다.

디킨슨이 이토록 고통을 단단한 언어로 잘 숙성시켰기 때문인지, 그의 시는 나이가 들수록 점점 더 좋아진다. 그의 시에서 드러나는 '허무'의 감정은 도피가 아니라 자신의 세계를 지키려는 최소한의 분투다. 죽음과 함께 사랑을 갈구하던 시인은 사랑을 "자기 그릇만큼 밖에는 담지 못"는 것이라고 일침을 놓는다. 자기 그릇, 곧 제 마음의 그릇이며 제 세계의 반경을 넘어 사랑을 담진 못한다. 그 그릇을 넓히지는 못해도 최소한 지키기라도 하면 다행이다. 디킨슨의 '은둔'은 그렇기에 제 사랑을 지키는 행위였다.

오랫동안 역사에서 언어의 주체로 살아온 남성들은 여성

들과 마주 앉기에 종종 실패한다. 여자를 과일로 만들거나 고기로 만들어 식탁 위에 올리지 말고, 여자의 말을 먹어보길. 기존의 언어가 전복될 것이다.

에밀리 디킨슨

1830년 12월 10일 미국 매사추세츠주 애머스트에서 변호사이자 정치가였던 아버지 에드워드 디킨슨과 어머니 에밀리 노크로스의 사이에서 세 남매 중 둘째로 태어났다. 정규 교육을 받은 적은 없었고, 적은 수의 책을 깊이 탐독하는 습성이 있었다. 종교의 반항아로서 청교도에 회의를 품었으며, 구원의 희망에 대해 강한 반발심을 가지고 있었다. 평생 1,800여 편의 시를 남기면서 자신의 시를 출판하기를 꺼렸지만, 친구와 가족 등 소수의 지인에게는 기꺼이 보여줬다. 800여 편의 시를 직접 필사하고 손수 제본한 문서첩 40권에 보관했다. 또한 그는 외출을 극도로 자제했는데, 1872년 이후로는 방문 의사가 열린 문틈으로 걸어 다니는 그를 보며 진찰해야 했을 정도로 과도한 대인 기피 증세를 보이기도 했다. 디킨슨을 "북극광처럼 빛나는" 존재로 여기던 로드 판사가 1884년에 죽자 실의에 빠져 건강이 악화되어, 1886년 5월 15일에 매사추세츠주 애머스트에서 영영 눈을 감았다.

에밀리 디킨슨의 주요 작품

《에밀리 디킨슨 시선집 *The Poems of Emily Dickinson*》(1955)

    ※아래와 같이 한국어로 번역되어 출간되었다.

    《디킨슨 시선》, 윤명옥 옮김, 지만지, 2011

    《고독은 잴 수 없는 것》, 강은교 옮김, 민음사, 2016

    《절대 돌아올 수 없는 것들》, 박혜란 옮김, 파시클, 2018

    《모두 예쁜데 나만 캥거루》, 박혜란 옮김, 파시클, 2019

    《마녀의 마법에는 계보가 없다》, 박혜란 옮김, 파시클, 2019

    《나의 꽃은 가깝고 낯설다》, 박혜란 옮김, 파시클, 2020

유도라
웰티

장소의
위계에 대하여

Eudora Welty   1909~2001

2019년 가을, 서울에서는 광화문과 서초동이 '조국 사퇴'와 '검찰 개혁'을 상징하는 장소가 되어버렸다. 누군가는 '나는 조국이다'라고 외친다. 놀라운 정체성이다. '나는 김용균이다' 라는 외침 앞에서 망설이던 사람들도 '나는 조국이다'라고 쉽게 말한다. 연대의 '되기'가 아닌 선망의 '되기'다. 얄궂은 생각이 든다. 조국 씨도 과연 당신을 그렇게 생각할까요?

'조국이 아니'지만 검찰 수사가 과하다고 생각하는 나는 이분법을 벗어난 말을 보태기가 어렵다. 여러 맥락이 있으나 '조국 사태'라 불리는 현상에서 계속 눈에 밟히는 한 가지는 지역의 위치다. 지금까지 이와 관련해 흘러나온 지역에 대한 발언들을 정리해보았다.

"후보자의 딸은 멀리까지 매일 오가며"

조국 전 장관의 딸이 고등학생일 때 단국대학교 의과대학에서 수행한 인턴십을 통해 논문 제1 저자가 되었다. 이때 조국의 딸이 얼마나 성실히 활동에 임했는지를 설명하는 수사로 단국대학교 의과대학이 있는 천안의 위치가 강조됐다. 멀리까지. 강남에서 단국대학교 의과대학까지는 자동차로 한 시간 거리다. 강남고속버스터미널에서 천안 가는 버스는 5분이나 10분 간격으로 있다. 단국대학교 천안캠퍼스에 다니는 서울 학생들은 강남역에서 매일 통학 버스를 탄다.

물론 고등학생이 오가기에는 가까운 거리가 아니다. 물리적 거리를 가볍게 본다는 뜻이 아니다. 물리적 거리를 강조하는 방식으로 그가 얼마나 고생했는지 전하는 태도에서 묘한 불편함을 느꼈다. 앞서 언급했듯이 매일 강남에서 통학 버스를 타고 '서울 바깥'으로 나가는 학생들을 바라보며 그들이 얼마나 성실히 대학을 다니는지 강조하진 않는다. 우리 사회에서 그들은 '인서울'에 실패한 학생들로 여겨진다. 그래도 여기까지는 아슬아슬하게 속마음을 숨기는 발언이었다.

"서울에서 영주까지 내려가서"

본격적으로 지역 비하의 시각을 숨기지 못한 건 바로 경북 영주에 있는 동양대학교가 이 사건에 들어오기 시작하면서부터다. 강남에서 한 시간 걸리는 천안이 그토록 먼 거리였으니 소백산 넘어 경북 영주는 얼마나 멀겠는가. 조국에 대해 무조건적인 옹호와 지지를 보내는 사람들은 서울에서 대학을 다니는 학생이 영주까지 가서 활동한 사실을 대단한 시혜처럼 여겼다. '깡촌 대학', '깡촌까지 가서'라는 표현이 서슴없이 흘러나왔다. 급기야 더불어민주당의 한 의원은 청문회 당시 과하게 '솔직한' 태도를 보였다.

"고려대 학생이 유학을 가든 대학원을 가든 동양대 표창이 뭐가 필요하겠나, 솔직히 이야기해서."

표창장 위조를 둘러싼 검찰 특수부의 조사나, 청문회 전 검찰의 압수수색 등은 과해 보인다. 이에 대해 충분히 검찰을 비판할 수 있으며, 입장에 따라 사법개혁에는 조국이 적임자라고 생각할 수도 있다. 그러나 누구를 지지하든, 옹호하든, 반대하든, 자신이 주장하는 개혁을 위해 다른 한 세계를 비하하는 태도를 얼렁뚱땅 넘길 수는 없다. 지역 비하, 학벌주의, 학력주의가 총동원된 개혁에 문제의식이 필요하다. 국회의원의 '솔직한' 태도를 넘어 공지영 작가가 노골적으로 비하 발언을 뱉었다.

"참 먼 시골 학교였다."

공지영은 과거에 동양대학교를 방문한 기억을 꺼내들며 이렇게 표현했다. 이 표현에서 영주시 풍기읍에 있는 동양대학교가 공지영 작가의 마음속에서 굉장히 먼 거리에 있음을 알 수 있다. 나는 한 강연장에서 전라남도 해남에서 온 50대 남성을 만난 적 있다. 그때 강연 장소는 서울 홍익대학교 근처였다. 당일로 다녀갈 수도 없어 그는 서울에서 숙박을 해야 했다. 더욱 놀랍게도 한 달에 두 번꼴로 뭔가 배우기 위해 서울에 온다고 했다. '멀리까지' 그를 오도록 만드는 힘은 바로 서울과 지역 간의 위계다. 흔히 지방 발령은 곧 '좌천'이다. 좌천은 낮은 곳으로 지위가 떨어짐을 뜻한다. '좌'가 왼쪽 좌임을 알고 의아했는데, 이는 과거에 왼쪽을 오른쪽보다 업신여겼기 때문이다. 위치가 가진 위계는 사람의 이동에 부여하는 의미를 다르게 만든다.

2018년에는 지방선거를 앞두고 당시 자유한국당 정태옥 의원이 이른바 '이부망천(이혼하면 부천 살고, 망하면 인천 산다)'이라는 해괴한 발언을 했다가 거센 비난을 받고 잠시 탈당한 적 있다. 수도권 내에서도 이처럼 섬세한 차별이 있다. 내가 부천에 살 때 인천에 사는 한 선배와 친해졌다. 지하철을 타고 긴 시간 함께 이동하다 보니 자연스레 가까워졌다. 그때 선배가 이런 말을 했다. "우리는 친구 만나러 당연히 서울 가는데 서울에 있는 애들은 우리 보러 부천이나 인천에 안 오더라." 듣고 보니 정말 그랬다. 나는 으레 내가 서울로 가야 한다고 생각했지 부천으로 누군가를 오게 만드는 수고를 감히 생각하지도 못했다. 부천에 산다고 했을 때 "옛날에는 다 복숭아밭이었던, 아주 못사는 사람들이 살던 동네지요"라는 말도 들었다. 이런 일화는 끝도 없이 꺼낼 수 있다. 인천에 사는 사람이 느끼는 서울 삼청동까지의 거리와 삼청동에 사는 사람이 느끼는 인천까지의 거리감은 다르다. 마음의 거리가 물리적 거리를 달리 느끼게 만든다.

유도라 웰티

장소에는 정신이 있어

오늘날은 국가 간의 차이보다는 대도시와 시골(지방) 간의 차이가 더 눈에 들어온다. '글로벌' 시대에 다른 나라의 대도시들은 서로를 욕망하며 닮아가지만 같은 국가 안에서 대도시와 시골의 격차는 극심해지고 있다. 교통과 통신이 발달해 물리적 거리는 큰 문제가 되지 않지만 문화적 차이가 벌어진다. 뉴욕을 욕망하는 서울은 한국의 지방과 문화적으로 더욱 멀어지려 애쓴다. '지잡대'라는 언어가 21세기 한국의 신조어임을 상기하면 이는 부인할 수 없는 사실이다. 그럴수록 더욱 지역성을 붙들고 고민할 필요가 있다.

그런 면에서 장소를 잘 다루는 작가가 좋다. 문학이나 미술에서 장소성이 강한 작품이 있다. 예를 들어 통영을 모르고 전혁림의 미술을 이해하는 데 한계가 있다. 《토지》(1969~ 1994)의 하동 평사리는 박경리에 의해 만들어진 하나의 세계다. 최인호의 〈깊고 푸른 밤〉에서 캘리포니아라는 장소는 이 소설의 분위기를 좌우하는 또 하나의 주인공이며 주제다. 뉴저지의 유대인 가정 출신인 필립 로스는 뉴저지의 유대인을 자신의 문학 속에서 꾸준히 다뤘다. 전라도 사투리로 가득한 최명희의 《혼불》(1988~1996)은 지역 문화에 대한 탐복할 정도의 집착이 있어 탄생할 수 있는 작품이었다. 이처럼 작가와 장소는 꽤 긴밀한 영향을 주고받는다. 미국 미시시피의 지역성을 문학의 세계에서 잘 구현한 유도라 웰티는 자신의 소설 작법에서 특히 장소의 의미를 다음과 같이 설명한다.

"소설의 감정 세계를 표현하는 사실 같은 공간일 뿐만 아니라, 소설에 등장하는 인물에 현실성을 부여"하는 역할을 하는 게 장소다. 웰티는 "인간에게 상상력이 주어졌을 때부터 장소에는 정신이 깃들게 되었고, 인간이 한곳에 정착하기 시작하면서부터 인간은 장소에서 신의 존재를 발견했다"[*]라고 한다. 장소에 대한 그의 관점은 바로 작품에서 여실하게 드러난다.

웰티의 작품들은 인간주의 지리학의 관점에서 접근하기에 좋은 텍스트다. 그는 인간이 경험하는 일상의 지역성과 현재성이 예술에서 중요한 요소임을 강조한다. 장소는 단지 물리적 공간이 아니라 인간과 유기적으로 연결되어 있어 그곳에는 어떤 정신이 흐른다. 그렇기에 장소에서 인간이 느끼는 감정을 존중할 필요가 있다.

학교 교사였던 어머니 덕에 웰티는 어릴 때부터 책과 가까웠고 경제적으로 큰 어려움 없이 지냈다. 90년이 넘는 생에서 많은 시간을 미시시피주 잭슨에서 살았던 웰티는 다양한 지역에 살아본 적도 없다. 잭슨은 바로 흑인 여성 가정부들이 겪는 극심한 차별을 그린 영화 〈헬프〉(2011)의 배경이 된 마

---

[*] 유도라 웰티 저, 신지현 역, 《유도라 웰티의 소설작법》, 엑스북스, 2018, 91쪽.

을이다. 중산층 가정에서 자라난 그도 학업을 위해 동부나 북부의 도시로 잠깐 '진출'한 적이 있다. 그러나 어머니 돌보기 등 딸의 역할을 하며, 독신으로 작은 지역 사회에서 긴 생을 살았다. 그의 삶은 그리 진취적이라고 보긴 어렵다. 캐서린 앤 포터는 1941년 웰티의 단편집 《초록 장막 A Curtain of Green》의 서문에서 "웰티 양은 또한 현재 급진적인 지성의 차원에서 전투적인 사회의식 역시 모면하며, 공산주의 신념을 표방한 적도 없고 암묵적인 방식이 아닌 다음에야 정치나 사회 상황에 대해 어떤 식의 태도도 표명한 적이 없다"라고 쓴다. 그러나 웰티에게는 "반박할 수 없는 필수 불가결한 도덕법"이 있다고 한다. 여행을 많이 하고 경험이 많으면 그 나름대로 확장된 세계를 쓸 수 있고, 다양한 경험이 없더라도 자기가 서 있는 자리에서 세계를 세밀하게 관찰하는 눈을 기를 수 있다.

삶이 너무 평범해 웰티는 스스로 제 삶이 "전혀 작가다운 삶이 아니다"라고 했다. 그러나 '작가다운 삶'이란 무엇일까. 극적인 사건, 비참한 가난 혹은 화려한 부, 알코올중독, 투병 생활, 혁명에 뛰어들기, 전쟁 참여, 세계 여행 등이 없는 삶은 작가다운 삶이 아닐까. 소시민의 삶과 일상을 딛고 선 문장들이 키워내는 이야기는 그대로 가치가 있다. 웰티는 자신의 삶을 내세우지 않았으나 일상 속에서 꾸준히 숨 쉬듯 글을 썼다. 충분히 작가의 태도다.

웰티의 자전적 소설 《낙천주의자의 딸 *The Optimist's Daughter*》 (1972)은 아버지의 죽음 후 애도의 시간을 보내며 다시 일상으로 돌아가기까지의 이야기다. 도시에 살던 로렐이 아버지의 수술 소식을 듣고 남부로 돌아왔지만 아버지는 수술 후 사망한다. 미시시피의 작은 마을에서 그는 다시 옛 친구들을 만나고 가족관계도 돌아본다. 살면서 누구나 겪는 상실과 애도, 불화의 시간을 거쳐 누군가를 이해하는 과정들이 담겼다. 이 작품에서도 작은 마을에서 벌어지는 '쑥덕거림'은 빼놓을 수 없다. 대도시에 익명성이 있다면 작은 마을에는 쑥덕거림이 있다. 유도라 웰티는 이 쑥덕거림을 잘 포착해 인간사의 흔한 모습을 문학적으로 구현한다. 포터가 표현한 대로 정말 딱 "보스턴 사람들이라면 그다지 만나고 싶지 않을 그런 부류"의 사람들이다. 어디 보스턴 사람들뿐일까. 세련된 무관심을 추구하는 사람이라면 별로 만나고 싶어하지 않을 그런 부류의 인물들이 웰티의 소설에 가득하다. 내 일상에서 만난다면 나도 썩 달가워하지 않을 인물들이지만, 그러한 인물들을 입체적으로 보여주는 게 문학의 능력이 아닐까.

단편에서도 그 매력은 잘 살아난다. 웰티에게는 바로 자신과 관계 맺은 지역이라는 그 장소가 그의 정체성의 일부다. "세상 전체에서 가장 심오하고 가장 감동적인 광경은 분명 얼굴"(〈클라이티〉)이라는 표현처럼, 그는 미시시피 지역을 배경으로 다양한 사람들의 얼굴을 문학으로 옮겼다. 미국에서 경제적으로 낙후된 지역인 미시시피의 평범하지만 나름의 이야기를 담은 그 얼굴들이 글자 위로 지나간다. 실직 후 무기력과 제 분노를 다스리지 못해 임신한 아내를 살해하는 남성(〈마조리에게 꽃을〉), 좁은 지역과 지겨운 가족 간의 갈등에서 벗어나고픈 여성(〈내가 우체국에서 사는 이유〉), 제 욕망을 따라 떠나거나 새로운 도전을 하진 못해도 꾸준히 피아노를 치며 단조로운 삶 속에서 제 세계를 꾸려가는 여성(〈6월 발표회〉) 등 그 '먼 시골'에도 당연히 삶이 있다.

특히 〈6월 발표회〉 속의 캐시는 웰티 자신을 반영한 인물로 보인다. 크게 튀는 인물도 아니며 대체로 무난한 인생을 살면서 고향에서 어머니를 돌보고 어머니의 사후에도 그의 정원을 가꾸는 모습에서 그렇다. 그러나 〈클라이티〉의 비극적 결말처럼 그의 작품 곳곳에는 가족관계와 돌봄에 대한 진저리 처짐이 잔잔하면서 충격적으로 담겨 있다. 충격적인 장면을 담담하게 묘사하듯이, 무난해 보이는 삶이지만 웰티의 내면에 어떤 거대한 파도가 치고 있었는지도 모른다.

웰티는 지역의 '소소한 삶'을 소소하지 않게 그림으로써 인간의 삶을 미세하게 보도록 이끈다. 웰티는 비슷한 시기에 활동했던 같은 미시시피 출신의 작가 윌리엄 포크너와 함께 언급될 때가 많다. 과거를 주로 조명한 포크너와 달리 웰티는 당대를 살아가는 주변 인물들에 초점을 맞췄다는 점에서 차이가 있다. 1973년 장편소설 《낙천주의자의 딸》로 웰티는 풀리처상을 받았지만 그의 문학적 매력은 단편에서 더욱 빛난다. 특히 비극적인 상황에서도 능청스러운 유머를 잃지 않는다. 어떤 사람은 단편보다 장편을 '진정한 문학'으로 여기지만 나는 그렇게 생각하지 않는다. 앨리스 먼로나 에드거 앨런 포의 단편이 잘 보여주듯이 단편은 그 자체로 완성된 세계다.

인간주의 지리학에서 '장소연구'는 인간과 자연의 관계를 통해 장소성Sense of Place 혹은 장소 정체성Place Identity을 탐구한다. 하나의 인간을 형성하는 많은 조건 중에서 그가 딛고 선 장소는 꽤 중요한 역할을 한다. 자신의 위치에 대한 의구심이 없는 자는 타인의 장소에 대한 고민이 없다. 또한 지리적 위치가 가지는 정치적 역할에 무지하다. 나 역시 내가 '지방 출신'이 아니었다면 서울 중심주의에 대해 덜 생각했을지 모른다. 지역 비하는 그 장소와 관계맺은 많은 삶에 대한 의도적인 무지다. 사람이 어떤 장소에서 느끼는 정서적 애착과 유대 관계를 존중하는 태도가 결핍되었을 때 이러한 무지를 방치한다.

소백산 자락에 자리한 영주 성혈사 나한전의 꽃살문을 보자. 풍성한 모란과 단정한 연이 새겨진 나무 문살을 보노라면 어쩜 이리도 제자리에서 아름다움을 지키는지 감탄하게

유도라 웰티

된다. 누가 뭐라고 하든, 가을이면 사과가 더욱 붉게 익어갈 것이고, 부석사의 은행나무는 노랗게 물들 것이다. '깡촌'과 '먼 시골'이라는 위계를 무심히 비웃으며.

1909년 4월 13일 미국 미시시피주 잭슨에서 태어났다. 보험회사 간부인 아버지와 교사인 어머니 사이에서 태어나 문화적으로 풍요로운 어린 시절을 보냈다. 미시시피주립대학교와 위스콘신대학교, 컬럼비아대학교에서 공부하고 고향으로 돌아와 공공산업진흥국의 홍보 기자로 일했다. 1936년《매뉴스크립트》에 단편 〈어떤 외판원의 죽음〉을 발표하며 본격적인 작가의 길을 걸었고, 1941년 단편집《초록 장막》을 발표하며 명성을 얻었다. 1973년《낙천주의자의 딸》로 퓰리처상을 수상했다. 오랫동안 노벨문학상 후보 1순위로 거론되었던 웰티는 1983년《유도라 웰티 소설집》으로 전미도서상을 수상했다. 그는 1986년 미국 정부가 최고의 예술가에게 수여하는 국가예술훈장을 받았고, 가장 뛰어난 단편에 수여하는 오헨리상을 여덟 차례 수상했다. 2001년 7월 23일 그가 태어난 곳인 잭슨에서 숨을 거뒀다.

유도라 웰티의 주요 작품

《유도라 웰티*The Selected Stories of Eudora Welty*》(1949), 정소영 옮김, 현대
　　문학, 2019
　　　※이 책은 데뷔작 〈어떤 외판원의 죽음*Death of a Traveling Salesman*〉
　　　과 함께 《초록 장막*A Curtain of Green*》(1941), 《커다란 그물*The Wide
　　　Net and Other Stories》(1943), 《황금 사과*The Golden Apples*》(1949)에 실린
　　　작품들을 포함하고 있다.
《이니스폴른 호의 신부*The Bride of the Innisfallen and Other Stories*》(단편집,
　　1955)
《도둑 신랑*The Robber Bridegroom*》(장편, 1942)
《델타의 결혼식*Delta Wedding*》(장편, 1946)
《폰더의 마음*The Ponder Heart*》(장편, 1954)
《낙천주의자의 딸》(장편, 1972)
《이야기의 눈*The Eye of the Story*》(에세이, 1979)
《작가의 시작*One Writer's Beginnings*》(에세이, 1984)
《유도라 웰티의 소설작법*On Writing*》(에세이, 2002), 신지현 옮김, 엑
　　스북스, 2018

캐서린 앤 포터

선을 넘나드는 삶

Katherine Anne   1890~1980
Porter

2017년 여름, 멕시코에서 미국으로 밀입국하던 멕시코인 10
명이 한꺼번에 사망하는 사건이 있었다. 트럭의 화물칸에 숨
어서 이동했으나 고온의 날씨에 에어컨도 없이 밀폐된 공간
에서 장시간 이동하다보니 그대로 사망한 것이다. 2019년에
는 냉동 컨테이너에 숨어 영국으로 밀입국을 시도하던 베트
남인 39명이 모두 사망한 채 발견되었다. 다른 지역에서 일어
난 비슷한 사건들을 보면 국적이 한 사람의 모든 운명을 이미
결정해버린다는 생각에 심란해진다. 존재는 비자가 증명한
다. 트로츠키의 비자를 위해서는 프랑스 지식인들이 서명이
라도 해줬지만 수많은 '불법 이민자'들의 죽음은 이내 잊힌
다.✢ 이 안타까운 소식들을 접하니 텍사스의 국경도시를 지
나던 생각이 난다.

　　텍사스주의 엘파소에서 오스틴 방향으로 가는 길에 낯선
경험을 했다. 엘파소 도심을 벗어나자 차량이 조금 줄어드는
가 싶더니 이상하게 다시 차가 밀리기 시작했다. 제일 오른쪽
차선에는 어느새 트럭들만 보였고 왼쪽에는 승용차만 서 있
었다. 저 멀리 뭔가 보였다. 텍사스에서 고속도로 요금을 받는
다고 들은 적은 없는데 요금소인가 아닌가 긴가민가하면서

✢ 프랑스 작가 앙드레 브르통은 〈비자 없는 세상〉이라는 제목으로 트로츠키의 프랑
　스 체류 연장을 호소하는 글을 썼다. 1934년 당시 프랑스에 망명 중이던 트로츠키
　의 장기 체류가 법적으로 어려워지자 브르통이 프랑스 정부에 그의 체류 연장을 호
　소한 것이다. 이 글에는 폴 엘뤼아르와 벤자민 페레를 비롯한 예술가 19명의 서명이
　담겨 있다. 하지만 트로츠키는 비자 연장에 실패하고 결국 프랑스를 떠나 그의 마지
　막 망명지인 멕시코로 향했다.

서서히 다가갔다. 저 멀리서 제복을 입은 사람들이 차와 차 사이를 걸어 다니고 있는 모습이 보였다. 앗, 내가 혹시 길을 착각했나. 다리를 건넌 기억이 없지만 순간 길을 잘못 들어서서 혹시 멕시코로 넘어가는 줄 알고 놀랐다. 황급히 지도를 펼쳐 봤지만 길을 잘못 들지는 않았다. 엘파소는 국경도시이고 리오그란데강을 건너면 멕시코의 시우다드후아레스다. 멕시코와 미국 사이의 마약 카르텔을 다룬 드니 빌뇌브의 영화 〈시카리오: 암살자의 도시〉(2015)는 바로 이 엘파소와 시우다드후아레스 사이를 오가며 벌어지는 사건을 다룬다.

제복을 입은 사람들과 가까워지면서 말로만 듣고 영화에서나 보던 국경 수비대가 모든 이동 중인 차량을 검문한다는 사실을 알게 되었다. 주둥이가 까맣고 귀가 뾰족하게 선 저먼셰퍼드가 40도 가까운 날씨에 뜨거운 도로 위에서 혀를 내밀고 헥헥거리며 자동차 사이를 오갔다. 저먼셰퍼드는 특히 마약 냄새를 맡는 능력이 탁월한 개로 길러진다. 어느새 우리 옆에서 경찰이 고개를 숙이고 차 안을 들여다보며 인사했다. "미국 시민입니까?" 시민은 아니지만 신분증이 있으니 보여줬다. 경찰은 여권을 요구했다. 여권은 없었다. 미국 내에서 돌아다닐 때 여권을 가지고 다니진 않았다. 여권은 없고, 노동허가증을 보여줬더니 경찰은 즉각 엄지손가락을 척 세우고 지나가라고 했다. 아주 잠깐이었지만 괜히 사람을 긴장하게

캐서린 앤 포터

만드는 순간이었다.

그전에 나는 캐나다와 강을 하나 사이에 둔 미네소타의 북쪽 도시 인터내셔널폴스에 갔었다. 같은 국경도시지만 분위기는 전혀 다르다. 긴장감이라곤 없고 오히려 무료와 지루한 공기가 흐르는 쇠락하는 도시의 풍경을 고스란히 전했다. 한때는 동네 사람들이 모여서 시끌벅적한 분위기를 만들었을 커다란 바는 폐업한 채 아직 다른 계획이 없어 보였고, 4월에도 여전히 거리에는 '해피 크리스마스' 깃발이 시간에 무심한 채 펄럭이고 있었다. 강가에서 캐나다가 보였다. 엘파소의 리오그란데 강변에 쳐놓은 높은 장벽은 미국과 캐나다 사이에는 없었다. 캐나다에서 미국으로 강을 헤엄쳐 불법 입국을 하진 않으니까.

주로 오대호 근처 중서부의 작은 도시들의 인구가 점점 더 줄어드는 반면 남부와 남서부는 그곳의 뜨거운 날씨만큼이나 인구 팽창 중이다. 백인 노동자의 입지가 약해지고 히스패닉이 수적으로 증가했다. 2016년 도널드 트럼프의 대통령 당선과 외국인노동자 혐오는 이처럼 변화하는 사회에서 백인 사회의 두려움이 만들어낸 반응이다. 이주민이 늘어나면서 보수적인 남부의 정치 지형은 변하는 중이다. 어떤 정치 전략가들은 장기적으로 텍사스도 민주당으로 바뀔 것으로 본다. 실제로 텍사스주 오스틴은 소위 가장 '핫'하다는 도시로 변모

한 지 오래다. 남부의 도시에는 청년과 이민자가 증가하면서 도시화도 빠르게 진행 중이다. 이 역동성을 막기 위해 트럼프는 멕시코 국경에 장벽을 치며 으름장을 놓았다. 하지만 아무리 장벽을 세워도 이 흐름을 막을 순 없을 것이다.

다양한 삶을 넘나들기

멕시코를 '두 번째 조국'이라 말하는 캐서린 앤 포터가 지금 살아 있다면 어떤 글을 쓸까. 포터는 1922년 〈마리아 콘셉시온〉으로 소설가 데뷔를 했다. 제 남편과 연애하는 다른 여성을 살해하기까지 마리아 콘셉시온의 심정, 그 사건을 두고 벌어지는 마을 사람들의 시선과 감정이 으스스하게 펼쳐진다. 〈휴가〉처럼 텍사스가 배경인 작품도 있지만 그의 데뷔작인 〈마리아 콘셉시온〉부터 뒤이어 발표한 〈처녀 비올레타〉, 〈순교자〉는 모두 멕시코를 배경으로 한다. 텍사스 출신인 그의 작품에는 지리적으로 인접한 멕시코와 멕시코인이 종종 등장한다.

　넓은 텍사스주 한가운데 인디언 크릭이라는 작은 마을에서 태어난 포터는 파란만장한 삶의 한 부분을 멕시코에서 보냈다. 19세기 중반 멕시코령 테하스(텍사스)는 멕시코에서 독립해 텍사스공화국이 되었다가 1845년 미국의 스물여덟 번째 주가 되었다. 300년간 이어진 스페인의 멕시코 지배 속에서 텍사스도 한때 스페인의 지배를 받았고 이어서 프랑스 탐험대의 침략도 겪었다. 이처럼 멕시코와 텍사스의 국경은 스페인, 미국, 프랑스 등의 원정과 전쟁 속에서 변해왔다. 한 나라였다가 다른 나라가 되는 등 여러 우여곡절을 겪은 관계다. 텍사스를 비롯해 남부 지역 음식을 일컫는 텍스멕스Tex-Mex라는 작명에서 이미 텍사스와 멕시코의 뒤섞인 관계가 드러난다.

미시시피를 문학적으로 잘 다룬 유도라 웰티가 존경했던 캐서린 앤 포터 역시 보수적인 지역적 배경에서 성장한 여성이지만 이들의 삶은 전혀 닮지 않았다. 웰티가 비교적 안정적으로 남부 문화에 뒤섞여 큰 마찰 없이 살아갔다면 포터는 전통과 불화하는 편이었다. 그는 결코 '얌전한' 남부 숙녀가 아니었다.

포터는 텍사스의 빈곤한 가정에서 태어나 텍사스와 루이지애나에서 자랐고 다양한 경험 속에서 분투했다. 그의 치열한 삶이 문학에도 반영되었다. 흔히 여성에게 많이 언급되는 '몇 번의 결혼'을 굳이 꺼내보자면, 포터는 결혼을 다섯 번 했다(헤밍웨이를 소개할 때 그가 네 번 결혼했다는 사실이 항상 강조되진 않는다). 포터는 그 다섯 번의 결혼을 모두 이혼으로 마무리했다. 부유한 텍사스 농장주의 아들과 열여섯 살에 첫 번째 결혼을 한 그는 8년에 걸쳐 남편에게 학대당했다. 시카고로 도망친 후 1년 뒤 정식으로 이혼했다. 흔히 이혼을 '실패한 결혼'이라고 하지만 결혼을 유지하는 게 때로는 삶을 폭력에 가둔다. 이혼은 결혼 실패가 아니라 결혼 생활 종료일 뿐이다. 이 폭력적인 결혼 생활에서 벗어난 뒤 그는 이름을 바꾼다. 칼리 러셀 포터에서 캐서린 앤 포터가 되었다. '캐서린'은 그를 길러준 할머니의 이름이다. 포터가 두 살 때 포터의 어머니는 포터의 동생을 낳은지 두 달 만에 사망했다. 두 살부터 할머니가 사망한 열한 살까지 포터는 할머니가 키워줬다. 단역배우, 가수 등 생계를 위해 여러 일을 하던 포터는 언론인으로 살아간다.

1920년대 전후로 그는 멕시코혁명 현장을 누비던 언론인이었으며 당대 멕시코에서 가장 유명하던 화가 디에고 리베라와도 교류했다. 〈아시엔다〉와 〈그 나무〉는 바로 멕시코혁명(1910~1917) 이후의 모습을 담은 작품이다. 그는 멕시코를 배경으로 원주민 여성의 삶을 그리는 데에도 주저하지 않았다. 유럽에서 당시 지식인들과 어울리는 등 활동 범위가 넓었던 그의 작품 속 배경은 미국을 벗어나 유럽으로도 옮겨간다. 예를 들어 〈기울어진 탑〉의 주인공은 베를린에 거주한다.

이처럼 포터는 다양한 장소에서 다양한 인종과 다양한 계층의 삶을 그린다. 그러나 늘 그의 작품에 숨어 있는 시선은 사회적 약자에 대한 관심이다. 이러한 태도가 가장 잘 담긴 작품이 〈그 애〉라고 생각한다. 〈그 애〉의 경우는 장애 아이를 둔 부모가 남들 앞에서 지나치게 아무렇지 않은 척하려고 애쓰는 모순된 태도를 서글프게 보여준다.

일흔이 넘은 1962년에 출간한 《바보들의 배 *Ship of Fools*》는 포터의 유일한 장편이다. 이 소설은 베스트셀러가 되어 영화로도 제작되는 등 포터에게 경제적으로 큰 성취를 안겨줬다. 포터는 1965년에 퓰리처상까지 수상했다. 《바보들의 배》는 포터가 1931년 멕시코 베라크루스에서 독일까지 항해한 경험을 바탕으로 쓴 소설이다. 이 작품으로 대중적인 성공을 거뒀으나 평단은 여전히 그의 중·단편에 훨씬 환호했다. 문화적 관습과 보수적인 종교에서 벗어나려 애쓰며, 정치 혁명의 한복판을 넘나들며, 나라와 나라를 오가며 살았던 포터의 다양한 삶은 그의 중·단편이 전하는 다양한 이야기의 양분이 되었다.

포터의 단편 중에서 〈밧줄〉이나 〈그 애〉, 〈마리아 콘셉시온〉과 함께 내가 인상적으로 기억하는 작품은 〈옛 질서〉다. 〈옛 질서〉에서 실질적으로 집안을 책임지고 살아가지만 남자보다 권위를 가질 수 없는 여자는 "온갖 남자다운 방종으로 가득한 대담무쌍한 삶", "악의 세계를 견문해나가는 달콤하고도 어두운 삶"을 때로 동경한다. "아, 남자들의 삶이란 얼마나 감미롭고, 자유롭고, 경이롭고, 비밀스러우며, 끔찍할까!"
이렇게 남자들의 삶을 동경하고, 한편으로 그 삶을 경멸한다.
그 여자들은 그렇게 "남자들을 경멸하면서 남자들에게 지배
당했다." 바로 이 표현 때문에 〈옛 질서〉를 오래 기억한다. 가
부장제를 경멸하면서도 가부장제에 지배당하는 여성들의 현
실적 한계가 느껴진다.

　'신여성'을 못마땅하게 바라보는 〈옛 질서〉의 할머니는
제 인생에도 한이 많다. 오늘날에도 이런 태도는 흔하게 마주
친다. 여자 인생의 서러움을 쏟아내며 서러움의 공감대를 형
성한다. 서로의 서러움을 위로하지만 그 이상은 나아가지 못
한다. 때로 이런 형태가 페미니즘의 이름으로 유통된다. 가부
장제에서 수용 가능한, 가장 안전한 페미니즘의 형태다. 서러
움에 대한 공감으로 분노를 해소한 뒤 다시 가부장제에서 마
련한 제자리로 돌아가 성역할을 성실히 수행하는 '올바른' 여
성들. 싸우면서 식구들 밥은 다 챙겨주는 태도. 그야말로 '빨
래터 수다'로 한풀이를 할 뿐 남성에게 아무런 불편함을 주지
않는 목소리가 가부장제가 허락한 페미니즘이다.

캐서린 앤 포터

캐서린 앤 포터의 삶은 물리적 장소만 오간 게 아니었다. 삶과 죽음 사이도 오갔다. 1918년 포터는 스페인 독감으로 거의 죽을 뻔 했다. 이때의 경험이 1939년, 〈창백한 말, 창백한 기수〉를 쓰게 한다. 포터가 콜로라도의 〈로키마운틴뉴스〉에서 기자로 일할 때 스페인 독감에 걸려 겪은 임사체험, 곧 죽음에 거의 다가갔던 경험이 그의 문학 세계에 영향을 미쳤다. 스페인 독감뿐 아니라 결핵, 임질로도 투병을 했던 그의 작품에는 죽음에 대한 고찰이 특히 눈에 들어온다.

> 죽음은 항상 노래하는 사람 한 명은 남겨 둬. 누군가가
> 애도는 해줘야 하니까.[+]

이 말을 들으면 어쩐지 죽음이 덜 외롭게 보인다. 정말 누군가는 죽음 뒤에 남아서 애도의 노래를 불러줄까. 포터의 문학은 여러 화두로 풀어갈 수 있지만 내게는 그가 꾸준히 죽음을 다루는 점이 인상적이다. 그의 작품에는 애도가 배어 있다. 죽음을 기억하는 방식, 죽을 고비에서 살아나는 사람의 의식, 죽어가는 사람이 떠올리는 기억, 죽어가는 사람을 돌보는 태도 등을 그의 단편 곳곳에서 발견한다.

[+] 캐서린 앤 포터 저, 김지현 역, 〈창백한 말, 창백한 기수〉, 《캐서린 앤 포터》, 현대문학, 2017, 512쪽.

죽다 살아난 그에게 '살아 있음'은 곧 '살아남음'이다. 〈창백한 말, 창백한 기수〉는 주인공의 의식에 따라 몽롱하게 흘러가다 주인공이 다시 깨어나며 밝아진다. 읽으면서 흐름을 놓치면 잠시 헷갈릴 수도 있다. "살아 있다는 것은 얼마나 큰 승리인가, 얼마나 큰 성공인가, 얼마나 행복한 일인가." 살아남았다는 건 때로 '승리한 죄인'이라는 감정을 안긴다. 살아 있음이 부여한 권력을 성찰하는 태도는 다른 작품에서도 곧잘 보인다.

죽음에 다가가는 경험이 실제로 가능한가. 미국 정신과 의사 레이먼드 무디는 1975년 《삶 이후의 삶 *Life after Life*》이라는 책을 발표하며 임사체험 연구의 장을 열었다. 죽음은 모두의 공통된 관심사이며 누구에게나 공평하게 벌어진다. 이후 케네스 링이나 브루스 그레이슨 등의 학자들이 연구한 임사체험의 세계에는 몇 가지 공통점이 있다. 빛을 만나고, 자신의 육체에서 벗어나는 느낌이 들며, 평화와 고통이 없는 상태에 이르고, 자신의 삶을 돌아보는 경험을 한다. 이와 같은 경험을 한 후에는 오히려 죽음에 대한 공포가 덜해진다고 한다. 죽음에 대한 공포가 감소되는 한편 삶을 더욱 긍정하는 자세를 갖게 된다.

죽음에 다가갔던 경험은 포터에게 '삶의 위력'을 인식하도록 만들었다. 이 위력을 가진 자는 무엇을 해야 할까. 〈옛 질서〉에서 주인공 미란다는 "움직이지 않거나, 소리를 안 내거나, 어딘가 살아 있는 것들과는 달라 보이는 생명체를 발견하면 반드시 땅에 묻어주었다." 죽은 메뚜기도 묻어주는 미란다는 "밥을 먹여줄 수 있는 새끼 동물이라면 무엇이든 좋아했다." 바로 삶과 죽음을 모두 돌본다.

반면 그의 작품 속에서 남성다움에 환장하는 인물은 돌봄을 경멸한다. 병사들을 치료하는 나이팅게일이 전쟁을 망쳐놨다고 주장하며 "그딴 건 전쟁이 아니야. 싸우다 죽으면 거기서 썩어가게 놔줘야지(〈창백한 말, 창백한 기수〉)"라며 말도 안 되는 소리를 지껄인다. 〈옛 질서〉에서 미란다의 할머니는 "주위 모든 사람이 기꺼이 자기 시중을 들어야 마땅하다고 진심으로" 믿는 남자들에게 지쳤고, "이기적이고 무심하고 애정 없는 인간들이 끝까지 그렇게 살다가 죽는" "남자들 특유의 고질적인 악습"에 진저리 친다.

포터의 작품에 등장하는 남성 인물 중에서 가장 매력적인 인물은 〈창백한 말, 창백한 기수〉의 애덤이다. 그는 헌신적으로 '죽음'을 돌본다. 주인공 미란다는 애덤에 대해 "아무런 의식도, 행동도 않고도 그는 죽음에 온전히 헌신하고 있었다"라고 말한다. 소설에서 애덤은 죽어가는 미란다의 곁을 지키며 믿음직하게 간호한다. 실제로 포터가 스페인 독감에 걸렸을 때 소설 속 애덤의 모델인 포터의 애인은 즉시 곁을 떠났다.

질병과 혁명, 각종 폭력 속에서 캐서린 앤 포터는 90년을 치열하게 살았다. 선을 넘나드는 삶을 살았던 그는 자신이 태어난 텍사스의 인디언 크릭에 고요히 묻혀 있다.

1890년 5월 15일 미국 텍사스주 인디언 크릭에서 칼리 러셀이라
는 이름으로 태어났다. 열여섯 살에 남부 출신의 존 헨리 쿤츠와
결혼하지만 8년여에 걸쳐 극심한 육체적·정신적 학대를 당한다.
스물여덟 살에는 스페인 독감에 걸려 죽다 살아났다. 남편 모르게
시와 소설을 쓰며 작가를 꿈꾸던 포터는 남편의 폭력으로 뼈가 부
러지는 부상을 입고 아이까지 유산한 뒤, 당시로서는 쉽지 않았던
이혼을 감행한다. 그리고 과거와의 결별을 위해 자신을 길러준 할
머니의 이름을 따 '캐서린 앤 포터'로 개명한다. 이후 남부를 떠나
저널리스트와 평론가로 활동하다가 1922년《센추리매거진》에 단
편소설 〈마리아 콘셉시온〉을 발표하며 소설가로 데뷔했다. 멕시
코, 프랑스, 스페인 등 세계 각지를 여행하고, 유도라 웰티, 어니스
트 헤밍웨이, 거트루드 스타인, 디에고 리베라 등 당대 수많은 예
술가들과 교유했다. 〈웨더롤 할머니가 버림받다〉, 〈밧줄〉, 〈꽃피는
유다 나무〉, 〈창백한 말, 창백한 기수〉 등 굵직한 단편을 연이어 발
표해 문단에서 명성을 쌓았다. 1962년 발표한 유일한 장편《바보
들의 배》가 베스트셀러에 오르며 상업적으로 큰 성공을 거두었다.
포터는 평생 30편이 안 되는 소설을 남겼지만, 평론가 에드먼드
윌슨으로부터 "동시대 미국 문단에서 거의 유일하게 순수성과 정
확성을 갖춘 언어로 글을 쓰는 일류 예술가"라는 찬사를 받았다.
《캐서린 앤 포터 소설집》으로 1966년 퓰리처상과 전미도서상을
수상했다. 1980년 9월 18일 미국 메릴랜드주 실버스프링에서 숨
을 거두었다.

캐서린 앤 포터의 주요 작품

《꽃피는 유다 나무 *Flowering Judas and Other Stories*》(단편집, 1935)

《창백한 말, 창백한 기수 *Pale Horse, Pale Rider*》(단편집, 1939)

《기울어진 탑 *The Leaning Tower and Other Stories*》(단편집, 1944)

《옛 질서 *The Old Order: Stories of the South*》(단편집, 1955)

　　※ 캐서린 앤 포터의 단편소설들은《캐서린 앤 포터: 오랜 죽음의 운명 외 19편》(김지현 역, 현대문학, 2017)에 실려 있다.

《바보들의 배 *Ship of Fools*》(장편, 1962)

넬리
블라이

여자들의

무리한 도전

Nellie Bly　　1864~1922

돌아다님을 번역하다

2017년, 미국에서 최초로 여성이 번역한 《오디세이아Odysseia》
가 출간되었다. 지금까지 《오디세이아》의 영어판은 남성의
번역으로 이루어졌다. 고전학자인 에밀리 윌슨에 의해 드디
어 여성이 번역한 영어판 《오디세이아》를 만나게 되었다. 19
세기 영국 소설가 사무엘 버틀러는 《오디세이아》는 여성이
썼을 것이란 주장을 내놓기도 했다. 이 작품 속 여성 인물들
이 실은 꽤 흥미롭기 때문이다. 신, 아내, 공주, 노예 등으로 등
장하는 여성 인물들은 극 중 남성에 비하면 작은 역할이지만
보기에 따라 충분히 매력이 있다. 오디세우스가 귀향하는 동
안 그를 도와주는 역할은 대부분 여성이 담당한다.

번역을 여자가 하든 남자가 하든 무슨 상관이냐고? 상관
이 있다. 문학 속 여성 인물에 대한 관점의 차이가 있고 이는
번역 과정에서 고스란히 드러난다. 나는 조카에게 동화책을
읽어주면서도 가끔 짜증이 난다. 아빠는 엄마에게 반말을 하
지만 엄마는 아빠에게 존댓말을 하도록 번역했기 때문에 이
를 다 바꿔서 읽어준다. 부부관계를 상하 관계로 인식하는 남
성들의 의식은 동화책 번역에도 고스란히 침투한다.

번역은 젠더 의식과 호칭의 권력관계를 잘 드러낸다. 번
역은 출발어와 도착어 사이에서 길을 찾는 작업이다. 이때 번

역하는 사람의 젠더 의식에 따라 도착어의 위치가 달라진다. 권오숙의 연구 〈성차에 따른 성담론 번역 양상 비교〉를 참고하면, 셰익스피어의 《오셀로 *The Tragedy of Othello, the Moor of Venice*》(1622)에서 'my lord'는 여성 번역가와 남성 번역가 사이에서 다르게 번역되어 왔다. 예를 들어 원문 "Desdemona: How now, my lord?"을 번역한 세 명의 여성 번역가와 세 명의 남성 번역가의 결과물을 비교해보자. 세 남성 중 한 사람은 '주인님', 다른 두 사람은 '당신'으로 번역했다. 한편 세 여성 중에는 아무도 '주인님'으로 번역하지 않았다. 각각 장군, 낭군님, 당신으로 번역했다.[†]

부부 사이인데 lord를 '주인님'으로 번역하면 오늘날에는 받아들이기 어렵다. 이 문장 외에도 남성 번역자일수록 《오셀로》에서 'lord'를 '주인님'으로 번역하는 경우가 많다. 한편 흥미로운 지점은 여성 번역자가 이 lord를 '장군'으로 번역한 사례다. '주인님'이라는 가부장적 호칭을 사용하진 않았으나 여성이 남편을 사회적 직함으로 호명하는 모습도 생각해볼 문제다. 여성은 집 밖에서도 '이모님'처럼 가족관계어로 불리는 반면 남성은 집 안에서도 사회적 직함으로 불릴 때가 있다.

이처럼 사소해 보이는 호칭 하나까지도 번역자의 성별에 따라 달라진다. 그렇다면 왜 지금까지 《오디세이아》의 영어 번역은 모두 남성이 했을까. 《오디세이아》는 서양 모험기의

[†] 권오숙, 〈성차에 따른 성담론 번역 양상 비교: 셰익스피어의 《오셀로》 번역을 중심으로〉, 《젠더와 번역》, 소명출판, 2013, 402쪽.

넬리 블라이

고전이다. 모험과 광활한 여행이라는 소재는 통념적으로 여성 번역자에게 더 높은 진입 장벽을 만들었다. 기다리거나 납치되는 여성들의 이야기는 익숙해도 모험하고 돌아다니며 집으로 무사 귀환하는 여성들의 서사는 드물다. '모험'이라는 단어에서 혹시 남성성을 느끼진 않는가. 돌아다니는 경험은 남성이 가진 특권이었다. 지금이야 여성들의 여행기가 그리 낯설지 않지만 이전에 여행은 주로 남성의 영역이었다. 18세기 후반 괴테가 쓴 《이탈리아 기행 *Italienische Reise*》(1816)을 동시대 여성이 쓰기는 어려웠다. 남편을 동반한 일부 귀족 여성, 혹은 그 여성을 수행하는 하녀를 제외하고 여성은 다른 나라로 떠나기 훨씬 힘들었다. 지금도 '해외여행 좋아하는 여자'는 대표적인 '된장녀'의 이미지다. 르네상스 시대 이후 유럽에서 유행하던 그랜드 투어는 귀족 계층의 아들들이 누리던 호사다. 애덤 스미스 같은 지식인은 바로 이 귀족 자제의 가정교사로 동행하며 지적 반경을 넓혔다. 이와 같은 여행을 경험한 여성은 상대적으로 찾기 어렵다. 메리 울스턴크래프트가 18세기 말에 프랑스혁명을 목격했던 여행 기록이나 스칸디나비아 지역을 여행한 기록이 중요한 이유다.

여성의 세계 여행

일요일에 도서관에서 여행 관련 책을 여러 종류 빌려왔다. 벽에 붙은 각종 지도로도 모자라서 갈수록 책상 위에는 두꺼운 지도책이 계속 쌓여가고, 툭하면 구글맵으로 온갖 도시들의 위치를 뒤적인다. 직접 가지 않아도 좋다. 지도는 내게 엄청난 즐거움을 준다. 지도에는 세계가 시각적 기호로 압축되어 있다. 알래스카의 하얀 땅을 보다가 네바다의 사막으로 건너뛴다. 지도를 보고 있으면 내가 너무 미물이라서, 오히려 삶을 안심하게 된다. 내가 모르는 세상이 끝도 없고 어차피 세계는 나와 무관하게 계속 이어지고 있으니, 내가 겪는 고통은 이 세상에서 먼지처럼 대수롭지 않다고 위안한다. 황홀하게 지도를 보다가 여행책에도 손을 뻗고, 나홀로 상상의 여행기를 쓰며 각종 망상을 하다가 내가 지금 이럴 때가 아님을 깨닫고 다시 현실로 되돌아온다.

예전에는 무심히 지나쳤는데 뒤늦게 발견한 한 가지. 제인 오스틴의 《이성과 감성》에서 막내 마거릿이 항해를 꿈꾸고 늘 지도 보기를 즐겼다는 사실을 새삼스럽게 인식했다. '떠나는 꿈'이란 사람을 흥분하게 만든다. 감히 떠나는 꿈을 19세기 여성들에게 용납하지 않았기 때문에 여자 혼자 여행하기란 불가능했다. 철없어 보이는 마거릿의 꿈이 실은 심상치

넬리 블라이

않은 꿈이었다. 호기심을 품은 그 흥분 상태는 아무에게나 허락된 감정이 아니었다.

여행을 즐기는 여성들을 (좋게 말해) 부담스러워하거나 노골적으로 혐오하는 말들을 간혹 만난다. 이는 단지 여행으로 발생하는 소비에 대한 혐오만은 아니다. 세계 속의 한 인간으로, '독립적인 미물'로 살아가고자 하는 단독자에 대한 경계심이 있다. 꾸준히 억압당한 여성의 신체는 '발과 입'이다. 말하고 돌아다니는 여자.

조선 여성 최초로 세계 일주를 한 나혜석은 1927년부터 1929년까지 1년 9개월 동안 돌아다녔다. 그의 여행기보다 연애사가 더 유명하다. 나혜석은 여행 기간 동안 다른 남자와 연애한 사실 때문에 남편에게 이혼 통보를 받았다. 평소 남편의 외도는 '남자라면' 누구나 하는 짓이지만 아내의 외도는 이혼 사유가 된다. 그러니 나혜석의 〈이혼 고백서〉는 여전히 유효한 목소리를 담고 있다.

조선 남성 심사는 이상합니다. 자기는 정조 관념이
없으면서 처에게나 일반 여성에게 정조를 요구하고 또 남의
정조를 빼앗으려고 합니다. (…) 상대자의 잘못을 논할 때
자기 자신이 청백할 것이 당연한 일이거늘 남자라는
명목하에 이성과 놀고 자도 관계없다는 당당한 권리를

가졌으니 사회제도도 제도려니와 몰상식한 태도에는
웃음이 나왔습니다. (…) 우리 여성은 모두 이런 남성을
저주합니다.

파드닥파드닥 살아 있는 나혜석의 언어를 보노라면 오히려 내가 너무 '얌전히' 말한다는 생각이 들 정도다. 가십의 소재가 아닌 여성의 이야기에 귀 기울이면 그들의 도전이 보인다. 나혜석은 부산에서 출발해서 시베리아 횡단 기차를 타고 유럽에 도착해 한동안 파리에 머물고, 여러 나라를 돌아본 뒤 대서양을 건너 미국 뉴욕에 도착, 미 대륙 횡단 후 샌프란시스코에서 하와이를 거쳐 일본 요코하마에 들러 다시 부산으로 돌아온다. 정말 지구 한 바퀴를 돌았다.

이보다 앞서 19세기에 홀로 세계 일주를 한 여성이 있다. 언론인 넬리 블라이. 엘리자베스 제인 코크런이라는 이름으로 태어난 그는 여성과 모험이라는 화두를 던진다. 나는 의도적으로 여성이 쓴 글을 찾아 읽는다. 여성을 모욕하는 걸작들 사이에서 형성된 미적 감수성에 길들여지지 않으려면 의식적으로 여성의 문장을 찾아 나설 수밖에 없다(여성이 쓴 글이 차별 없는 청정 구역은 아니지만). 그러다 발견한 사람이 넬리 블라이다. 영화에서 로드무비가 주로 남성들의 전유물이었듯이 문학에서 여성의 돌아다님은 상대적으로 드물다.

쥘 베른의 《80일간의 세계 일주 _Le Tour du monde en quatre-vingts jours_》(1873)에서 영감을 얻은 블라이는 80일보다 더 짧은 기간에 세계 일주를 하겠노라, 무리한 선언을 한다. 그가 언론사에 세계 여행 계획을 전하며 협조를 요청했을 때 처음에는 말도 안 되는 소리라며 거절당했다. 여자라서 안 된다고 했다. 그러나 넬리 블라이는 1889년 11월 뉴욕을 떠난 지 72일 만에 다시 뉴욕으로 돌아왔다. 이 여행기가 《넬리 블라이의 세상을 바꾼 72일 _Nellie Bly's Book: Around the World in Seventy-two Days_》(1890)이다.

넬리 블라이가 처음 기자가 된 사연도 재미있다. 여성의 자리는 가정이라고 쓴 한 지역신문 칼럼을 보고 이에 대한 반박글을 보냈다가 채용되었다. '여자아이가 무슨 쓸모가 있나'라는 성차별적 칼럼을 보고 블라이는 즉각 반론을 썼다. 그의 반론도 반갑지만, 이를 수용하고 심지어 반론을 쓴 여성을 채용한 남성 편집장의 존재도 의미 있다. 성차별 채용이 만연한 오늘날의 현실을 생각하면, 오히려 진보적이라는 생각이 든다.

나혜석과 넬리 블라이, 두 사람의 세계 여행기를 함께 읽으며 비교해보면 몹시 흥미롭다. 블라이는 "고국에서 멀어질수록 애국자"가 되어 중국에서 성조기를 보자 "세상에서 가장 아름다운 깃발"이라 한다. 나혜석은 그리워하던 조국에 돌아와 반가우면서도 동경하던 서구 여행이 과거가 되어버린 것을 안타까워한다. 두 사람은 반대 방향으로 돌면서 서로가 같은 장소를 거치기도 했다. 두 여성이 여행을 통해 바라본 세계는 다르다. 조선 여자와 미국 여자는 같은 곳을 다르게 바라본다. 중국을 거쳐 일본에 온 넬리 블라이가 묘사한 일본과 서구를 거쳐 다시 일본에 돌아온 나혜석의 눈에 비친 일본은 전혀 다른 나라처럼 묘사된다.

넬리 블라이는 일본 여성의 모습에서 사랑스럽고 친절함을 발견하고 매우 긍정적으로 생각한다. 세계 여행 기간 만난 서비스업 종사자 중에서 요코하마에서 만난 사람들을 최고라고 추켜세운다. 반면 유럽과 미국을 거쳐 조선으로 돌아오기 직전에 일본에 들른 나혜석은 "동경 집은 모두 바라크 같고, 도로는 더럽고, 사람들은 허리가 새우등같이 꼬부라지고, 기운이 없어 보였다"라고 묘사한다. 또한 나혜석은 '더 나은 세계'로 여겨지던 유럽에서 여성들의 가정 내 위치와 남자와의 관계, 참정권운동 등에 주목한다. 넬리 블라이의 여행기에서는 때로 미국 여성의 입장에서 타 문화를 바라보는 차별적 시선이 읽힌다. 19세기 백인 여성의 한계다. 그는 "소리 없이 민첩하게 움직이는" 일본인을 세상에서 가장 깨끗한 사람들로 여기고 중국인을 가장 더러운 사람들로 기록했다.

그럼에도 돌아다니는 여성의 시선을 통해 남성들은 말하지도 보지도 않는 세계를 볼 수 있다. 남성들의 여행기에서 현지 여성들은 일종의 정복 대상이며 자유의 매개로 등장하곤 한다. 18세기 영국의 전기작가 제임스 보즈웰은 성 구매 경험을 세세히 기록하기도 했다. 반면 넬리 블라이는 여행 중 '여자라서' 수많은 금지와 마주한다. 예를 들면 여자들은 기차 나 배의 식당 칸에서 남자들과 함께 식사하지 못했다. 여자들은 어디에서 먹을까. 각자 자기가 머무는 객실에서 밥을 먹어야 했다. 이처럼 공공장소에 여성이 나타나지 못하도록 온갖 제재가 있었다. 배 안에서도 여성들은 저녁 시간이면 갑판 위에 자유롭게 머물지 못했다. 그에 반해 남성들은 갑판 전체를 차지하고 어슬렁거리며 심지어 편히 자기도 했다. 선장이 아침 8시까지 갑판은 남자들 전용공간이니 여자들은 갑판 위에 머물지 말라고 공지까지 내렸다. 갑판 위를 거니는 남성들의 복장도 블라이의 시선을 끈다. 이 남성들은 대부분 파자마 차림이었다고 한다. 여성은 이런 복장으로 공공장소에 등장할 수 없지만 남성들은 파자마 차림으로 돌아다녀도 아무도 뭐라 하지 않았다.

넬리 블라이의 세계 여행기에는 이처럼 '여자라서 접근할 수 없는 장소'가 지속적으로 등장한다. 그는 싱가포르의 힌두교 사원에서도 여자라서 들어가지 못한다. 동행한 남자들은 신을 벗으면 사원에 들어갈 수 있었지만 블라이는 아무리 항의해도 들어갈 수 없었다. 당시에는 미국에서도 어떤 건물에 들어갈 때 여자라는 이유로 정문으로 들어가지 못하고 옆

문만 이용하던 블라이는 분통을 터뜨린다. 중국에서 여자들이 거리를 돌아다닐 때 사람들의 시선을 피하기 위해 완전히 닫힌 가마를 타고 다니는 모습도 포착한다. 한편 '여자 관광객'은 존재 자체로 구경거리다. 중국에서는 남성들이 지나가는 넬리 블라이를 보려고 몰려들었다.

이렇게 그가 만난 세상에는 여자가 갈 수 없는 장소와 여성혐오자들과의 만남이 이어진다. 한번은 갑판 위에서 혼자 있던 그에게 한 남자가 다가와 거친 수작을 건다. 넬리 블라이는 괜히 그를 더 흥분하게 만들었다가 바다에 던져질까 봐 그의 말을 받아준다. 저 멀리서 일등항해사가 보이지만 함부로 도움을 요청하지도 못한다. 남자가 눈치챌까 봐 불쾌하고 위험한 상황에서도 아무렇지 않은 척한다. 척하면 척. 나는 넬리 블라이의 이 감정이 아주 잘 이해가 되었다. 무서운 사람과 함께 있어도 내가 지금 두려움을 느낀다는 사실을 상대에게 표현할 수 없는 상황. 상대를 더 화나게 만들면 안 된다는 공포심 때문에 평온하게 행동한다. 황당하게도 이러한 행동이 오히려 '동의'로 읽히는 악순환이 반복된다. 이는 폭력에 동의했다는 뜻이 아니라 더 큰 폭력을 막기 위한 방어다. 이게 어떤 상태인지 혹시 모른다면, 자신이 어떤 위치에 있는지 잘 생각해보길.

넬리 블라이는 세계 여행을 기획하기 전에는 정신병원에

10일간 잠입하여 르포 기사를 썼다. 정신병원에 가기 전 그는 의사와 주변인들을 어떻게 잘 속일 수 있을까 고민한다. 흥미롭게도 이러한 고민은 정신병원에 들어갈 때까지만 필요하다. 일단 정신병원에 들어가면 정말 '미친' 사람처럼 보이기 위해 애쓰지 않아도 된다. 오히려 멀쩡해 보이면 보일수록 의사들은 더욱 그의 정신병을 확신한다. 이게 무슨 뜻일까. 인간은 결국 사실을 믿는 게 아니라 자기가 믿는 걸 믿을 뿐이다. 넬리 블라이는 이 정신병원에서 미치지 않은 미친 여자들을 발견한다. 미쳐서 정신병원에 들어간다기보다 정신병원에 들여보내 사람을 미치게 만든다. 프랑스 조각가 카미유 클로델도 남동생 폴 클로델에 의해 무려 30년 이상을 정신병원에 감금당해 있었다. 요즘이라면 조현병으로 보이는 카미유 클로델이 그렇게 생을 마칠 때까지 병원에 갇혀 있진 않았을 것이다.

세상이 여자라서 못한다고 하는 일에 도전하는 여자들이 있다. 여자라서 정치를 할 수 없고, 여자라서 운전을 할 수 없고, 여자라서 혼자 여행을 할 수 없고, 여자라서 건축설계를 할 수 없고, 여자라서 글을 배울 수 없고, 여자라서 큰 예산을 맡을 수 없고…… 여자는 그저 약한 존재이길 원한다. 자신의 피해 사실조차 말하지 못하는 불쌍한 사람이길 원한다.

강력한 편견으로 둘러싸인 세상이다. 여성에게는 이 사회가 사람을 미치게 만든다. 인권 투쟁의 역사는 대체로 '제정

신이 아닌' 사람들의 무리한 요구로 이루어졌다. 아무리 생각
해도 여성들이 더 무리해야겠다. 무리한 요구가 세상을 바꾼
다. 이동의 자유가 없는 사람은 모든 기본권을 박탈당한다.

넬리 블라이의 '무리한 도전'은 그의 삶 전체에 가득하다.
그는 1차 세계대전 당시에는 유일하게 여성 종군기자로 활약
했다. 당시 그의 나이 50세였다. 블라이는 남편이 사망한 뒤
에는 큰 사업체를 경영했으며 고아들을 위한 사회사업에도
열성적이었다. 마지막까지 신문에 칼럼을 쓰며 사회적 발언
을 멈추지 않았다.

나혜석과 허정숙의 여행기

20세기 초, 기억해야 할 또 다른 여행기가 있다. 허정숙의 북
미 여행기다. 1919년 3·1운동을 이후로 여러 운동이 조직화되
고 각 계층과 성별이 '자유'에 대한 인식을 구체화했다. 세계
사적으로도 1920년대는 성 해방과 자유에 대한 인식이 폭발
하던 시기다. 식민지 조선도 그 흐름에 있었고, 1920년 이후
로《신여자》를 비롯한 여성잡지가 나오며 여성운동에 여러
진영이 생겼다. 김일엽, 나혜석, 김명순 등은 자유주의 여성운
동 진영이었다면, 허정숙, 정칠성, 주세죽 등이 사회주의 여성

운동에 속한다.

　허정숙은 한국에 알렉산드라 콜론타이를 소개한 사람이다. 열렬한 사회주의자로 일제강점기에 기자로 활동하며 다양한 글을 썼으며 1925년 '조선여성동우회朝鮮女性同友會'를 결성해 사회주의 여성단체를 이끌었다. 해방공간에 북한으로 갔고, 북한에서 정치인으로 성장했다. 분단 상황에 있는 남한에서 아직도 우리는 역사를 온전히 배우지 못한다. 북한으로 간 정치인이나 예술가 등은 상대적으로 자유주의 계열보다 덜 알려졌다.

　2018년에《나의 단발과 단발 전후》라는 제목으로 허정숙의 글 10편이 묶여 출간되었다. 허정숙의 1920년대 '북미 여행기'와 연애관, 단발 운동, 기자로서의 소회 등이 담겨 있다. 이중에서 특히 북미 여행기는 허정숙의 정치적 입장을 잘 보여준다. 나혜석과 허정숙의 여행기는 두 여성의 정치적 관점을 비교하며 읽기에 좋다. 비슷한 시기에 서구를 여행한 조선 여성이라도 세계를 바라보는 방식은 다르다. 정치인으로 성장하는 허정숙과 예술가로 성장하는 나혜석이 가진 시각 차이는 오히려 당대 여성들의 다양한 입장을 보여준다. '누구의 파트너'로 간단히 소개되는 여성이 아니라, 이처럼 각자 다양한 세계관을 가진 여성들이 있었다.

　허정숙이 1927년《별건곤》에 기고한 〈울 줄 아는 인형의 여자국, 북미인상기〉는 나혜석과 달리 "자본주의 냄새"를 비판하는 목소리를 높인다. 게다가 당시 조선에 비하면 여성들이 사회적으로 참여할 수 있는 기회가 더 많았지만 여전한 남성 중심 사회의 많은 한계도 포착한다.

> 여성의 권리 운운하지만은 여류 정객들은 가끔 의회에서
> 남자들의 희롱거리가 되는 사실도 있습니다. 이 나라의
> 여성 권리는 인형에게 비위를 맞춰주는 한 수단에 불과한
> 것일 뿐이외다.✝

나혜석은 서구 사회에서 여성과 남성의 관계, 조선 여성과 서구 여성의 사회적 차이 등에 관심을 두었다면, 허정숙은 자본주의사회 속에서 여성들이 어떤 위치에 있는지를 본다. 오늘날의 관점으로도 그의 시각은 크게 틀리지 않았다. 권력을 가진 집단인 정치에 진입해도 여전히 여성들은 희롱의 대상이 되지 않는가!

여성이 겪는 이런 문제 때문에 나는 오히려 자유주의적 관점도, 사회주의적 관점도, 어느 한 가지가 전적으로 더 옳고 중요하다고 생각하기 어렵다. 여성의 경제적 독립이 당연히 중요하고, 동시에 그 경제적 독립을 위해 여성을 성적 대상으로 보는 문화적 폭력과 맞서는 일도 중요해서다. 자유주

✝ 허정숙, 〈올 줄 아는 인형의 여자국, 북미인상기〉, 《나의 단발과 단발 전후》, 두루미,
2020, 80쪽.

넬리 블라이

의 여성들은 주로 여성의 정조 관념, 배움에서의 차별, 모성애 신화 등에 저항했고 일할 권리를 위해 목소리를 높였다. 어떤 입장이든, 여성이 독립적인 시민이 되길 갈구한다는 공통점 이 있다.

1864년 5월 5일 미국 펜실베이니아주 코크런스 밀스에서 엘리자베스 코크런이란 이름으로 태어났다. 어릴 때 아버지가 세상을 떠나 어려운 환경에서 성장했다. 20세에 지역 일간지에 실린 여성혐오 칼럼을 읽고 쓴 반박문이 한 신문사 편집장의 눈에 띄어 기자로 채용된다. 이때 작곡가 스티븐 포스터의 곡에서 따온 넬리 블라이라는 필명을 얻었다. 1887년에 〈뉴욕월드〉로 자리를 옮겨 환자를 학대하는 정신병원을 고발하는 기사를 쓰기 위해 환자로 위장하고 열흘간 입원하기까지 하는 등 열혈 기자로 활동한다. 1889년에는 쥘 베른의 《80일간의 세계 일주》 속 주인공보다 빠른 72일 만에 세계 일주에 성공해서 전 세계의 이목을 집중시켰다. 이때 미국 전역에서 100만 통이 넘는 독자 편지를 받을 만큼 반응이 뜨거웠으며, 쥘 베른의 소설이 다시 인기를 끄는 계기가 되기도 했다. 서른 살에 70대의 사업가와 결혼해 그가 죽은 후 성공적인 사업가로서 활동했다. 1914년 1차 세계대전이 발발하자 50세의 나이로 여성으로서는 유일하게 종군 기자로 활동하며 전쟁의 참상을 생생하게 보도했다. 55세에 미국으로 귀국해 칼럼니스트로 활동했고, 부모가 없는 아이들의 대모 역할을 자처하며 입양을 주선하는 등 사회사업을 펼쳤다. 1922년 1월 27일 미국 뉴욕에서 폐렴으로 숨을 거뒀다.

넬리 블라이의 주요 작품

《넬리 블라이의 세상을 바꾼 10일 *Ten Days in a Mad-House*》(논픽션,
　　1887), 오수원 옮김, 모던아카이브, 2018
《멕시코에서의 여섯 달 *Six Months in Mexico*》(논픽션, 1888)
《센트럴파크의 미스터리 *The Mystery of Central Park*》(장편, 1889)
《넬리 블라이의 세상을 바꾼 72일 *Nellie Bly's Book: Around the World in Seven-*
　　ty-two Days》(논픽션, 1890), 김정민 옮김, 모던아카이브, 2018

월트
휘트먼

몸의 흥분을
노래하기

Walt Whitman   1819~1892

2019년 초에 단편소설 〈언더 더 씨〉의 일부 문장이 논란이 되었다. 세월호 참사 희생자를 화자로 삼은 소설에서 희생자를 부적절하게 다뤘기 때문이다. 수습되지 못한 희생자가 바닷속을 떠돌며 생전의 좋았던 기억을 서술하는 장면에서 납득하기 어려운 표현이 등장한다. 화자는 자두를 먹던 기억을 떠올리며 "내 젖가슴처럼 단단하고 탱탱한 과육에 앞니를 박아 넣으면 입속으로 흘러들던 새콤하고 달콤한 즙액"이라 표현한다.

논란이 일자 작가와 출판사가 이에 대응했고, 대응 방식이 또 문제가 되자 결국 사과했다. 사과하는 태도에서는 여전히 '원망'과 '억울함'이 읽혔다. 이 사안을 '젠더 감수성'의 문제로 방향을 잡아 '특정 성향' 사람들의 과한 반응으로 해석하는 모습은 여전했다. 좀 억울하지만 '시대가 변했으니' 이를 받아들여야 한다는 식으로 마무리 지었다. 과연 '젠더 감수성'에 국한된 문제일까. 시대가 변했으니 문제가 되는 거라면, 예전과 같았다면 별문제가 없는 걸까. 그럴 수 있다. 예전이라면 별문제가 없었을 것이다. 그건 그때가 틀렸기 때문이다.

문제가 된 문장 외에 내가 가장 의아하게 생각하는 부분은 〈언더 더 씨〉의 주인공이 '여학생'이라는 점이다. 작가는 세월호 참사에서 시신 수습이 되지 않은 '실종자' 혹은 '미수습자'를 화자로 삼아 소설을 썼다. 2020년 기준으로 세월호 참사에서 미수습자로 불리는 이들은 모두 다섯 명이다. 아홉 명이었던 미수습자는 2017년 세월호 인양 이후 선체에서 몇 사람의 유골을 확인하면서 다섯 명이 되었다. 2017년 5월 25일 자 〈한겨레〉 기사에 따르면 이들은 모두 남성이다.

"미수습자 중 단원고 남현철·박영인 학생, 단원고 양승진 교사, 권재근씨와 혁규 군 부자 등 다섯 명은 아직 찾지 못했다."

사진을 확인해보아도 다섯 명 중 여성은 없다. 남학생 두 명과 남성 교사 한 명, 부자, 이렇게 다섯 명이다. 실제 미수습자에 여학생이 없음에도 왜 소설 속에서 화자를 여학생으로 표현했을까. 희생자들을 아우르는 보편적인 이야기를 구성하지도 않았고, 특정인의 개별적인 서사에 집중하지도 않았다. 그렇다면 도대체 왜, 실제 미수습자가 모두 남성임에도, 게다가 그중 세 사람은 교복을 입지 않는 사람임에도, '교복 입은 여학생'이라는 희생자를 통해 (그의 말대로라면) 진혼굿을 벌여야 했을까. 달리 말하면, 그는 왜 다섯 명의 남성 미수습자를 향한 진혼굿은 생각하지 않았을까. 이 소설집은 2018년 9월에 출간되었다. 굳이 이해를 하자면, 집필은 2017년 5월 이전에 끝났을지도 모른다. 혹은 이 사실을 확인하는 일이 애초부터 중요하지 않았을 수도 있다.

월트 휘트먼

사실을 바탕으로 한 허구의 이야기니까 작가가 여학생을 화자로 설정할 수 있다. 그렇다면 그 여학생이라는 화자의 시각과 목소리가 충실히 담겨야 한다. 일반적으로 10대 여성이 제 가슴을 두고 '젖가슴'이라 부르지는 않는다. 여성의 가슴을 두고 '젖가슴'이라 부르는 위치에 있는 사람들은 주로 그 가슴을 바라보는 남성 사람들이다. 이 문장의 화자는 여학생이 아니라 그 여학생을 바라보는 '어떤 남성'이 되어버린다. 여학생의 목소리를 전하는 듯하지만 그 문장에서 남성의 목소리가 읽히고, 여학생은 '화자'가 아니라 자두와 같은 사물로 변환된다. 여학생이 화자인 양 꾸몄지만 실은 여학생을 사물화한다. 자두를 먹은 기억을 떠올리는 여학생의 시각이 아니라, 자두를 먹는 여학생을 바라보는 한 중년 남성의 성적 판타지다. 불의의 사고를 당한 희생자를 대상으로 이렇게 부적절한 성적 판타지를 표현했기에 이 문장이 어떤 독자들에게는 불쾌하고 차별적으로 읽힌다.

게다가 이런 표현은 이제 너무 진부해 문학적 표현을 고민할 의사가 없다는 뜻으로 읽힐 지경이다. 창작자로서 게으른 태도가 일으킨 문제인데, 시대를 잘못 만난 피해자인 양 군다. 상징에 대해, 은유에 대해, 별생각이 없음을 투명하게 드러내는 문장이다. 생각하지 않으면서 생각하는 사람으로서 우월한 지위를 얻으려는 욕망으로 가득한 '예술가'들이 많다. 이들은 비슷한 일이 반복될 때마다 비슷한 반응을 보인다. 그럼 젖가슴을 젖가슴이라 하지 뭐라 하나 등 엉뚱한 소리를 한다.

세월호 참사 희생자들을 위한 진혼굿이라는 작가의 의도에 굳이 의구심을 갖진 않는다. 우리가 속한 세계에서 구성된 무의식이 '의도 없이' 수많은 차별적 발언을 한다. 이러한 무의식을 바탕으로 10대 여성의 생각에 대해 알지도 못하고 알 필요도 없으면서 10대 여성을 화자로 삼는다. 생각이 게으르면 비유는 지독히도 진부하게 반복된다. 뭘 봐도 둥그런 덩어리는 그저 여자 가슴으로 비유하면 된다. 호빵도 여자 가슴, 자두도 여자 가슴, 복숭아, 사과, 오렌지…… 뭔들 가능하지 않을까. 생각의 확장이 아니라 생각의 감금이며 퇴보에 일조한다.

그러다 보면 끝내 한 인간의 존재 상실에 대한 애도마저 '젊은 몸의 상실'을 아쉬워하며 애도의 대상을 에로티시즘의 대상으로 전환시켜버린다. 한 존재의 죽음을 '탱탱한' 몸의 소멸로 국한시킨다. 나이가 많거나 남성인 경우 문학에서 '탱탱한 몸'이라는 소재로 활용하기에 매력이 없었을지도 모른다. 그러니 진혼굿의 대상은 '소녀'여야 했던 것일까. '젊은 여성의 죽음'은 문학적 소재일 뿐인가.

여성의 죽음은 남성의 죽음과 달리 성애화하기 좋은 소재다. 어차피 살아 있는 여성도 인격적으로 묘사하지 못하기 때문에 죽은 여성은 더욱 '편하게' 성적 대상화한다. 그래서 "생기발랄한 여학생의 삶"을 과일로 은유한다. 10대 여성을 화자로 삼았지만 실제로는 10대 여성의 탈을 쓴 중년 남성의 목소리가 들리는 위험한 문학이다. 발에 밀가루를 바르고 어미 양 흉내를 내며 어린 양들을 속이려는 늑대처럼 어설프게 분장한다.

애도의 대상이 에로티시즘의 대상으로 뒤바뀌는 한편, 해마다 밸런타인데이에는 로맨스를 애국으로 방해하려는 이들의 연례행사를 본다. 몇 년 전부터 2월 14일만 되면 유치하게도 '초콜릿 주는 날이 아니라 안중근 의사 사형선고일'이라고 언론이 나선다. 로맨스는 방해하는 한편 폭력적이고 도착적인 성애를 부추기는 사회다.

몸의 민주주의

마사 누스바움의 《혐오와 수치심 *Hiding from Humanity*》(2005)의 한국어판 표지는 제니 사빌의 그림 〈인생의 어느 시점 *Juncture*〉(1994)이다. 이 책의 표지 그림으로 제니 사빌의 작품이 들어간 것은 매우 의미심장하다. 사빌이 그려내는 여성 누드는 그동안 수치스럽고 모욕받는 대상이었던 여성의 '비대한 몸'이기 때문이다. 아름다움의 개념에 도전한 사빌의 누드에는 거대한 '살덩어리' 여성들이 화면을 가득 채운다. 늘어진 뱃살, 허리선을 찾을 수 없는 등, 겹겹이 겹친 허벅지 살 등을 딱히 감추거나 부끄러워하지 않는 표정으로 드러낸다.

또한 마사 누스바움은 《혐오와 수치심》의 본문을 시작하기 전에 월트 휘트먼의 시 〈나는 몸의 흥분을 노래한다〉를 인용한다. "오, 나의 몸이여! 나는 다른 남성과 여성에게서 너와 같은 것을, 너의 일부와도 같은 것을 지우지 못한다." 바로 이 사회의 민주주의와 자유가 인간존재의 몸을 대하는 자세와 밀접한 관련이 있다. 오늘날에도 여전히 강조되는 휘트먼의 미덕은 바로 몸을 바라보는 관점이 여성에게 정치적 평등과 관계있음을 알았다는 점이다. 휘트먼은 차별의 기초가 몸을 중심으로 뻗어간다는 사실을 매우 잘 인식했다. 그렇기에 그는 다양한 섹슈얼리티를 수용하는 사회가 민주주의로 향한다고 생각했다. 한계가 없진 않으나 휘트먼은 19세기 인물로는 드물게 여성의 성적 욕망에 대한 터부를 거부했다.

〈풀잎〉의 시인 월트 휘트먼은 특히 〈나 자신의 노래〉를 통해 '나'를 시의 소재로 삼았다. 여기서 '나 자신'은 신과 동격이고 나의 세계가 곧 우주이다. 그 '나'는 자연과 사물, 세상의 다양한 계층이 모두 스며든 '나'이다. 사회에서 멸시받는 노예와 '창녀', 원주민 등이 모두 '나'와 연결되어 있기에 '나의 노래'에는 세상의 모든 존재가 등장한다. 몸의 감각과 뒤섞임을 찬양하고, 세상 만물이 평등하면서도 개별적인 존재임을 강조하는 그의 시에서 독자적인 나와 타자는 서로 잘 직조되어야 하는 관계에 놓여 있다.

> 내게 속하는 것은 그대에게 속하는 것이기도 하다,
> 왜냐하면 내게 속하는 모든 원자는 그대에게 속하는
> 것이기도 하니까.✛

이처럼 우리는 개별적이면서도 서로에게 속하는 존재다. '그대'가 없는 '나'는 있을 수 없기에 '나'를 노래하며 휘트먼은 꾸준히 타인과 타자를 인식한다. 돌멩이와 풀잎 하나까지도 소홀히 다루지 않는다.

> 나는 그대와 완전체다 ─ 나는 또한 그대의 한 단계고,
> 그대의 모든 단계이기도 하다.✛✛

상호 교류하는 섹슈얼리티가 아니라 지배적인 관계로 섹슈얼리티에 길들여진 상상력은 명백한 한계를 보인다. 개인주의자이며 민주주의자인 휘트먼은 동성애자, 여성, 흑인 노예의 욕망을 평생에 걸쳐 자신의 시에 녹여냈다. 휘트먼이 추

✛ 월트 휘트먼 저, 윤명옥 역, 〈나 자신의 노래 1〉, 《나 자신의 노래》, 지만지, 2017, 21쪽.
✛✛ 월트 휘트먼, 〈나 자신의 노래 22〉, 앞의 책, 72쪽.

구한 '완전한' 평등은 여전히 우리의 현실이 아니다. 그러나 상상할 수 있다. 몸의 차별과 몸을 향한 공격이 민주주의를 방해하고 개개인의 자유를 짓밟는다는 사실에 대해, 그렇기에 '몸의 흥분'을 노래하는 시인의 언어가 우리의 '마음'을 어떻게 바꿀 수 있는지에 대해 적어도 생각해볼 수는 있다.

여성=몸으로 여겨지는 사회에서 몸에 대한 인식의 변화는 여성에 대한 인식 변화와도 연결된다. 구찌 가방을 주면 샤워하러 가는 여성의 모습(영화 〈극한직업〉)이 유머로 소비되는 사회에서 여성의 몸은 교환의 대상에서 벗어나지 못한다. 여성의 몸으로 향하는 길을 돈과 '물뽕'으로 다져놓은 세상에서 몸의 흥분은 없다. 몸의 지배만이 있을 뿐이다.

예술이 반드시 무엇이어야 한다고 정의하긴 어렵다. 그러나 적어도, 예술이 억압의 도구이며 폭력의 구실이 되어선 안 된다. 예술이라는 이름으로 지금까지 저질러온 폭력이 얼마나 많은가.

투표하는 몸

월트 휘트먼은 미국을 상징하는 시인이다. 영화 〈죽은 시인의 사회〉(1989)에서 키팅 선생님이 좋아하는 시인이 바로 월트 휘트먼이다. 그 유명한 "오 캡틴 나의 캡틴"이 그의 시이다. 1865년, 전쟁이 끝나자마자 에이브러햄 링컨이 암살되었다. 휘트먼은 그의 죽음을 애도하는 시 〈아. 선장님! 우리 선장님!〉을 쓴다. 그는 《풀잎*Leaves of Grass*》(1855) 서문에서 노예제도에 대한 자신의 생각을 다음과 같이 밝혔다.

> 위대한 시인의 자세는 노예들을 격려하고 독재자들을 위협하는 것이다.

실제로 휘트먼은 남북전쟁 당시 '북부'에 속하는 뉴욕주 출신으로 노예제도를 폐지하려는 대통령 링컨의 정책을 지지했고 그를 존경했다. 인간을 극단적인 비인격적 대상으로 만드는 노예제도는 그가 추구하는 평등 정신과 함께할 수 없는 제도였다. 간호사로 남북전쟁에 참여했던 휘트먼은 끔찍한 전쟁의 실상을 보고 반전주의자가 된다. 휘트먼에 대한 나의 관심은 흔히 알려진 것처럼 그의 박애와 평등에 대한 사상 때문은 아니다. 오히려 그 반대에 가깝다.

성애에 대한 기존의 관념에 저항하며 몸의 차별 없이 다양한 사람들 사이의 평등을 노래하는 이 민주적인 시인은, 링컨을 칭송하며 남북전쟁에서 북부의 승리를 기원하면서도 흑인이 백인과 같은 권리를 가지길 원치 않았다. 예를 들어 그는 노예제도에서 흑인이 해방되더라도 해방 노예가 투표권을 갖는 데에는 목소리 내길 주저했다. 그렇다면 그에게 '해방'은 과연 무엇이었을까. 몸의 평등이 민주주의에서 중요하다고 생각하면서 그는 투표가 민주주의에서 가지는 의미는 왜 생각하지 않았을까. 침대에서의 평등은 왜 투표장에서의 평등으로 연결되지 못하는가. 그래서 오늘날 월트 휘트먼은 어떤 면에서 '인종주의자'로 비판받는다. 휘트먼은 흑인이 백인보다 덜 똑똑하다고 생각했다. 내가 휘트먼에게서 발견하고 고민한 것은 성애에 대한 무한한 포용이 정치적 참여에 대한 평등 정신으로 이어지지 않는 그 모순이다. 그가 그린 유토피아는 그래서 내게 온전히 매력을 주진 못한다. 그렇다고 그에게 단순하게 '인종차별주의자'라는 명찰을 달아줄 생각은 없다. 인간이 자신의 이상과 현실 정치 사이에서 보여주는 복잡한 모순에 대해서 놓치고 싶지 않을 뿐이다.

　휘트먼은 현실의 한계를 인식하며 정치적 선택을 한다. 노예해방을 지지했지만 그는 당시 급진적인 노예해방운동가들과는 거리를 뒀고, 나아가 그들을 비난했다. 왜냐면 이 '급진적'인 운동가들이 오히려 그가 사랑하는 미국 연방을 분열시킬 수 있다고 생각했기 때문이다. 그의 '전략적' 판단이 누군가에게는 더 옳은 선택으로 보일 수 있다. 당시 '미국'이 지향하는 민주주의의 가치도 물론 중요했기 때문에 미국 연방의 분열을 막고자 하는 마음도 십분 이해한다. 다시 말해 그는 이상을 노래하는 시인이지만 관념적인 몽상가는 아니었다. 매우 현실적인 계산을 하는 정치적 행동가였다.

아마도 이 지점에서 월트 휘트먼에게 누군가는 더 호감을 품고 누군가는 거리를 둘지도 모른다. 나는 후자에 가깝지만 내가 틀릴지도 모른다는 생각에 그의 언어와 발자취를 들춰본다. 게다가 지금까지 '완벽한' 사람을 본 적 없다. 식민지에 저항하면서 여성을 차별하고, 여성의 권리를 말하며 성소수자를 차별하고, 성소수자의 인권을 위해 목소리 높이며 인종차별을 하고, 인종차별을 비판하면서 계층에 무지한 사람들을 얼마나 쉽게 만나는가. 나는? 나는 어떨까. 나는 과연 이 모든 구도에서 자유로울까.

프랑스의 전 법무부장관 크리스티안 토비라가 2013년 동성결혼 합법화를 추진하면서 의회 토론 중에 레옹공트랑 다마스의 시집 《블랙 라벨Black Label》의 일부를 낭독한 적 있다. 문학으로 제국주의와 인종차별에 맞선 네그리튀드Négritude 운동을 이끌었던 다마스의 시를 통해 '소수자'의 처지와 분노를 전달했다. 그때 읽은 시가 〈Nous les gueux〉였다. "우리는 빌어먹을 것들!" 물론 말을 못 알아듣는 이들은 흑인과 동성애자를 왜 비교하냐며 토비라의 '문학 수업'을 못마땅하게 여겼다. 동성결혼 합법화에 반대했지, 누가 인종차별 했냐며 무지로 권력을 방어했다. 상상의 빈곤은 타인의 고통에 대한 상상도 빈곤하게 만든다. 이것이 윤리의 결여다. 토비라는 프랑스에서 최초의 흑인 여성 법무부장관이었다. 그는 자신이 겪는 문제를 넘어 차별의 공통적 구조를 파악했다. 사회의 소수자들은 주류의 온정에 기대어 투명인간이 되라는 압력을 받는다. '개인으로서의 자아'를 드러낼 수 없다. 노예해방은 찬성하나 흑인의 투표권 획득은 반대하고, 동거는 가능하지만 동성애자가 결혼이라는 제도 안으로 들어오지 못하게 한다. 공통점은 바로 사회의 약자들이 제도 속에서 시민이 되어 동일한 권리를 얻는 것을 불편하게 여긴다는 점이다.

격세지감. '나 자신의 노래'를 이어갔던 19세기의 개인주의자 휘트먼이 21세기를 살아간다면 아마 다르게 생각하지 않았을까. 투표권이 없던 흑인들은 피선거권까지 있다. 2020년 미국 대선에서 아시아계 흑인 카멀라 해리스가 부통령에 당선되었다. 일한 오마는 미국 연방 하원의원으로 미네소타에서 선출된 최초의 흑인 여성이다. 20대에 하원의원이 된 알렉산드리아 오카시오코르테스는 히스패닉계로 히스패닉만이 아니라 흑인들, 젊은 진보층에게 열렬히 지지받고 있다. "오랫동안 막혀 있었던 목소리,/무수한 세대에 걸친 죄수들과 노예들의 목소리," 이 목소리는 휘트먼이 그토록 열심히 보내던 '민주주의 신호'다.

1819년 5월 31일 미국 뉴욕주 롱아일랜드 웨스트힐스에서 농부이자 목수였던 아버지와 퀘이커 교도 어머니 사이에서 태어났다. 휘트먼은 가난으로 11세의 나이에 학교를 그만두고 법률사무소, 병원, 인쇄소, 신문사 등에서 잡일을 하면서 영국 낭만주의 소설과 시, 고전문학, 성경 등에 심취했다. 17세가 되던 1836년에 롱아일랜드에서 5년 동안 교사로 일했다. 이후 뉴욕에서 기자로 일하며 1838년에 주간지 《롱아일랜더》를 창간했으며, 1842년에는 신문 〈뉴욕오로라〉의 편집인이 되었다. 이 시기에 에머슨의 강연을 듣고 감명을 받아 시인이 되고자 결심하고 신문사를 떠났다. 이후 여러 신문사에서 기자, 자유기고가, 편집인 등으로 10여 년간 활동하다가 마침내 시인으로 거듭나게 되었다. 그가 36세 되던 1855년 7월 4일에 제목 없는 열두 편의 시를 실은 첫 시집 《풀잎》을 자비로 출간했다. 남북전쟁에 참전하고 군 간호사로 근무한 경험을 담아 시집 《북소리》와 《전쟁 회고록》을 출간했다. 1882년에는 산문집 《나 자신의 노래》를 출간했다. 그의 시는 당대에 독자들로부터는 좋은 평가를 받지 못했으나 20세기 중엽부터 각광을 받았고, 시집 《풀잎》은 세계문학의 걸작으로 인정을 받고 있다. 1892년 3월 26일 미국 뉴저지주 캠던에서 숨을 거뒀다.

월트 휘트먼의 주요 작품

《프랭클린 에반스 *Franklin Evans*》(장편, 1842)

《하프 브리드 *The Half-Breed; A Tale of the Western Frontier*》(장편, 1846)

《풀잎 *Leaves of Grass*》(시집, 1855), 허현숙 옮김, 열린책들, 2011

《북소리 *Drum-Taps*》(시집, 1865) 조규택 옮김, 학문사, 2006

《민주주의 전망 *Democratic Vistas*》(에세이, 1871)

《전쟁 회고록 *Memoranda During the War*》(시집, 1876)

《나 자신의 노래 *Specimen Days & Collect*》(에세이, 1882) 윤명옥 옮김, 지
만지, 2017

《밤의 해변에서 혼자 *Alone On the Beach At Night*》(시집, 2015) 황유원 옮김,
읻다, 2019

루이스
어드리크

인간과

인간
아닌 것

Louise Erdrich   1954~

뒤덮힌 눈이 햇빛을 반사해 눈을 부시게 하는 노스다코타의 황량한 들판을 차로 달리고 있었다. 4월 말이 되어야 눈과 얼음이 녹아 물이 되어 흐르는 소리를 제대로 들을 수 있으니 1년에 반 가까이는 겨울이다. 2번 도로를 타고 윌리스턴이라는 마을에서 동쪽으로 향하는 길에 석유시추 기계들이 늘어서 있었다. 루이스 어드리크의 소설《사랑의 묘약*Love Medicine*》(1984)의 첫 문장이 생각났다. "…… 오일 붐이 일어난 노스다코타주 윌리스턴의 꽉 막힌 중심가를 걷고 있었다." 중심가를 걷던 원주민 여성 준 캐시포는 백인 남자의 가벼운 섹스 상대가 되었다. 소설 속에서 윌리스턴은 "카우보이처럼 차려입은 독신의 돈 많은 오일 붐 쓰레기들이 득시글한 곳"으로 표현된다. 준 캐시포가 만난 사람도 이런 종류였을까. 준은 눈 쌓인 들판을 가로질러 집으로 가려했으나 결국 얼어 죽었다.

미네소타에서 노스다코타로 이사를 갔을 때다. 또 생판 모르는 지역에 가서 살아야 한다는 사실이 기대와 긴장을 동시에 만들었다. 집을 구하는 일부터 걱정이었다. 이사하기 전에 미리 방문해서 집을 구하려니 오고 가는 시간까지 합쳐 적어도 3박 4일은 시간을 내야 했다. 미네소타의 세인트폴에서 노스다코타의 마이놋까지 차로 가려면 꼬박 9시간이 걸린다.

비행기는 너무 비싸서 엄두가 나지 않았다. 상황이 여의치 않아 결국 집도 구하지 못한 채 트럭을 빌려 짐을 모두 싣고 일단 미네소타 트윈시티를 떠났다. 5시간을 달려 노스다코타의 파고에서 하룻밤을 잔 뒤 다음 날 마이놋에 도착했다. 호텔에서 3박 4일을 보내며 집을 구했다.

걱정과 달리 집을 구하는 일은 의외로 쉬웠다. 바로 오일 붐이 한창 일던 시절, 밀려드는 사람들 때문에 지어놓은 집이 많았기 때문이다. 작은 도시치고는 호텔도 많다 했더니 바로 그 오일 붐 덕분이다. 노스다코타의 면적은 남한의 두 배 가까이 되지만 인구는 75만 명이 조금 넘으니 아무리 인구가 늘어나도 땅은 남아돈다. 집값이 싸고 실업률도 낮아 최근에는 삶의 만족도가 미국에서 가장 높은 지역으로 꼽히기도 했다. 아이러니하게도 캘리포니아나 시애틀이 있는 워싱턴처럼 살기 좋고 진보적인 곳으로 유명한 주는 오히려 집값이 비싸서 부담스러운 곳이다.

모든 현상에는 명암이 있다. 노스다코타의 오일 붐은 사람만 끌어들인 것이 아니다. 뉴멕시코에서 우라늄 채광을 위해 환경을 파괴했듯이 노스다코타의 생태도 상처를 입기 시작했다. 2014년부터 시작한 다코타 액세스 송유관Dakota Access Pipeline 건설이 2017년 완료되어 그해 5월에 첫 운송을 시작했다. 다코타 액세스 송유관은 노스다코타를 시작으로 사우스다코타, 아이오와를 거쳐 일리노이에 이르는 긴 송유관이다. 송유관이 노스다코타와 사우스다코타에 걸쳐 있는 스탠딩 록Standing Rock 원주민 보호구역을 지나가면서 이 송유관 건설 문제는 원주민들의 삶을 곤란하게 만들었다. 송유관은 미주리강과 오아히 호수를 경유한다. 특히 이 오아히 호수는 원주민들의 유일한 식수원이다. 기름이 유출되면 상황은 심각해진다. 또한 원주민 성지와 문화유적들이 훼손될 것을 우려해 원주민들은 강하게 반발했고 환경운동가들이 연대하면서 이 투쟁은 미국을 넘어 외국에도 알려졌다. 2016년 11월, 공권력은 물대포를 쏘며 물을 지키려는 이들을 진압했다. 이곳의 겨울 날씨를 감안하면 '살인적'이라는 말은 전혀 과장이 아니라 매우 사실적 수사다.

트럼프 행정부는 알래스카 북동부 북극권국립야생보호구역ANWR에서 석유·가스 개발도 추진했다. 북극곰과 순록의 서식지인 야생보호구역이 개발주의자들에게는 엄청난 원유가 매장된 곳으로만 보일 뿐이다.

흔히 환경운동을 고학력자들의 사치스러운 운동이거나 현실감각 없는 종교인의 뜬구름 잡는 공상처럼 여기는 시선을 접한다. 아직은 시기상조. 일단은 사람들 사는 게 우선. 늘 이렇게 말한다. 또한 밀양 송전탑 건립을 두고 벌어진 투쟁에서 보았듯이, 지역의 자연환경은 중앙이라는 물리적 장소에 지배되기 쉽고 자본의 위협에 훨씬 취약한 상태에 놓인다. 많은 환경문제가 실은 지역과 중앙의 위계를 드러낸다. 이때 지역의 저항은 님비 현상, 곧 지역 이기주의로 왜곡되어 전달되기 일쑤다.

우리는 하나의 형상인 외로움을 나눈 존재

첫 소설인 《사랑의 묘약》에서 자전적 소설 《그림자 밟기 Shadow Tag》(2010)에 이르기까지 어드리크 소설의 특징은 대체로 복잡한 플롯이다. 다소 환상적이고 우화적인 면이 있으며 같은 사건을 두고 인물에 따라 시점이 달라진다. 각 장마다 화자가 바뀌고 이야기의 각도가 달라지기에 독자들은 읽으면서 입체적으로 서사를 하나하나 구축해간다. 《사랑의 묘약》은 소설이 시작되기 전에 가계도를 보여준다. 그 정도로 인물들의 관계가 복잡하다. 어드리크의 문학을 관통하는 하나의 화두를 찾으라면 바로 미국 원주민, 그중에서도 중서부에 자리한 치페와(오지브웨)족의 삶이다.

치페와족과 독일계 미국인 사이에서 태어난 어드리크는 그 자신도 원주민 혈통이다. 미네소타에서 태어나 노스다코타의 인디언 보호구역 안에서 성장했기에 그의 소설은 대부

루이스 어드리크

분 북미 원주민들의 삶을 그리고 있다. 레슬리 마몬 실코와 마찬가지로 그도 미국 원주민 르네상스Native American Renaissance✢의 대표 작가 중 한 명이다. 어드리크의 문장에서는 오도독오도독 소리가 들릴 것만 같다. 예를 들면《사랑의 묘약》에 나오는 이런 문장. "남자들의 뼈를 갈아 차에 타서 밤에 마시고 싶다."

소설《사랑의 묘약》에는 알코올중독이거나 범죄자로 감옥을 들락거리는 삶, 모두 다르게 생긴 아이를 낳아 기르는 여성, 워싱턴 D.C.를 들락거리며 정치활동을 하지만 결국 좋은 원주민은 이미 죽었거나 말에서 굴러떨어질 뿐이라는 자조적 농담을 뱉는 원주민 사회의 인사 등 다양한 인물이 얽혀 있다. "극장에서 보는 인디언의 연기는 온통 죽는 장면 일색이었다"라는 한탄은 매우 익숙한 목소리다. '극장에서 보는 여성의 연기는 온통 죽는 장면 일색이었다'라는 나의 생각과 다를 바가 없어서다. 죽는 모습 그만 보고 싶다. 미국 정부의 정책을 비꼬는 작중 인물들의 한 마디 한 마디는 그야말로 '웃프다'. "나는 미국의 인구조사원을 내 집에 들이지 않는다. 뭐, 지금 하는 말을 그대로 옮겨도 좋다. 그들은 우리를 헤아릴 때마다 제거할 숫자를 정확히 파악하는 것이다."✢✢

한편 베트남전쟁에 참전한 한 원주민은 자신과 닮은 적의 얼굴에 당황한다. 치페와족을 닮은 아시아인의 눈을 보고

✢ 1960년대 후반 이후 미국 원주민 작가들의 문학이 증가하면서 1983년에 비평가 케네스 링컨에 의해 본격적으로 '미국 원주민 르네상스'라는 개념을 사용하기 시작했다.
✢✢ 루이스 어드리크 저, 정연희 역,《사랑의 묘약》, 문학동네, 2013, 357쪽.

동족을 살상하는 기분을 느낀다. 흔히 자신과 닮을수록 가까운 정서를 느낀다. 이는 반대로 나와 다르게 생기고 인간과 다른 모습을 가진 생명체일수록 배척하기 쉽다는 뜻이다. 남자와 남자 아닌 사람, 한국인과 한국인 아닌 사람 등으로 분리는 끝도 없이 펼쳐진다. 그러한 분리는 지배 질서를 만든다. 인간, 곧 지배층의 인간과 먼 인간일수록, 나아가 인간이 아닐수록 존중받지 못한다. 원주민의 생활 터전은 바로 그러한 지배 질서 아래에서 지속적으로 파괴되어 왔다.

물론 인간은 인간과 '인간 아닌 것'에 대한 분리에서 완전히 자유로울 수는 없다. 그렇기에 이에 대한 수많은 질문이 오간다. 2000년대 초반 지율 스님이 KTX 건설을 위한 천성산을 관통하는 터널 공사가 생태계를 파괴한다는 사실을 발견하고 100일이 넘게 단식 농성을 벌인 적이 있다. 이 사건은 '도롱뇽 사건'이라는 조롱 섞인 이름으로 불리곤 했다. 고작 도롱뇽 살리겠다고. 도롱뇽은 상징이다. 도롱뇽에서 시작해 인간이 물, 흙, 동물 등과 연결된 존재라고 여기기보다 '고작 도롱뇽' 안에 갇혔다. 법적으로 패소했지만 지율 스님이 사회에 남긴 화두는 사라지지 않았다고 생각한다. 인간과 인간 아닌 것에 대해. 인간과 인간 아닌 것에 대한 분리는 인간의 종류도 끝없이 분리한다. 정상적인 인간과 정상이 아닌 인간.

미국 원주민들은 공격적이고 미개한 타자로 그려진다.

루이스 어드리크

유럽인들은 유럽과 유럽 아닌 지역을 비문명으로 규정했다. 나아가 아프리카나 남태평양, 유럽인의 도착 이전 아메리카 '신대륙'은 원시의 세계로 보았다. 여성을 복잡하고 이해할 수 없는 존재라고 서슴없이 말하는 태도가 바로 여성을 인간(남성) 아닌 존재로 밀어내는 태도다.

기독교의 '네 이웃을 네 몸과 같이 사랑하라'는 가르침과 불교의 자비는 궁극적으로 인간을 넘어선 다른 생명에 대한 사랑을 일컫는다. '나'와 '타'의 관계이다. 인간은 관계적 동물이며 동시에 개별성을 가진 '유아독존'의 존재다. 관계와 독존 사이에서 인간은 끊임없이 흐르며 '나'와 '타'도 꾸준히 서로가 서로에게 흐른다. 사랑이 전이되듯 고통도 전이된다. 《사랑의 묘약》이 가르쳐주듯, "우리가 하나의 형상인 외로움을 나누었기에."

미국 원주민 르네상스를 대표하는 작가인 레슬리 마몬 실코는 어드리크의 《사탕무 여왕*The Beet Queen*》이 원주민 문화를 제대로 다루지 않았다고 비판했다. 원주민의 구전 문화를 문학에서 훨씬 잘 살려낸 실코의 시각에서 보면 어드리크의 작품이 '변종'처럼 보일지도 모른다. 그러나 나는 이조차 매력으로 여긴다.

다시 이야기하기

영화 〈크롤〉(2019)은 미국 플로리다를 배경으로 허리케인 속에서 살아남기 위해 사투를 벌이는 가족 이야기다. '크롤 Crawl'은 '기어가다'라는 뜻이지만 수영에서는 가장 빠른 영법인 자유형을 뜻한다. 주인공 헤일리는 수영 선수이며 아버지는 어릴 때부터 헤일리를 강한 선수로 키웠다. 늪지가 많아 악어가 많이 서식하는 플로리다에서 일어난 재난이라 사람들은 수해만이 아니라 악어와도 싸운다. 악어는 강가나 습지 등에서 최상위 포식자다. 영화 내용은 단순하다. 강한 여성 헤일리는 자연재해와 인간을 잡아먹는 악어에 맞서 싸우며 아버지도 구하고 스스로를 구한다. 악어와 싸우며 그는 "나는 최상위 포식자superpredator다!"라고 외친다. 이제 이런 영화는 시대착오적이라 평가받아야 한다. 인간의 문명으로 자연재해마저 '자연적'이지 않은 시대이며, 이 각종 재난 속에서 인간이 되찾아야 할 생각은 어떻게 자연의 일부로 살아가야 하는지에 대한 고민이다. 최상위 포식자가 되어 동물을 때려눕히는 힘을 과시하거나 재난을 극복하는 강한 인간을 칭송할 때가 아니다.

2020년은 전 지구적 재난의 해나 다름없다. 1월 20일에 한국에서 첫 번째 코로나19 환자가 발생했고, 여름에 길게 이

루이스 어드리크

어진 장마는 50일을 넘기며 기상관측 이래 최장기간으로 기록되었다. 집중호우로 많은 사람들이 사망했고 동물이 입은 피해는 헤아릴 수 없다. 환경단체는 "이 비의 이름은 장마가 아니라 '기후위기'"라는 슬로건을 제시했다. 인간과 동물의 관계, 인간과 자연의 관계에 대해 근본적인 인식과 태도의 변화 없이는 아무것도 달라지지 않을 것이다. 지구의 기온이 1.5도 이상 오르지 않도록 애써야 최소한의 생태계를 지킬 수 있다지만, 이미 많은 과학자들이 '늦었다'고 말한다. 그만큼 지구가 처한 상황은 심각하다. 산업혁명 이후 지구의 기온은 점차 올라갔고, 지구 곳곳에서 산불, 폭우, 폭염, 해수면 상승, 사라지는 빙하 등으로 많은 문제가 발생하는 중이다. 우리는 과연 어떻게 될까. 인간이 땅을 자원으로 여길수록 땅은 사라지고 있다.

　나는 책을 읽으며 종종 글의 맥락과 무관하게 음식과 식물 이름에 밑줄을 긋는 습관이 있다. 특히 외국 서적일 경우 작품 속 인물들에게는 사소한 일상인데 독자에게는 낯선 문화를 전달하는 경우가 많다. 예를 들어 "곧 깃털과 스위트 그라스로 꼰 끈을 들어 올려 집을 축복하기 시작했다"라는 문장에서 '스위트 그라스'가 무엇인지 알 수 없었다. 원주민들이 의식에 사용하는 풀이라는 설명만으로는 내 호기심을 충족시킬 수 없었다. '스위트'가 들어가는 이름에서 향이 느껴진다.

'스위트 그라스'를 '향모'라 부른다는 걸《향모를 땋으며*Braiding Sweetgrass*》(2013)의 원제를 보고서야 알았다. 조금 과장되게 표현하자면,《향모를 땋으며》는 내게《사랑의 묘약》에서 발견한 '스위트 그라스'에 대한 기나긴 각주처럼 다가왔다.

포타와토미 원주민 출신 작가 로빈 윌 키머러의《향모를 땋으며》는 저자의 표현 그대로 '과학과 영성이' 얽혀 있다. 이게 가능할까. 적어도 나는 저자의 근사한 시선에 매료되었다. 원주민들에게 바구니의 재료로도, 약초로도 쓰이는 향모는 제의용으로도 쓰인다. 물질적인 동시에 영적인 식물이다. 이들은 향모를 팔지 않는다. 자연의 선물이기에 누군가의 자본으로 전환시키지 않는다. 키머러는 땅과 식물을 '그것'으로 부르면서 자연스럽게 '천연자원'으로 생각하는 영어와 생명이 있는 자연을 '사람처럼' 대하는 원주민의 언어를 비교한다.

과학과 영성을 함께 생각하기가 어려운 인간이 되어버린 우리는 자연과 동반자 관계가 되는 능력을 상실했다. 키머러는 게리 나브한의 말을 빌려 "'다시 이야기하기re-story-ation' 없이는 회복restoration"하기 어렵다고 한다. 다시 이야기하기. 토니 모리슨이 말한 다시 기억하기re-memory와 함께 다시 이야기하기. 다시. 모든 지배체제를 회복하기 위한 필수적인 작업이다.

어드리크는 현재 미네소타주의 미니애폴리스에서 원주민 문학을 소개하는 서점 '버치바크북스Birchbark Books'를 운영한다. 이 서점에서 어드리크는 책을 소개하고 읽어줄 뿐 아니라 원주민 미술 작품도 판매한다. 이 서점은 지역의 원주민 작가들과의 연대를 구축하고 지원하는 역할을 한다. 위그와스 프레스Wiigwaas Press라는 비영리 출판사를 세워 여전히 원주민의 목소리 생산에 적극적으로 개입한다. '자작나무 껍질'을 뜻하는 버치바크. 미네소타주에는 자작나무가 많다. 북쪽으로 갈수록 흰 껍질의 자작나무를 실컷 볼 수 있다. 주변의 눈과 얼음이 발하는 빛을 받아 자작나무의 흰 껍질은 더욱 희게 보인다. 춥고 척박한 기후에서도 잘 자라는 자작나무는 북미 중서부 원주민들이 옛부터 여러 용도로 사용했다. 가늘고 흰 자작나무 가지는 창백하고 가냘프게 보이지만 회초리로 사용되는 나무이기도 하다. 그래서인지 Birch는 '자작나무' 외에 '체벌'이라는 뜻도 있다. 영문학자 피오나 스태퍼드는 자작나무를 "숲의 미운 오리새끼"[+]로 표현한다. 눈에 띄지 않던 나무가 자라면서 우아함을 얻기 때문이다. 빙하시대를 거치면서도 살아남은 생명력이 강한 자작나무처럼, 원주민 문화는 쉽게 소멸하지 않고 다양한 방식으로 이식될 것이다.

[+] 피오나 스태퍼드 저, 강경이 역, 《길고 긴 나무의 삶》, 클, 2019, 231쪽.

1954년 6월 7일 미국 미네소타주 리틀 폴스에서 오지브웨족 어머니와 독일계 미국인 아버지 사이에서 태어났다. 인디언사무국 관할 학교에 근무하는 부모를 따라 노스다코타주 와페턴으로 이주해 성장했다. 다트머스대학교에서 문학으로 학사학위를 받았고 1979년 존스홉킨스대학교에서 문예창작으로 석사학위를 취득했다. 아메리카 원주민의 가족사를 중심으로 시와 소설, 어린이 책을 써온 어드리크는 1982년 단편 〈세상에서 가장 위대한 어부〉로 시카고트리뷴 넬슨올그런상을, 1984년 첫 장편 《사랑의 묘약》으로 전미도서비평가협회상을, 1987년 단편 〈플뢰르〉로 오헨리상을 수상했다. 또한 1998년 《영양 아내》로 세계판타지문학상을, 2006년 어린이책 《침묵의 게임》으로 스콧오델 역사소설상을 수상했고, 구겐하임재단펠로십, 노스다코타 계관시인협회상을 받았다. 2008년 출간한 장편 《비둘기 재앙》은 퓰리처상 최종 후보에 올랐고, 2009년에 애니스필드울프도서상을 수상했다. 장편 《라운드 하우스》로 2012년 전미도서상과 2013년 미네소타도서상을 수상했다. 2014년에는 '지속적인 작업과 한결같은 성취로 미국 문학계에 큰 족적을 남긴 작가'에게 수여되는 펜/솔벨로상을 받고, 2016년 장편 《라 로즈》로 또 한 번 전미도서비평가협회상을 수상했다. 현재 미네소타주 미니애폴리스에서 딸들과 함께 살면서 소규모 독립서점 '버치바크북스birchbarkbooks.com'를 운영하고 있다.

루이스 어드리크의 주요 작품

《햇불*Jacklight*》(시집, 1984)

《사랑의 묘약*Love Medicine*》(1984), 정연희 옮김, 문학동네, 2013

《사탕무 여왕*The Beet Queen*》(1986)

《발자취*Tracks*》(1988), 이기세 옮김, 열음사, 2000

《욕망의 세례식*Baptism of Desire*》(시집, 1989)

《콜럼버스의 왕관*The Crown of Columbus*》(1991)

《영양 아내*The Antelope Wife*》(1998)

《정육점 주인들의 노래클럽*The Master Butchers Singing Club*》(2003)

《페인티드 드럼*The Painted Drum*》(2005), 정연희 옮김, 문학동네, 2019

《비둘기 재앙*The Plague of Doves*》(2008), 정연희 옮김, 문학동네, 2010

《레드 컨버터블*The Red Convertible*》(단편집, 2009)

《그림자 밟기*Shadow Tag*》(2010), 이원경 옮김, 비채, 2014

《라운드 하우스*The Round House*》(2012), 정연희 옮김, 문학동네, 2015

《라 로즈*LaRose*》(2016)

《살아 계신 신의 미래 고향*Future Home of the Living God*》(2017)

《야간 감시자*The Night Watchman*》(2020)

레슬리
마몬 실코

우리는

땅에 속해 있다

Leslie Marmon Silko   1948~

엄마 쪽 할아버지 산소로 가는 길이었다. 얼마 만일까. 30년
은 넘었다. 이정표도 없는 산길에서 부모님은 어찌 조상들의
묘를 잘도 찾는지 신기했다. 오랜만에 산소를 찾은 탓도 있지
만, 나는 건물과 잘 닦인 도로가 없는 산에서 길을 찾는 훈련
이 덜 되어 있다. 흙과 돌, 나무, 바닥에 떨어진 밤송이들, 이름
을 모르는 풀잎에 둘러싸인 길에서 이 길과 저 길이 비슷해
보이고 이 무덤과 저 무덤이 비슷해 보였다. 그때 아버지가
"여기 멧돼지가 지나갔군"이라고 했다. 그걸 어찌 아느냐 물
으니 우리 발아래 흙바닥을 가리키며 멧돼지가 파헤친 흔적
이라고 했다. 내가 볼 때는 흙이 조금 파헤쳐져 있을 뿐이고,
그조차도 특별히 인식하지 못한 채 지나갈 정도로 특이사항
을 발견하기 어려웠다. 기껏해야 눈에 찍힌 개 발자국이나 분
간할까, 짐승의 흔적을 말끔히 청소한 문명의 세계에 익숙한
나는 동물의 습성에 무지하다.

　　조카가 다섯 살일 때 내게 물었다. "밥 먹고 바로 누우면
돼지가 되는 거야? 돼지가 되면 여기서 못 살고 동물원에 가
는 거지?" 돼지와 동물원을 연결시킬 생각은 미처 못했는데
조카가 이렇게 묻기에 나는 어정쩡하게 답했다. '돼지가 사는
곳'에 대한 내 머릿속 이미지는 어릴 때 친척집에서 본 돼지

우리다. 두 마리가 작은 원룸 크기의 우리 안에서 뒹굴고 있었다. 적어도 내 머릿속에서 소, 돼지, 닭, 가끔 염소와 토끼까지, 이들은 마당이 있는 집 주변에서 인간과 가깝게 사는 동물이었다.

　가축이라 불리는 이 동물들의 삶의 공간이 공장식 축산제 속에 포섭되기 전의 모습을 떠올리던 나는 조카의 '동물원' 발언이 예사롭게 들리지 않았다. 공룡처럼 자신이 보지 못한 동물은 산속 어딘가에 있으리라 생각하지만, 자신이 보았던 동물의 공간으로는 동물원을 떠올렸다. 반려동물과의 생활이 반드시 인간에게 동물에 대한 이해를 폭넓게 만들어주진 않는다. 대신 동물을 구별하게 한다. 여성이 정숙한 아내와 '창녀'로 분리통치받듯이 동물과 자연도 인간에게 이러한 분리통치를 받는다. 먹거리가 되기 위해 공장식 축산제 속에서 길러지거나 보호라는 명목하에 동물원에 갇혀 볼거리가 된다.

　인간은 동물의 장소를 계속 빼앗으며 지배의 영역을 넓혀왔다. 동물원에서 태어나 8년 내내 동물원 밖을 나가보지 못한 퓨마가 열린 문으로 잠시 걸어 나왔다가 인간의 총에 맞아 죽은 사건이 있었다. 우리는 동물을 보지만 보지 못한다. 그들을 먹지만 먹이가 되기 이전 모습을 잘 모른다. 흙을 딛고 성장하는 생명을 대면하지 않기에 '볼거리' 혹은 '먹거리'의 범주를 넘어선 동물 앞에서 당황한다. 다시 말해 '대상화'

　　　　　　　　　　　　　　　　　　　　레슬리 마몬 실코

되지 않은 동물을 점점 낯설어한다. 우리는 누구와 대면하고 사는 걸까.

이는 동물에게만 해당되지 않는다. 채소 반찬을 먹으며 이게 원래 뿌리인지, 줄기인지도 모른 채 먹을 때가 한두 번이 아니다. 물론 몰라도 상관없다. 다만 가끔 그런 생각이 든다. 나 아닌 타자를 나의 먹이로만 여기면서 온전히 세계를 이해할 수 있을까.

그들은 생명을 보지 않는다

얼마 후 그들은 땅으로부터 멀어지고
얼마 후 그들은 태양으로부터 멀어지고
얼마 후 그들은 식물과 동물들로부터 멀어지고
그들은 생명을 보지 못한다.
그들이 보는 것은
오직 물체일 뿐,
그들에게 이 세상은 죽은 것,
나무와 강은 살아 있지 않으며
산과 돌도 살아 있지 않다.
사슴과 곰은 물체일 뿐,

그들은 생명을 보지 않는다.✝

　나는 미국 뉴멕시코를 배경으로 원주민의 삶을 이야기로 살려내는 레슬리 마몬 실코의 《의식Ceremony》(1977)을 떠올린다. 뜨거운 태양 아래 사막에서도 자연을 '개발'하기보다는 자연과 함께 호흡하며 살아왔던 미국 원주민의 삶이 유럽 백인의 등장으로 어떻게 파괴되었는지를 다룬 실코의 대표작이다. 이는 더 이상 백인의 문제가 아니라 문명과 근대의 이름 아래 모두가 앞다투어 저지르는 일이다.

　《의식》의 주인공 타요는 2차 세계대전에 참전했던 원주민이다. 소설은 전쟁 속에서 군인일 때만 '미국인'으로 여겨지던 그가 육체적·정신적으로 서서히 회복하는 과정을 보여준다. 더구나 타요는 원주민 엄마와 백인 아빠 사이에서 태어난 '혼혈'이라 반쪽짜리 원주민으로서 어디에서도 온전히 환영받지 못한다. 타요의 내면에는 과거에 뉴멕시코를 식민지 삼았던 스페인 문화, 원주민 라구나 문화, 현재의 백인 문화가 섞여 있다. 전쟁을 통해 접한 일본도 스며든다.

　레슬리 마몬 실코는 이 '혼혈' 정체성을 통해 문화적 혼종을 이야기한다. 실코의 미덕은 그 지점에 있다. 유럽 백인의 침투 이전 원주민의 삶을 더 우월하다 내세우지도 않으며, 어떻게 계속 뒤섞이며 문화를 이어나갈지 고민한다. 온전한 순

✝ 레슬리 마몬 실코 저, 강자모 역, 《의식》, 동아시아, 2004, 223쪽.

　　　　　　　　　　　　　　　　　레슬리 마몬 실코

수는 없다. 인종적으로도 '순수한 백인'이란 없다. 인간의 이동이 시작된 이래 인류는 계속 뒤섞였다. 그러니 우리 모두 물라토이며, 니그로다. 마찬가지로 자연을 순수의 대상으로, 문명을 이기의 산물로만 놓을 수는 없다. 다만 문명과 물질에 지독히 익숙한 인간이 자연과 동물을 대하는 방식을 끊임없이 생각해야 한다. 나아가 실코는 미국 '동화 이데올로기'의 허구를 까발린다. 한 문화가 다른 문화에 '동화'된다는 것은 사실상 폭력을 기반으로 한다.

캘리포니아주의 샌타모니카에서 일리노이주의 시카고까지 3,945킬로미터가 이어진 66번 도로는 현재 그 도로 자체가 일종의 유적지처럼 남아 관광 코스가 되었다. 대공황 시기에 만들어서 1985년 공식적으로 '고속도로'의 역할이 끝날 때까지 약 60년 동안 미국 자동차 여행의 상징이었다. 그러나《의식》에서 원주민들은 이 66번 도로를 따라 늘어서 있는 술집을 오가며 주정뱅이 삶을 산다. 쭉 뻗은 길은 누군가에게는 세계를 연결시키지만 누군가에게는 세계를 파괴시킨다.

땅과 인간과 소와 말, 풀잎이 모두 연결되어 있는 이들의 삶의 터전이던 뉴멕시코는 바로 원자폭탄 실험이 이루어진 장소다. 푸에블로족에게서 빼앗은 헤메즈산에 미국 정부는 극비로 원자폭탄 실험실을 만들었다. 타요는 2차 세계대전을 통해 원자폭탄의 쓰임새도 경험했다. 원자폭탄의 등장은 전쟁에서 살상 방식의 획기적인 변화를 가져왔다. 재래식 전쟁에서는 죽이는 자가 죽는 자를 본다. 자신이 다른 사람을 죽인다는 사실을 직접적으로 인지하기 쉽다. 죽은 사람의 모습도 직접 본다. 현대의 전쟁은 죽이는 자가 죽는 자를 직접 보지 않고도 '대량 살상'이 가능하다.

직접 대면하지 않고 사람을 죽이는 핵폭탄처럼 인간은 잔인함을 느끼지 않고 잔인해질 수 있다. 마당에서 기르던 닭과 돼지를 잡아먹는 것보다 마트에서 '고기'를 구입하는 게 더 윤리적일까. 공장식 축산제와 깔끔한 마트 '덕분에' 잔혹함이 내 눈에 보이지 않을 뿐이다. 마트에서 붉은 살은 용도에 맞게 카레용, 불고기용, 구이용 등으로 포장되어 나온다.

사냥이 '스포츠'이며 '취미 활동'인 사람들을 만나면서 나는 좀 혼란스러웠다. 그들은 사냥한 동물을 박제해 온 집에 전시한다. 뱀, 곰, 사슴, 순록 등. 언젠가 이 동물들의 잘려진 머리통이 박제된 채 벽을 둘러싼 공간에서 만찬을 한 적이 있다. 식탁 위에는 고기가 올라와 있고 그 고기를 먹는 인간을 박제된 동물이 내려다본다. 이때 사슴과 곰 등은 그저 집을 장식하는 물체일 뿐이다. 인간이 살아가면서 먹기 위해, 혹은 옷을 만들기 위해 다른 동물을 죽일 수는 있다. 유목민이나 열대림에 사는 사람에게는 생존의 문제다. 그러나 오늘날 소위 선진국에 해당하는 나라에서는 생존을 위해서가 아니라

레슬리 마몬 실코

인간의 탐욕 때문에 동물을 죽인다. 설사 죽이더라도 그 죽음을 어떻게 대할 것인지는 고민해야 한다.

《의식》에서 록키와 타요 두 인물이 죽은 동물을 대하는 장면이 있다. 록키는 죽은 사슴의 몸을 굴려 배가 위로 향하도록 놓는다. 칼로 사슴의 몸을 가르려는 순간 그는 사슴의 눈을 본다. 함께 있던 타요는 제 옷을 벗어 사슴의 머리를 감싼다. 이미 죽은 동물이지만 눈을 가려주기 위해서다. 현재 한국의 개 농장에서는 다른 개가 보는 앞에서 개를 죽이는 일도 벌어진다. 도축되는 개들은 고통과 공포를 고스란히 느끼며 죽어간다.

우리는 땅에 속해 있다. 그러나 동물은 인간의 장난감이고 부동산은 어른들의 고급 쇼핑 대상이다. 땅과 돌과 퓨마와 물고기와 바람이 모두 연결된 존재임을 인식하지 않은 채 우리는 그저 '먹고 본다'. 눈으로 집어삼키고 입으로 집어삼킨다. 2018년 9월 대전 오월드 퓨마 탈출 사건에서 '탈출'은 인간의 시각이다. 퓨마는 열린 문으로 자연스레 걸어 나갔을 뿐이다. 생포되지 못한 이 퓨마는 결국 사살되었다. 퓨마가 동물원의 철장을 벗어나 거닌 시간은 4시간 정도다. 그마저도 마취총을 맞아 몇 시간은 기분이 안 좋았겠지만, 그래도 그 잠깐이나마 뽀롱이가 짜릿한 해방감을 느꼈기를 바란다. 퓨마는 자연 상태에서 20년까지 살 수 있다. 뽀롱이는 8세였다. 동물원에서 태어나 동물원에서 살아온 뽀롱이는 위험한 탈출을 통해 처음으로 자연 속에 있었다. 수목장으로 장례를 치른 뽀롱이의 몸은 다시 흙으로 돌아갔을 것이다.

언젠가 열렬한 페미니스트 여성이 이렇게 말했다. 왜 한 때 뜨겁던 페미니스트가 중년이 지나면서 생태, 환경 등으로 자꾸 넘어가냐고. 그는 '여성'에 집중하지 못하고, 더 전투적으로 나아가지 못하고, 생태나 환경 쪽으로 '넘어가는' 온건한 선택을 하는 여성주의자가 답답해 불만이 가득했다. 마음 한 켠에서 안타까움과 이해가 겹쳤다. 인간과 자연의 관계를 고민하는 태도가 결코 온건하지 않기에 이에 대한 안타까움이 있었고, 그럼에도 당장 내 앞의 문제에 너무 갈급해하며 온 힘을 모아도 될까 말까인데 왜 한 가지에 집중하지 않는지 애태우는 그 마음도 이해가 되었기 때문이다. 그러나, 인간이란 무엇인가.

예전에는 여행을 가면 인간의 흔적을 찾아다니며 인간이 만든 문명인 문화유산을 즐겨 보았다. 그런데 언제부터인지 관심사가 자연으로 옮겨갔다. 인간이 만든 것이 아니라 인간이 망친 것에 더 관심이 간다. 공기 속에는 미세먼지가 있고, 이제는 매일 먹는 소금에 미세플라스틱이 들어있다는 보고까지 나왔다. 내가 들이마시는 공기와 내 몸을 구성하는 모든 먹거리가 안전하지 않은 세상. 이는 자업자득이다. 우리는 땅에

레슬리 마몬 실코

속해 있기에 땅이 망가지는 건 결국 인간을 망치는 행위다.

자연과의 관계맺음에 대한 고민은 온건함이 아니라, 더욱 근본적인 문제로 향하는 자세이다. 사건이 벌어질 때만 일시적으로 분노해서는 바꾸지 못한다. 나는 말을 보태기 민망할 정도로 거대한 환경은커녕, 우리 집 창가에 있는 화분이나 안 죽이면 다행인 사람이다. 그렇기 때문에 조금이라도 덜 망치고, 덜 죽이는 인간이 되고 싶다.

미국 원주민 출신 작가들은 특히 자연을 망치는 문명에 항의하는 작품에서 두각을 드러낸다. 사이먼 J. 오티즈는 시 〈우리의 고향땅: 국가적 희생 지역〉을 통해 1950년대 우라늄 채광이 원주민의 영토에 끼친 영향을 고발한다. 땅을 파헤치는 과정에서 그 지역 원주민인 나바호족과 푸에블로족의 생활 터전이 파괴됨은 물론이요, 채광에 참여한 노동자들의 몸도 망가졌다. 오티즈의 시 〈우리가 많은 이야기들을 들었지만 우리는 이것이 진실임을 안다〉는 땅과 인간의 관계를 언급하며 시작한다.

땅. 사람들.
그것은 서로 관련된다.
우리는 서로서로 한 가족이다.
땅은 우리와 함께 일해왔다.✢

✢ 스테이시 앨러이모가 쓰고 윤준, 김종갑이 한국어로 옮긴 《말, 살, 흙: 페미니즘과 환경정의》(그린비, 2018) 193쪽에서 재인용했다.

아메리카 원주민의 재현에 대하여

화려한 얼굴 분장을 하고 가죽옷에 깃털 장식을 달고 동물 같은 소리를 내며 백인을 무자비하게 죽이는 사람. 내가 어릴 때 보았던 많은 할리우드 영화 속에서 '인디언'은 이런 모습으로 등장했다. 그들은 야만인이었다. 야만인의 땅에 백인이 들어와 갖은 고생 끝에 땅을 개척해 문명을 이룬 나라를 곧 미국으로 인식했다. 재현의 주체와 재현의 대상 사이에 얼마나 깊은 골이 있는지 알 수 있는 사례다. 미국 백인의 시각에서 묘사되고 소개된 아메리카 원주민의 모습은 늘 그런 식이었다. 1990년 캐빈 코스트너가 주연한 영화 〈늑대와 춤을〉이 나왔을 때 이 영화가 기존의 재현 방식과는 다르다는 평가가 대부분이었다. '다른 방식으로 보여주는' 미국 원주민의 모습이었다. 그러나 이조차도 원주민 여성과 백인 남성과의 관계가 썩 편히 읽히지만은 않는다.

유럽인이 아메리카 땅에 처음 도착한 시기는 15세기다. 그때 북미 대륙만을 기준으로 보면 원주민이 1000만 명에 이르렀다고 추정한다. 그러나 현재 미국에서 원주민 인구는 240만 명 정도다. 한때는 그들의 땅이었던 미국에서 이제 그들은 미국 전체 인구의 1퍼센트도 되지 않는 극소수 집단이 되었다. 이처럼 원주민 인구가 줄어드는 과정에는 무자비한 폭력

레슬리 마몬 실코

과 강제 이주, 전염병 등이 있었다. 이러한 서사는 간략하게 축소되거나 아예 삭제되고 대중문화에서는 야만의 이미지만 남았다. 미국의 '건국'을 이상적으로 그리기 위해서는 이 건국 의 타자인 원주민을 어떻게 그리는가가 중요한 문제였다. 새 롭게 국가를 만들고 이 국가를 이어가기 위해서 기독교 신앙 이라는 종교로 공동체를 결속시키는 것을 넘어 타자의 정체 를 규정하는 하나의 정치적 이데올로기를 필요로 했다. 문학 은 이 정치적 이데올로기에서 어떤 태도를 취했을까.

19세기 제임스 쿠퍼의 소설 《모히칸족의 최후 *The Last of the Mohicans*》(1826)는 백인이 쓴 원주민 이야기 중에서 아마 가장 유명할 것이다. 이 소설에서 갈등하고 성장하는 인물은 원주 민이 아니다. 이 소설의 주인공은 모히칸족과 함께 살아온 백 인 남성 호크아이다. 이 작품이 19세기 초반의 문학임을 고려 하면 이 정도의 이야기도 원주민 서사에 목소리를 부여하는 역할을 했다. 19세기 소설이지만 1992년에 다니엘 데이 루이 스가 주연한 영화 〈라스트 모히칸〉으로 만들어져 큰 인기를 얻었다. 그처럼 원주민에 대한 이미지를 형성하는 데 큰 영향 을 끼친 작품이다.

오늘날의 시각으로 비판하자면, 이 작품에서 원주민은 순수하고 고귀한 사람과 야만적인 악인으로 나뉘어 등장한 다. 주인공인 백인 남성 호크아이는 '순수한' 인종으로 그려진다. 과학적으로 '순수한' 인종은 근거가 없다. 그럼에도 이 '순수한' 인종에 대한 환상이 이 작품에 가득하다. 비단 백인 뿐 아니라 원주민도 백인의 피가 섞이지 않은 '순수한' 원주민을 '선善'으로 그린다. 어떠한 문명과도 접촉하지 않은 원주민을 순수하고 선한 존재로 그릴수록 원주민은 이 문명사회에서 소멸되기 쉽다.

쿠퍼는 원주민뿐 아니라 여성도 두 종류로 구별한다. 남성과 아무런 관계도 맺지 않은 순수한 여성과 그 반대의 타락한 여성, 곧 성녀와 창녀의 이분법이다. 이는 누군가를 타자화하는 전형적인 방식이다. 그런 의미에서 20세기에 원주민 문화 르네상스를 거치며 형성된 다양한 방식의 재현은 고무적이다. 특히 레슬리 마몬 실코가 보여주는 '혼혈' 정체성은 소멸하는 원주민 문화에 오히려 숨을 불어넣는 작업이다.

뉴멕시코의 원주민 보호구역에서 만난 원주민에게서 "100퍼센트 순수한pure ○○족"이라는 표현을 처음 들었을 때가 생각난다. 그때 나는 과장된 표현으로 재미있게 말하는 것인줄 알았다. 그러나 그들은 진지했다. "나는 '순수한' 알래스카 원주민", "나는 100퍼센트 나바호족"이라 말할 때 자부심이 느껴졌다. '백인'이 자신의 혈통을 말할 때와 원주민이 자신을 '순수한' 어떤 부족이라고 말할 때 이는 조금 다른 양상을 띤다. 원주민에게 '100퍼센트 ○○족'이라는 표현은 자신의 땅을 지키고 공동체를 지켰다는 뜻이다. 이 자부심을 존중하면서도 뒤섞임을 인정할 때 존재는 풍요로워진다.

인간다움에 대한 의심

동물 다큐멘터리를 자주 본다. 세렝게티의 동물들을 본다. 커다란 수컷 코끼리가 죽었다. 새끼들을 이끌고 먹이 사냥을 다니던 어미 사자가 먼저 발견했다. 어미와 새끼 사자들은 어마어마하게 큰 코끼리의 자연사 덕에 당분간 사냥할 필요가 없어졌다. 그때 다른 사자 무리가 온다. 워낙 큰 코끼리이니 다른 사자 무리도 함께 '먹이'를 먹는다. 하이에나 무리가 또 몰려온다. 평소라면 으르렁거리며 싸워서 하이에나를 몰아내야 하지만 이번에는 다 받아준다. 독수리 떼도 몰려와 죽은 코끼리 위에 올라탄다. 아무도 싸우지 않는다. 내 배가 부르면 그 이상 욕심낼 필요가 없다. 이들은 커다란 코끼리를 나눠 먹는다. 이때 저만치 한 마리의 코끼리가 저벅저벅 걸어오는 모습이 보인다. 코끼리를 먹던 독수리, 하이에나, 사자 들은 서서히 물러난다. 죽은 코끼리의 경쟁자였던 다른 수컷 코끼리가 다가와 죽은 코끼리에게 인사하는 모습을 보인다. 다시 암컷 코끼리가 가족들을 이끌고 다가온다. 이 코끼리들은 죽은 코끼리를 애도하러 왔다. 코끼리를 먹던 다른 짐승들은 이들에게 애도할 시간을 준 셈이다.

자식을 잃은 기린은 죽은 새끼 옆을 떠나지 못한다. 근처에서 어미 치타는 새끼들에게 사냥 교육을 시키려고 어린 사슴 한 마리를 생포했다. 목이 긴 기린의 눈에 이 광경이 들어온다. 살려고 발버둥치는 어린 사슴을 본 기린은 치타 무리에게 다가간다. 급기야 긴 다리로 속력을 내어 달린다. 아무리 초식동물이지만 몸집의 차이가 있고 워낙 맹렬히 다가오니까 치타들은 도망간다. 어린 사슴은 살아남아 제 어미에게 돌아간다. 기린은 제 새끼도 아닐뿐더러 다른 종의 새끼를 지키려고 홀로 치타 무리에게 맞섰다. 더 작고 힘없는 어린 사슴을 보호하려고.

때로 나는 동물들의 냉철한 판단력을 목격할 때 인간은 스스로의 이성에 대해 너무 자만한다는 생각이 든다. 예를 들어 어미 치타는 새끼들이 사냥에 성공하면 가슴 아프지만 새끼들 곁을 떠난다. 자신들의 첫 번째 사냥감을 물어뜯던 새끼들은 떠나는 어미를 슬프게 바라볼 뿐 붙잡지도 따라가지도 않는다.

'인간다움'이나 '인간적'이라는 말의 활용 방식에 썩 동의하지 않을 때가 많다. 인간은 머리가 좋아 세상을 지배하고 살 뿐, '인간적'인 것이 더 올바른 것이라 생각지 않는다. 인간

레슬리 마몬 실코

이기에 얼마나 잔인할 수 있는지 직시하는 게 오히려 낫다. 그래야 인간다움을 넘어 기본적인 생명에 대한 존중을 배울 수 있을 것이다. 감염병 대유행으로 2020년 이후 생태와 동물권 등에 대한 담론이 눈에 띄게 늘어나고 있지만 일상에는 방역을 이유로 일회용품만 가득 늘어나는 중이다. 만물의 영장이라 자만하기보다 무자비한 최상위 포식자로서 인간이 자연을 얼마나 폭력적으로 대하는지 자각해야 한다.

1948년 3월 5일 미국 뉴멕시코주 앨버커키에서 태어나 라구나 푸에블로 보호구역에서 성장했다. 멕시코인, 라구나 인디언, 유럽인 조상을 둔 가정에서 태어났으며, 어린 시절 증조할머니와 다른 친척들의 보살핌을 받으면서 라구나 사람들에 관한 이야기와 문화를 접했다. 뉴멕시코대학교 영문학과를 졸업하고 로스쿨에서 잠시 법학을 공부하기도 했지만 전업 작가의 길을 선택했다. 1965년에 리처드 C. 챔프먼과 결혼하고 아들을 낳았지만 1969년에 이혼했고, 1971년에 존 실코와 재혼하고 아들을 낳았지만 결국 이혼했다. 시집《라구나 여성》을 집필해 푸시카트상을 받았다. 1973년 알래스카주 케치칸으로 이주해 첫 장편소설《의식》을 집필했는데, 발간 후〈뉴욕타임스〉가 "이 단 한 권의 소설만으로도 그가 영문학사에 남긴 업적은 충분하다"라는 찬사를 보낼 만큼 그 문학적 의미를 인정받았다.

레슬리 마몬 실코의 주요 작품

《라구나 여성들 *Laguna Women: Poems*》(시집, 1974)

《의식 *Ceremony*》(장편, 1977), 강자모 옮김, 동아시아, 2004

《웨스턴 스토리 *Western Stories*》(단편집, 1980)

《이야기꾼 *Storyteller*》(단편집, 1981)

《죽은 자의 책력 *Almanac of the Dead*》(장편, 1991)

《사랑 시와 슬림 캐니언 *Love poem and Slim Canyon*》(시집, 1996)

《성수 *Sacred Water: Narratives and Pictures*》(단편집, 1994)

《비 *Rain*》(단편집, 1996)

《사구의 정원 *Gardens in the Dunes*》(장편, 2000)

《오션스토리 *Oceanstory*》(단편집, 2011)

토니
모리슨

젖과
피로
써야 할 이야기

Toni Morrison   1931~2019

목소리: 설교와 블루스

애틀랜타에 며칠 머물 기회가 있었다. 남부의 역사적 흔적을 많이 품은 도시라 갈 곳이 많다. 애틀랜타를 떠나기 전 짬을 내 어디를 둘러볼까 하다가 마침 일요일이라 에벤에셀 침례교회에서 예배를 드렸다. 나는 종교가 없다. 신앙이 아니라 문화를 알아간다는 차원에서 가끔 내가 방문하는 지역의 종교시설을 찾는다. 애틀랜타에 있는 에벤에셀 침례교회는 마틴 루터 킹 주니어가 사역하던 곳이라 미국 국립 역사공원에 속한다.

주로 북부에 많은 루터교회가 개신교 중에서는 상대적으로 경건한 분위기가 강하다면, 남부에 많은 침례교회는 훨씬 열정적이다. 박수를 치고 몸을 흔들며 노래를 부르고, 통성기도를 하는 동안 울부짖으며 자리에서 일어나거나, 서로 어깨를 감싸고 머리를 맞댄 채 감정을 공유하는 모습을 쉽게 본다. 고개를 젖히고 소리를 지르면서 울부짖는 신도에게는 목사가 다가가 손으로 지그시 머리를 누르고 주변의 다른 신도들도 열심히 기도하는데, 그러다 보면 격정적으로 소리 내던 신도의 울음이 서서히 잦아든다. 나는 이런 분위기를 낯설어한다. 이 감정과 행위는 솔직히 내가 온전히 이해할 수 있는 영역이 아니라서 이해하기 어려운 채로 남겨둔다. 다만 그 목소리를 직접 들으며 흔들리는 몸을 눈앞에서 보고 있노라면 맹렬히 거리 두려 해도 내 안에서 미세하게 흔들리는 어떤 감정적 움직임이 있다.

2019년 8월 5일, 《가장 푸른 눈*The Bluest Eye*》(1970)을 시작으로 《빌러비드*Beloved*》(1987), 《재즈*Jazz*》(1992), 《술라》 등 인상적인 작품을 우리에게 선물한 토니 모리슨이 삶을 마쳤다. 1993년 '흑인 여성' 최초로 노벨문학상을 수상한 작가, 퓰리처상을 수상한 작가 등 그를 설명하는 화려한 수상 이력도 많다. 미국 사회에서 베트남전쟁을 화두로 소수자의 목소리를 복원하는 역할을 했던 작가인 비엣 타인 응우옌은 모리슨의 글쓰기 방식을 많이 참고했다고 밝힌 적 있다. 백인의 시각을 의식하지 않고 어떻게 '우리'의 이야기를 펼칠 것인가. 랜덤하우스의 편집자였던 그는 누군가에 의해 재현되는 이야기 속에서 자신이 읽고 싶은 글이 없어 결국 직접 썼다고 한다. 토니 모리슨이 나와 동시대를 살았던 인물이라는 점에서 고마울 정도다.

모리슨은 개인의 몸에 관한 이야기에서 출발해 공공의 역사를 재구성하는 방향으로 뻗어가는 글쓰기를 보여준다. 그런 점에서 엘렌 식수가 말한 '젖과 같은 하얀 잉크'로 쓰인 글을 꼽아보라면 나는 아마도 1987년에 출간된 《빌러비드》를 떠올릴 것이다. 비릿하면서도 달큰한 젖 냄새가 풍기는 글자 위로 뜨거운 피가 떨어지는 느낌을 주는 소설이다. 《빌러비드》는 노예제도가 사라지기 전 19세기, 남자들은 감옥에 가거나 죽었거나 사라진 '여자들의 집'에서 벌어진 이야기다.

할머니-엄마-딸로 이어지는 인물관계에서 모성은 이들의 관계를 지탱하는 중요한 역할을 한다. 할머니인 베이비 석스는 아들이 주인에게 몸값을 지불하는 조건으로 해방되었다. 늙은 몸으로 계속 농장 일을 하다가는 그대로 죽어버릴 듯해서 아들이 차라리 제 몸으로 때우기로 했다. 글을 모르는 할머니는 노예에서 벗어난 후 '심장의 소리'에 따라 숲에서 설교를 했다. 흑인 여성은 감히 설교를 할 수 없지만 그의 심장이 그의 입을 터지게 만들었다. 호소력 짙은 그의 목소리는 사람들을 끌어모았다. 여러분의 몸을 사랑하라, 손을 사랑하라, 목을 사랑하라, 등가죽을 사랑하고, 내장을 사랑하고, 그리고 입을 사랑하라고 할머니 베이비 석스는 설교한다. 입, 특히 입은 우리에게 영양분을 주고 목소리를 주기에 '주인'들이 몹시 단속했던 몸이다. 그 몸을 사랑하라고 글을 모르는 할머니는 말씀을 전한다. 태초의 목소리(아버지-신)와 다른 이 흑인 여성의 목소리는 역사의 목소리를 재구성하려는 시도다.

베이비 석스의 목소리는 문자의 힘에 눌린 구술의 역사를 환기시킨다. 앨리스 워커도 할머니와 어머니로 이어지는 흑인 여성들의 구전에 관심을 가졌다. 워커의 산문집인 《어머니의 정원을 찾아서*In Search of Our Mother's Gardens*》(1983)와 《사랑의 힘*Anything We Love Can Be Saved*》(1997)이 바로 할머니와 어머니를 회상하는 이야기다. 이처럼 할머니-엄마-딸로 이어지는 계승과 구전은 흑인 여성 문학에서 중요하게 다뤄진다.

　노예는 읽고 쓰는 교육을 받을 수 없었다. 교회에서 설교하지도 못할뿐더러 같은 노예들과 모임을 가질 수도 없었다. 노예 신분이 아니더라도 흑인은 설교할 수 없다. 이를 어기면 채찍을 맞는다. 말하기와 모임은 힘을 주기 때문이다. 베이비석스의 목소리는 이 금지를 뚫고 나간다. 그의 목소리는 사람들을 모이게 만들고, 그는 읽고 쓸 줄 몰라도 몸에서 울리는 소리를 뿜어낸다. 노예에게 글을 가르치지 않더라도 그들은 저항의 소리를 낸다는 사실을 지배계층은 간과했다.

　퍼트리샤 힐 콜린스는 《흑인 페미니즘 사상*Black Feminist Thought*》(1990)에서 흑인 여성이 만들어낸 음악들, 곧 블루스, 재즈, 영성 음악 등은 모두 "미학적이면서 동시에 정치적인 투쟁의 연속체"라 정의한다. 제임스 볼드윈의 문학이 블루스의 영향을 강하게 드러내듯, 미국 내 흑인들의 예술은 설교, 블루스와 밀접하다. 20세기 초중반에 활발히 활동했던 블루스 가수인 빌리 홀리데이부터 2000년대까지 활동했던 니나 시몬, 오데타 홈스에 이르기까지 많은 흑인 여성들이 가수이며 흑인민권운동가로 활동했다. 콜린스는 이들의 음악이 오락적 기능을 넘어 "흑인의 구술문화에서 블루스는 백인에게 인쇄매체가 담당했던 기능과 비슷"[+]하다고 강조한다.

빌리 홀리데이가 1939년 녹음한 '이상한 과일Strange Fruit'은 정치적 메시지가 매우 선명한 노래로 유명하다. 이 노래에서 '이상한 과일'이 매달린 나무는 포플러다. 왜 포플러에 이상한 과일이 달릴까.

남부의 나무는 이상한 열매를 맺지요.

나뭇잎에 피가 흐르고 뿌리에도 피가 맺혀 있어요.

남부에서 부는 산들바람에 흑인의 몸이 나무에 매달린 채

흔들리네요.

포플러 가로수에 이상한 열매가 매달려 있어요.

이 노래는 남부에서 벌어진 흑인 집단 린치 사건을 다룬다. 흑인을 죽이고 그 몸을 남부에서 흔히 볼 수 있는 포플러에 매달았다. 홀리데이는 음악을 통해 흑인에게 가해진 폭력에 저항했고, 그의 목소리는 많은 흑인들에게 전달된다. 이것이 아름다운 블루스의 정치적 힘이다. 니나 시몬도 '미시시피 고담Mississippi Goddam'을 통해 1960년대 민권운동의 한복판에 목소리를 던지는 등 상당히 적극적으로 정치적 메시지를 전했다. 오데타 홈스는 또 어떤가. '글로리 할렐루야Glory Hallelu-

---

[+] 패트리샤 힐 콜린스 저, 박미선·주해연 역, 《흑인 페미니즘 사상》, 여성문화이론연구소, 2009, 193쪽.

ja'를 듣고 있노라면 목소리에서 영성의 힘을 느낄 정도다. 사람들을 끌어모을 수 있는 베이비 석스의 목소리를 상상하는 건 전혀 무리가 아니다.

젖과 벗나무

《빌러비드》에서 할머니가 '목소리'라면 엄마는 '젖'이다. 엄마인 세서도 사람(노예)을 매매하는 남쪽에서 북쪽으로 도망치고, 착취하는 백인에게서 도망치고, '젖을 빼앗은' 남성들에게서 도망쳤다. 세서는 만삭의 몸으로 목숨 걸고 켄터키주 농장을 탈출하여 오하이오강을 건너 오하이오주 신시내티에 다다른다. 그곳에는 먼저 탈출시킨 세 자식들이 할머니인 베이비 석스와 산다.

세서의 가슴과 등은 이 작품 전체를 압축적으로 보여주는 상징적인 이미지다. 자식들을 먹이며 악착같이 노예제도에서 구해내기 위해 세서는 '젖을 가지고' 자식들에게 왔다. 그에게 젖가슴은 자식들을 살리는 생명줄이며 자신의 존엄함을 상징한다. 그렇기에 농장의 백인들에게 집단 강간을 당했을 때 그는 "그들이 내 젖을 가져갔어!"라고 외친다. 강간은 그에게 곧 '젖을 빼앗긴' 폭력이었다.

여기서 젖과 모성의 연결이 누군가에게는 여성의 몸을 모성에 가두는 것으로 보일지도 모른다. 그러나 흑인 여성에게는 모성에 대한 담론이 백인 여성과는 다른 양상을 가진다. 주인의 자식들에게 젖을 먹이느라 노예 여성은 정작 제 자식에게 젖을 먹이지 못했다. 여성 노예는 암컷 가축이라 주인들이 마음대로 '짝짓기'를 시켜서 '새끼 빼는' 도구로 이용했다. 노예제도에서 여성의 몸은 노동력을 제공할 뿐 아니라 재생산을 위한 가치를 가진다. 재생산은 철저히 주인에 의해 통제당한다. 여성 노예는 원치 않는 임신을 하거나 원치 않는 낙태를 당하거나 원치 않는 출산을 한다. 그렇기에 이 흑인 여성에게 온전히 주체적인 모성의 경험은 매우 귀하다. 결혼제도 속에서 임신과 출산을 하거나 혹은 사랑하는 남자와의 관계에서 아이를 낳는 여성이 되지 못한다. '강제된 교미'로 만들어진 '새끼'를 낳는 경험을 할 때 자식에게 모성이 아닌 혐오감을 가질 수도 있다. 또한 주인들에 의해 사고팔리는 가축 취급을 받다 보니 가족들이 뿔뿔이 흩어진다. 많은 노예들이 아버지는 물론이고 직접 낳은 어머니가 누구인지도 모른 채 자라거나 가족을 형성한 경험이 없다. 조부모의 정체를 알거나 삼촌, 이모 등의 친척관계를 형성하는 경험은 극히 드물었다.

　　이처럼 모성과 가족관계를 박탈당한 노예의 입장에서 제 자식에게 젖을 먹이는 행위는 백인과는 다른 해석을 필요로

한다. '번식'의 도구가 아닌 인간으로서 존엄한 삶을 살기 위한 하나의 의식이나 다름없다. 세서가 '젖을 가지고' 가족을 만나기 위해 험한 길을 달려오는 이유다. 이 '젖'을 치유의 도구로 아름답게 묘사한 소설이 있다면 바로 폴란드 작가 올가 토카르추크의 《태고의 시간들*Prawiek I Inne Czasy*》(1996)이다. 신은 모든 곳에 있고 어느 순간 젖에도 신이 존재한다.

> 어느날 갑자기 그녀의 가슴이 신비한 기적의 모유로
> 차올랐는데, 그 안에 신이 현존했다. 이 사실을 알게 된
> 사람들이 몰래 크워스카를 찾아와서는 젖가슴 밑에 환부를
> 대었고, 그녀는 그곳을 향해 새하얀 모유 줄기가 솟구쳐
> 나오도록 했다. 그녀의 모유는 어린 크라스니의 눈병을
> 낫게 했고, 프랭크 세라핀의 손에 난 사마귀도,
> 플로렌틴카의 종기도, 예슈코틀레에서 온 유대인 아이의
> 피부병도 낫게 했다.+

세서에게 '젖'도 이런 의미가 있다. 세서의 몸은 상처받은 등과 치유하는 젖가슴을 모두 지닌 몸이다. 세서의 등에는 벚나무가 자란다. 그가 자신의 강간 피해를 발설했을 때 이 강간범들은 세서를 채찍으로 때려 등에 굵직한 흉터를 만들었다. 세서는 제 등의 상처를 직접 볼 수 없다. 만삭의 몸으로 농

+ 올가 토카르추크 저, 최성은 역, 《태고의 시간들》, 은행나무, 2019, 152쪽.

장에서 도망치던 중 백인 소녀 에이미를 만났다. 그 소녀는 세서의 목숨을 구해주고 출산 과정도 도왔다. 그때 에이미가 세서의 충격적인 등을 보고 '벚나무가 자란다'라고 표현했다. 살갗이 벗겨지며 나온 피고름이 만든 이 흉한 상처의 모양은 마치 벚나무처럼 등을 뒤덮고 있다. 이 흉터의 나무에서 화사하게 꽃이 피고 버찌가 열리리라 생각하며 세서는 상처를 보듬는다.

실제로 노예의 유명한 등 사진이 있다. 1863년《하퍼스 위클리》에 실린 '고든의 상처 난 등' 사진은 많은 노예제도 폐지 운동가들에게 자극을 주었다. 뒤돌아 앉은 고든의 등에 넓게 자리한 두꺼운 흉터는 보는 순간 즉각적으로 울분이 솟구치게 만든다. '도망노예법'에 따라 도망친 노예에게 어떤 일이 벌어졌는지 그 등 사진 한 장은 많은 것을 말해줬다. 하지만 이 이미지에는 고든이라는 한 개인의 이야기는 없다. 강력한 이미지는 오히려 흑인 노예의 몸에 대한 단순하면서도 자극적인 상상의 한계를 만들었다. 피해자로서의 몸만 남을 뿐 그들의 이야기가 들어설 자리는 여전히 없었다.

세서를 도와준 에이미는 왜 많은 나무 중에서도 '벚나무가 자란다'라고 했을까. 이 소설에서 말하는 벚나무는 정확히 말하면 '초크체리나무chokecherry tree'로 한국에서 보는 벚나무와는 조금 다르게 생긴 나무다. 미국 북부에서 주로 볼 수 있

는 이 나무는 버지니아나 벚나무로도 불리는 벚나무의 일종
이다. 벚나무 열매인 버찌는 르네상스 시대 성모상에도 종종
등장한다. 티치아노의 〈버찌를 든 성모The Madonna of the Cher-
ries〉(1515)에서 성모는 왼손에 버찌를 들고 아기 예수를 바라
본다. 아기 예수도 두 손에 버찌를 쥔 채 성모를 바라본다. 기
독교에서 벚나무는 건강을 상징하고 버찌는 천국의 열매로
여겨진다. 또한 서구에서 버찌는 통증을 가라앉히는 민간요
법에 활용되던 열매다.

　에이미가 세서의 등에 생긴 흉한 상처를 '벚나무'라고 했
을 때 독자들은 그 상처의 이미지를 그릴 수 있다. 한편 벚나
무의 아름다운 꽃과 버찌의 효능, 문화적 상징 등을 떠올리며
상처의 치유도 상상할 수 있다. 아마도 이 벚나무는 세서의 고
통과 상처인 동시에 그의 딸 덴버를 지켜주는 희망적인 서사
에 대한 상징적 이미지가 아닐까. 이들 모녀는 포플러에 흑인
을 매달아 죽이는 사회에서 '벚나무가 자라는 등'으로 견딘다.

　《빌러비드》에서 세서의 '벚나무 같은 등'을 중심으로 뻗
어나오는 이야기는 바로 가슴에서 뿜어져 나오는 젖을 먹으
며 자란다. 세서에 의해 반복적으로 언급되는 '재기억'은 폭력
적 과거를 소환한다. 과거가 그의 현재를 집어삼키며 계속 지
배한다. 자신의 몸이 지배당했던 기억이 강렬해 그는 자식은
기필코 농장으로 돌려보내지 않으려 한다. 도망간 노예를 잡

토니 모리슨

으러 온 사람들을 보자마자 세서는 스스로 제 딸의 목을 잘라 버렸다. 자식을 살리기 위해 '젖을 가져온' 그가 자식을 노예로 만들지 않기 위해 직접 죽여 제 손에 피를 묻힌다. 작가는 실제로 있었던 한 영아살해사건을 바탕으로 상상력을 더해 이 이야기를 썼다. 소설에서는 죽은 딸이 유령이 되어 엄마 주위에서 맴돈다. 이 참혹하면서도 아름다운 이야기는 '모성'과 '친자살해'가 인종과 계급에 따라 전혀 다른 담론을 형성한다는 점을 보여준다.

세서가 미처 죽이지 못해 살아남은 딸 덴버는 그 살해 현장에서 죽은 언니의 피와 뒤섞인 엄마의 젖을 물었다. 언니가 죽은 직후 덴버는 피로 물든 엄마의 젖을 먹으며 살아남는다. 언니의 피와 엄마의 젖. 죽음의 흔적인 피와 생명 줄인 젖이 혼합된 이 '피젖'을 먹은 덴버가 유일하게 이 작품에서 과거에 지배받지 않는 인물로 나온다.

젖을 가진 엄마 세서는 자신이 '잉크'를 만들었다는 아리송한 말을 한다. 살아남은 딸 덴버는 엄마의 젖과 죽은 언니의 피, 할머니의 목소리를 물려받은 살아 있는 역사다. 다시 말해 덴버는 할머니의 목소리를 상속받아 엄마의 젖(잉크)으로 죽은 자매의 피를 생각하며 제 이야기를 쓸 것이다. 덴버는 바로 '피젖'을 먹고 자란 수많은 살아남은 여성들을 상징한다. 이 소설이야말로 토니 모리슨이 우리에게 전해주는 젖과 피가 흐르는 이야기다. 덴버는 써야 할 이야기가 많은 수많은 '나'다. 모리슨은 떠났으나 여전히 '피젖'으로 써야 할 이야기가 많다. 죽은 '빌러비드'는 사라진 모든 딸들이다. 소중한, 사랑받는, 그러나 사라진 여자들이다. 사랑받지 못한 자들을 '사랑받는 자'인 '빌러비드'로 남기려는 애도의 문학이다. 이 '사랑받지 못한 자들에 대한 사랑'은 모리슨의 첫 작품 《가장 푸른 눈》에서도 중심 화두다.

신시내티

W.E.B. 듀보이스의 《니그로 *The Negro*》(1915)는 결코 짧지 않은 흑인의 역사를 담고 있다. 백인 중심의 서사는 흑인과 노예에 대해 왜곡된 역사를 전달한다. 유럽에서는 정작 노예제도가 폐지되는 시점에 미국에서는 노예제도가 더 강화된다. 이는 당시 유럽이 흑인에 대한 인권 의식이 더 발달했기 때문이 아니다. 산업혁명으로 임금노동자가 생기고, 노예제도가 더는 '이윤'을 남기는 체제가 아니었기 때문이다. 한편 미국에서는 유럽에서 사라져가는 이 봉건제도를 드넓은 농장에 이식하려 했다.

　토니 모리슨의 아버지는 남부인 조지아주 출신이다. 그

는 노예제도를 직접 겪은 사람은 아니지만 여전히 흑인에 대한 무차별적 살상을 목격했다. 그는 오하이오로 이주했다. 토니 모리슨은 오하이오의 작은 마을 로레인에서 태어났다. 오하이오까지는 북부에 해당하고 켄터키부터 흔히 남부라 부른다. 이 오하이오에서 가장 대도시인 신시내티는 19세기 중기에 흑인 노예 탈출 조직인 '지하철도Underground Railroad'의 중요한 거점이었다. 오하이오강을 사이에 두고 노예의 운명을 가르는 남부와 북부가 되다 보니 신시내티는 19세기에 탈출한 남부의 노예들이 많이 모여드는 지역이었다. 노예제도 폐지에서 역사적으로 중요한 장소인 신시내티는 오늘날에도 흑인이 인구의 40퍼센트 이상을 차지한다.

19세기의 중요한 작품인《톰 아저씨의 오두막Uncle Tom's Cabin》(1850)도 해리엇 비처 스토가 신시내티에 거주할 때 집필한 작품이다. 그가 이 지역에서 18년간 살면서 노예 문제를 가까이에서 목격했기에 사실적인 이야기를 쓸 수 있었다. 스토가 이 작품을 쓰게 된 계기도 바로 '도망노예법'이다.《톰 아저씨의 오두막》에서 톰은 다른 노예의 탈출을 도운 대가로 죽임을 당한다.

신시내티는 도망친 노예들을 찾으러 오는 사람들에 의해 공격이 벌어지던 장소다. 흑인들은 도망쳐서 오하이오까지 올 수는 있었지만 거주가 보장되지 않았다. 당시에 보증금으로 5,000달러를 20일 안에 내야만 거주할 수 있었다. 톰 아저씨처럼 도망 노예를 도와주다가 벌금을 무는 사례도 많았다. 1829년부터 이런 법들이 있었고 이에 분노한 흑인들은 거세게 저항했다. 신시내티에서는 사흘간 무력시위가 벌어졌고 많은 이들이 죽임을 당했다. 결국 2,000여 명의 흑인들이 다시 오하이오를 떠나 캐나다로 이주했다.

이처럼 폭력적 역사를 거치며 자유인이 된 미국 북부와 캐나다의 흑인들은 그들의 터전을 일궈나갔다. 그들은 상조단체와 신문을 만들어 발언하고 연대했다. 이 연대를 통해 남부의 노예들을 구출했던 단체가 '지하철도'이다. 지하철도의 대표적인 인물이 바로 노예해방운동가이며 여성참정권운동가인 해리엇 터브먼이다. 착취와 폭력의 역사 속에서도 저항과 연대가 있었고, 이 사실을 탈락시키지 않는 게 중요하다. 상처받은 등과 생명을 살리는 젖을 모두 가진 몸처럼, 무력한 피해자에만 머물지 않은 저항의 역사가 있다.

토니 모리슨

1931년 2월 18일 미국 오하이오주 로레인에서 태어났다. 하워드대학교에서 영문학을 공부했고 코넬대학교에서 윌리엄 포크너와 버지니아 울프 연구로 석사학위를 받았다. 졸업 후 하워드대학교에서 7년 동안 문학을 가르쳤고 이 시기에 건축가 해럴드 모리슨과 만나 결혼했다. 1965년부터 랜덤하우스 출판사 편집자로 일하며 본격적으로 글을 쓰기 시작했다. 1970년 첫 작품《가장 푸른 눈》을 발표했으며, 두 번째 소설《술라》가 전미도서상 후보에 올랐다. 《솔로몬의 노래》가 전미도서비평가협회상을 수상하고 〈뉴욕타임스〉 베스트셀러에 오르며 대중적으로도 성공을 거두었다. 1988년에는 그의 대표작이라고 할 수 있는《빌러비드》로 퓰리처상, 미국도서상, 로버트 F. 케네디상을 수상했다. 2006년 〈뉴욕타임스북리뷰〉는 이 작품을 지난 25년간 최고의 미국 소설로 선정했고, 1998년에는 동명의 영화로도 만들어졌다. 1992년에《재즈》를 발표했고, 1993년에는 "독창적인 상상력과 시적 언어를 통해 미국 사회의 핵심적인 문제를 생생하게 담아냈다"라는 평가를 받으며 흑인 여성 작가 최초로 노벨문학상을 수상했다. 2006년에 프린스턴대학교의 교수직에서 물러나 집필 활동에 매진하며 장편소설《자비》,《고향》,《하느님 이 아이를 도우소서》, 희곡《데스데모나》등을 펴냈다. 2019년 8월 5일 미국 뉴욕에서 별세했다.

토니 모리슨의 주요 작품

《가장 푸른 눈 *The Bluest Eye*》(1970)

《술라 *Sula*》(1973), 송은주 옮김, 문학동네, 2015

《솔로몬의 노래 *Song of Solomon*》(1977), 김선형 옮김, 문학동네, 2020

《타르 베이비 *Tar Baby*》(1981), 신진범 옮김, 들녘, 2007

《빌러비드 *Beloved*》(1987), 최인자 옮김, 문학동네, 2019

《재즈 *Jazz*》(1992), 최인자 옮김, 문학동네, 2015

《파라다이스 *Paradise*》(1997), 김선형 옮김, 들녘, 2001

《러브 *Love*》(2003), 김선형 옮김, 들녘, 2006

《자비 *A Mercy*》(2008), 송은주 옮김, 문학동네, 2014

《데스데모나 *Desdemona*》(희곡, 2011)

《고향 *Home*》(2012)

《하느님 이 아이를 도우소서 *God Help the Child*》(2015), 정영목 옮김, 문
    학동네, 2018

《네모상자 속의 아이들 *The Big Box*》(동화, 1999), 슬레이드 모리슨 공
    저, 이상희 옮김, 문학동네, 2000

《누가 승자일까요? *Who's Got the Game?*》(동화, 2003), 슬레이드 모리슨
    공저, 이상희 옮김, 작은거름, 2007

비엣 타인
응우옌

누군가에 의해

재현되는
사람들

Viet Thanh Nguyen   1971~

미네소타에는 아시안아메리칸을 중심으로 만들어진 극단이 있다. '극단 무Mu Performing Arts'라는 이름인데 'Mu'는 한국어 '무당'에 쓰이는 '무巫'에서 가져왔다. 이 극단에서 한국계 입양인 출신인 배우가 자전적 이야기를 바탕으로 모노극을 한 적도 있고, '탈북'인들의 삶을 극화하기도 했다. 아시안아메리칸의 극단이 있듯이 아프리칸아메리칸의 극단도 있다. 이들은 페넘브라시어터Penumbra Theatre라는 전용 극장에서 주로 흑인 극작가, 연출가, 배우 들의 작품을 올린다. 원주민을 중심으로 모인 극단 뉴네이티브시어터New Native Theatre, 인종, 계급 젠더를 아우르는 다양성을 추구하는 단체 판게아월드시어터 Pangea World Theater, 비영리 라티노 극단 테아트로델푸에블로Teatro del Pueblo 등 소수자들이 중심이 된 극단이 여럿 있다. 이 다양한 극단들은 다시 트윈시티시어터스오브컬러코얼리션 Twin Cities Theatres of Color Coalition이라는 협회를 통해 연대한다 (트윈시티는 미네소타주의 세인트폴과 미니애폴리스를 함께 이르는 말이다).

처음에 나는 이 극단들이 반가우면서도 한편으로는 굳이 소수자들끼리 별도의 극단을 만들 필요가 있는지 궁금했다. 다민족 사회에서 극단의 구성원도 서로 섞이면 될 것을, 따로 모일 필요가 있을까. 조금만 더 생각해보면 그럴 필요가 있다는 답이 찾아온다. '다민족' 사회라고 하지만 우리는 평등하게 섞여 있지 않다. 만약 이러한 극단이 없다면 비백인 배우들은 무대에 설 기회가 훨씬 적을 것이며, 비백인이 쓴 희곡이 연극으로 만들어질 기회도 줄어든다. 아시아인은 극 중에서 '아시안'으로만, 아프리칸은 '아프리칸'으로만 표현될 것이다. 또한 소수자들이 직접 '목소리'를 내지 않으면 그들의 서사는 주류의 언어로 번역되어 왜곡과 축약을 피할 길이 없다. 이들의 작품을 접하면서 나는 기존의 생각을 약간 수정했다. 이민자의 예술이 아니라 예술이 이민을 온 셈이다. 같은 사람이라도 어디에서 창작을 하느냐에 따라 다른 생산물을 만든다.

문득 그런 생각이 들었다. 내가 한국 바깥에서 여러 이민자들에게 감정이입하며 그들의 활동에 눈길을 두는 만큼, 한국 내에서도 다양한 이민자와 난민들의 활동에 관심을 두었을까. 어쩌면 나는 한국에서의 나의 위치, 곧 '한국에서 태어나 부모 모두 한국인인 한국인'이기에 상대적으로 '몰라도 되는' 사람이었을 것이다.

비엣 타인 응우옌

저항예술에 관심 있다면 한 사회의 경계선에 위치한 이주자들이 어떤 창작을 하는지 외면하지 말아야 한다. 난민문학은 문학의 한 장르나 다름없다. 남한의 경우 김유경의 《인간모독소》(2016)처럼 '탈북 문학'이 있다. 난민 혹은 이주자의 목소리를 담은 연극, 미술, 문학 등은 사회의 보이지 않는 경계를 보여준다. 저쪽의 시민이 이쪽의 난민이 되어 한 사회에 도착할 때는 반드시 폭력의 역사를 안고 온다.

아시아태평양난민권리네트워크APRRN에서는 "우리를 빼고 우리를 논하지 말라"라는 구호를 사용한다. 이 구호는 난민뿐 아니라 사회의 모든 소수자에게 적용할 수 있다. 여성을 빼고 여성에 대해 말하는 자리, 성소수자를 빼고 성소수자에 대해 말하는 자리, 장애인을 빼고 장애인에 대해 말하는 자리 등, '그들'을 빼고 '우리'끼리 모여 있는 자리가 많다. '우리'가 모여 '그들'을 정의한다. 존재를 압살하는 폭력이다. 저항예술은 이처럼 '정의당하는 존재'가 그 정의의 틀을 부수고 나와 스스로 말하는 행위다.

나는 베트남에 가본 적 없다. 그러나 베트남 사람들은 많이 만났고 그들의 음식은 베트남이 아닌 곳에서 많이 먹었다. '프랑스식 빵을 맛보고 싶으면 베트남 사람이 하는 빵집에 가

세요'라는 조언을 듣고 미국에서 베트남 사람이 하는 프랑스식 빵집을 찾은 적 있다. 베트남 쌀국수를 좋아하지만 나는 어디까지나 파리 13구를 떠올리며 뜨끈한 고기 국물에 얹힌 고수 향을 기억해낸다. TV 방송을 통해 베트남 여성이 한국인 남성과 시어머니와 함께 사는 모습을 보곤 한다. 내가 경험한 베트남은 모두 식민과 이민의 흔적을 가진 베트남이다. 미국에서 '멍족'이라는 집단을 만났다. 그전에는 전혀 모르던 사람들이었다. 베트남이 베트남이지, '멍족'은 또 뭘까. 그들은 왜 거기에 있을까. 그들의 이주는 개인적이지 않다.

베트남계 미국인 비엣 타인 응우옌의 《동조자》에서 소설 속 이민자도 미국에서 살아가기 위해 역시 고기 국물을 우려내 쌀국수를 만든다. 이 소설을 읽으며 내 자신에 대한 부끄러운 발견을 했다. 베트남전쟁을 전하는 목소리는 할리우드 영화나 안정효의 《하얀 전쟁》(1989)처럼 늘 한국 혹은 미국을 통해 들었다는 사실을 인식했다. 그중에서도 압도적으로 미국발 목소리에 의존했다. 〈지옥의 묵시록〉(1979)이나 〈플래툰〉(1986) 같은 미국 영화에서 보여준 '전쟁의 참상'이란 어디까지나 미국의 시각에서 보여주는 '참상'이다. 그들의 참전, 그들의 반전. 전쟁을 지지하는 목소리든 반대하는 목소리든 미국의 시각에서 미국의 입장을 전하는 목소리가 제일 크다. 적게 잡아도 베트남 사람만 300만 명이 목숨을 잃었고,

전쟁이 벌어진 장소 또한 베트남이지만 베트남 사람의 목소리가 없는 베트남전쟁에 대한 이야기만 언제나 늘 들어온 셈이다.

유명한 뮤지컬 〈미스 사이공〉은 베트남 현지 여성을 사랑하는 미국 군인이 등장한다. 강간당하거나 지배자의 연인이 되는 여성 인물은 가해자의 시각에서 매력적이다. 식민지는 흔히 여성으로 상징되기 때문에 영화와 문학 등에서 여성들은 제국에게 짓밟히면서도 사랑을 갈구하는 역할을 담당했다. 피식민자의 이러한 모습은 식민지배를 정당화한다.

응우엔은 이러한 가해자 시각의 서사에 문제를 제기한다. 1971년 베트남에서 태어난 그는 4년 뒤 부모와 함께 '보트 피플'이 되어 미국에 난민으로 도착했다. 보트 피플. 내가 아주 어렸을 때 TV 뉴스에서 간혹 볼 수 있었다. 보트를 타고 다른 나라에 도착한 난민들이다. 식민지와 전쟁처럼 폭력적 역사로 인해 수많은 난민들이 발생한다. 모든 전쟁이 그렇듯, 베트남전쟁은 공식적으로 끝났을지 몰라도 실제로는 끝나지 않았다. 난민이 발생하고, 이산이 이어지고, 언어가 붕괴되고, 세대 간 반목이 늘어난다. 식민지배자들이 떠난 자리에 전쟁은 여전히 살아 있다. 남한 땅에서 한국전쟁 당시 발생한 미군 실종자의 유해는 현재도 발굴 중이다. 한국전쟁은 3년이 아니라 현재도 지속 중인 셈이다.

《동조자》의 주인공은 그 자체로 베트남의 역사다. 그는 프랑스가 지배하던 시절 프랑스인 가톨릭 신부와 그의 하녀인 미성년자 베트남 여성 사이에서 태어났다. 합의되지 않은 관계, 곧 강간으로 태어난 주인공은 피식민지의 입장을 상징한다. 존재 자체가 폭력의 결과물이다. 이 소설의 '나'는 미국적인 것을 '피해망상증'이라 한다. 미국은 제 설움과 분노만 기억할 뿐 스스로 어떤 폭력을 저질렀는지는 망각한다는 의미다. 끊임없이 자신들의 피해 서사를 쓰고, 역경을 극복한 성공 서사를 이어가며 자화자찬한다. 전쟁이 끝난 후 세계의 기억을 지배하는 힘을 가진 미국은 표현할 수 있는 권력을 행사했다. 이 기억 전쟁에 대항하는 응우옌의 논픽션이 《아무것도 사라지지 않는다 *Nothing Ever Dies*》(2016)이다(80년 전을 어떻게 기억하냐는 유니클로 광고가 떠오르지 않는가. 기억나지 않아. 식민지배자들은 자신의 행동을 기억하지 '않는다').

미국만의 문제는 아니다. 한국에게 베트남을 포함해 '동남아'란 매우 폭력적 상상을 허용하는 장소다. 프랑스처럼 직접 찾아와 물리적으로 영토를 지배하는 제국주의도, 미국처럼 전쟁에 개입하거나 영화를 통한 문화 제국주의도 아니지만 오늘날 한국은 충분히 이 장소들을 지배하는 위치에 있다. 스페인과 미국의 지배를 거친 필리핀의 오늘날 사회문제 중 하나는 한국 남성들이 '버린' 여자와 아이들의 존재다. 바로

'코피노'로 불리는 이들은 한국 남성과 필리핀 여성 사이에서 환영받지 못하는 존재로 태어났다. 힘없는 나라의 여성을 성적으로 착취하고 아무런 책임도 지지 않은 채 한국 남성들은 떠났다.

이 '동남아'는 더 잘사는 다른 나라들에게 환경까지 지배당한다. 한국을 비롯하여 많은 '선진국'이 동남아 지역에 돈을 주고 제 나라의 쓰레기를 보낸다. 역시 돈을 주고 이 지역의 사람을 사서 인권을 유린한다. 가사 도우미, 매매혼, 대리모, 다양한 방식의 성 착취 등이 이 '동남아' 여성들의 인권을 위협한다. 결혼이주여성은 이 모든 문제를 오직 결혼이라는 명목으로 다 감수하는 처지에 놓인다.

한국에게 베트남은 '우리'가 제국주의의 피해자이면서 동시에 가해자일 수 있음을 매우 명료하게 보여주는 세계다. 한국으로 온 베트남 여성들은 한국 음식을 만들고 한국어를 배우고 한국의 문화를 익히려고 애쓴다. 생존을 위해 그들은 배워야 한다. 그들이 배워야 하는 만큼 그들과 결혼한 한국 남성과 가족들이 베트남에 대해 배워야 할 필요를 느낄까. 베트남 문화를 반영하자면 아침밥은 집에서 해 먹는 게 아니라 밖에서 사 먹어야 한다.

'그들'이 스스로를 대변할 것이다

2019년 한 이주여성을 가혹하게 폭행한 30대 한국 남성이 구속될 때 사회적으로 많은 관심을 받았다. 지금까지 수많은 이민 여성들이 폭행, 강간, 살인의 피해자가 되었고 이를 전하는 기사가 수두룩하다. 그러나 특히 그 사건에 반응을 보였던 이유는 영상으로 폭행 현장이 기록되었기 때문이다. 폭력을 선별적으로 기억하던 이들조차 현장을 직접 눈으로 보니 모른 척할 수 없게 되었다. 이 와중에 가해 남성이 구속되면서 한 말을 예사롭게 넘기기 어렵다. "언어가 달라서 생각하는 것도 다르고, 그것 때문에 감정이 쌓인 건 있는데, 다른 남자들도 마찬가지일 거 같은데, 복지회사에서 신경을 좀 써줬으면 좋겠습니다."

그는 갈비뼈가 부러질 정도로 사람을 때려놓고 문화적 차이로 인한 어쩔 수 없는 갈등으로 포장한 뒤, 다른 남자들의 연대를 구하고, 제도의 지원까지 당당하게 요구한다. 이 남성은 자신이 이 사회에서 문화적으로, 제도적으로 대변될 수 있다는 사실을 잘 안다. 반면 한국어가 서툰 이주여성은 온전히 대변되지 못한다. 언어적으로 고립되고, 결혼 이전의 가족 및 친구들과 단절된다. 대신 성관계를 강요받고, 한국문화에 흡수될 것을 강요받고, 과도한 노동을 강요받고, 출산과 낙태를 강요받는다. 결혼 전의 한 사람을 완전히 지우고 결혼이라는 명분으로 철저한 재생산의 도구로만 존재하기를 강요받는다.

한편 대한한공 조 씨 일가가 필리핀 가사 도우미를 불법으로 고용하고 도망가지 못하게 여권을 빼앗았다는 소식에 많은 이들이 분개했다. 이 분개의 초점은 어디에 있을까. 필리핀 가사 도우미의 인권을 짓밟아서? 이때 필리핀 가사 도우미의 인권은 '재벌가'의 문제를 지적할 수 있는 매개로만 활용될 뿐이다. "절대 도망가지 않습니다"라고 광고하는 결혼중개회사의 현수막이 여전히 펄럭이기 때문이다.

결혼중개업체들은 베트남 여성은 유교적인 가치관을 가지고 있어서 순종적이고 도망가지 않는다고 광고한다. 이해찬 더불어민주당 전 대표는 한국 남자들이 베트남 여성을 좋아한다는 말도 했다. 통계상 이주여성 중 베트남에서 온 여성이 가장 많다. 그러나 순진하게 단지 한국 남자가 베트남 여자를 좋아해서 베트남 여자가 한국 남자와 결혼한다고 볼 수는 없다. 베트남을 비롯한 동남아 여성들이 오늘날 왜 결혼을 통한 한국으로의 이민을 생각하게 되었는지, 그 나라에 그동안 벌어진 착취의 역사를 외면한 채 순진한 개인들의 로맨스로 포장한다면 기만이다. 여성을 단기간에 '쇼핑'해서 돈을 지불한 뒤 남성과 남성 가족의 소유로 만들어버리는 매매혼은 인권유린의 집합체다. 이주여성이 겪는 폭력은 가부장제와 글로벌 자본주의가 결합한 착취를 보여준다.

세월호 참사 희생자 중에도 베트남에서 온 결혼이주여성이 있었다. 판응옥타인. 그는 살기 위해 한국에 왔을 텐데, 또한 살기 위해 제주로 이사를 하던 중일 텐데, 어처구니없게도 이곳의 부실한 시스템 때문에 삶을 잃었다. 수많은 희생자들 중에서도 가장 기억되지 못하는 존재다.

자본은 표현 수단을 소유한다. 표현 수단이 없는 이들은 타인에 의해 재현되지만 스스로를 대변하지 못한다. 그러나 앞으로 점점 더 이민자들이 스스로 제 서사를 지어 '우리'에게 이 사회의 추한 밑바닥을 들춰낼 것이다. 잘 모르면서 그들을 대변하고자 했던 그 모든 폭력에 대해. 그들은 "죄송합니다"를 반복하지 않고 스스로 자신을 대변할 것이다.

아무것도 하지 않은 죄

굵은 글씨로 적힌 《동조자》의 마지막 문장은 "우리는 살아남을 것이다!"이다. 살아남는다는 건 무엇을 뜻하는가. 기억 전쟁에 참여하고, 존재를 드러내어 말하고, 그 말을 이어받아 다른 누군가가 또 말하며 그렇게 살아남는다. '우리가 여기 있다'를 알리지 않으면 난민이 겪은 일은 아무 일도 아닌 일이 되어버린다.

《동조자》의 주인공은 마지막에 "나는 아무것도 하지 않는 죄를 저질렀습니다. 아무것도 하지 않았기 때문에 이 모든 일을 당한 사람이 되었다"라며 처절하게 외친다. 그는 아무것도 하지 않은 게 아니라 그저 흐름에 잘 따랐을 뿐이었다. 다시 말해 흐름을 거스르지 않고 안전한 방향으로 잘 따랐다. 흐름을 바꾸기 위해서는 사실상 아무것도 하지 않은 셈이다. 아무것도 하지 않으면 결국 동조자가 된다. '저항하지 않음'은 소극적 동조 행위다. 저항보다는 동화가 더 쉽다. 최소한의 저항은 어쩌면 동화되기를 거부하는 것일지도 모른다. 그러나 그조차 과연 쉬울까.

> 권력에 맞서 투쟁하는 사람들은 자신들이 권력을 잡으면 무엇을 하는가? 혁명가는 혁명이 승리를 거두면 무엇을 하는가? 독립과 자유를 요구하는 사람들이 왜 다른 사람들의 독립과 자유를 빼앗는가?✝

소설의 마지막에 가서 터져 나오는 주인공의 목소리는 미국뿐만이 아니라 베트남 내부의 문제까지 다룬다. 실제로 응우옌은 인터뷰를 통해 베트남이 피해자이면서 가해자인 지

✝ 비엣 타인 응우옌 저, 김희용 역, 《동조자 2》, 민음사, 2018, 300쪽

점을 지적한다. 그는 전쟁과 식민지에 대해 미국과 프랑스에게 화를 내면서도 베트남 여성을 강간한 책임은 베트남 남성에게도 있음을 분명히 전한다. 어느 사회에서나 발견되는 흔한 지배 방식이다. 일제에 저항하며 한국 여성을 강간하는 한국 남성을 우리도 알고 있다. 아니, 일제강점기까지 갈 필요도 없다. '지금 여기'에도 있지 않나.

응우옌은 미국에서 '유색인종으로서' 글을 쓰는 방식에 대해 고민하며 토니 모리슨의 문학을 많이 연구했다. 주류 사회가 원하는 글을 쓰지 않기. 주류 사회에게 자신의 존재를 설명하지 않기. 이것이 모리슨과 응우옌의 공통점이다. 응우옌은 미국에 화내기를 주저하지 않는다. 베트남 전통의상 아오자이를 입은 여성으로 베트남의 이미지를 소비하는 서구 남성의 시각을 비꼬며 식민지가 '여성'으로 재현되는 방식을 비판한다.

미국 사회에 한국전쟁에 관한 많은 소설이 있지만 그중에서도 토니 모리슨의《고향Home》(2012)은 조금 다른 위치에 있다. 한국전쟁에 참여한 흑인의 외상후스트레스장애를 다룬다. 한국전쟁과 직접적인 관계가 없는 모리슨이 한국전쟁을 소재로 소설을 썼다. 백인이 주인공인 미국의 전쟁 소설은 많다. 이 소설의 특징은 미국에서 멀리 떨어진 한국이라는 장소에서 벌어진 전쟁에 참여한 흑인의 귀환이다. 백인과는 달리 혹인에게 전쟁 참여는 잘 싸워서 살아남기만 하면 '백인처럼' 대접받을 수 있는 하나의 기회로 여겨진다. 그러나 이는 전쟁에 참여를 이끌려는 백인 사회의 기만일 뿐이다. 이 소설은 전쟁이 일어난 곳과 전쟁이 일어나지 않아도 전쟁을 겪듯이 살아가는 미국 내 혹인의 삶을 보여주며 사회에서 약자와 소수자들의 위치를 다룬다. 나아가 이 소설은 1950년대 미국에 대한 모리슨의 '재기억'이다. 미국의 '좋았던 시절'인 50년대가 은폐하는 진실은 공산주의자 색출과 미국 밖에서 벌어졌으나 미국이 참여한 한국전쟁이다. 누군가의 기억에서 탈락한 역사를 끄집어내는 일. 그것이 '우리'가 살아남는 방식이다.

1971년 3월 13일 베트남 부온마투옷에서 베트남계 미국인으로 태어났다. 1975년 사이공 함락 이후에 가족이 모두 보트 피플로서 미국으로 이주했다. 처음에는 펜실베이니아의 포트 인디언타운 갭에 정착했는데 부모들이 난민 캠프에서 지내는 동안 응우옌은 위탁 가정에 맡겨지기도 했다. 1978년까지 펜실베이니아주 해리스버그에서 살았으며 이후 캘리포니아주 산호세로 이주했다. 그는 전쟁에서 패배한 남베트남 진영에 속한 부모 아래에서 미국 문화와 언어를 습득하면서 자랐다. 그는 베트남전쟁에 관한 문헌을 즐겨 읽으며, 전쟁에 승리한 사회주의국가 베트남인의 관점도 아니고 서구인의 관점도 아닌 독특한 위치의 시각을 지니게 되었다. 캘리포니아대학교 리버사이드캠퍼스와 로스앤젤레스캠퍼스를 짧게 다녔고 버클리대학교에서 학사과정을 마쳤다. 같은 대학교 대학원에서 영문학으로 박사학위를 받았다. 1997년부터 지금까지 서던캘리포니아대학교에서 영문학과 미국의 소수민족학을 가르치고 있다. 장편소설 《동조자》로 2016년 퓰리처상을 받았고 그 외에도 앤드루카네기메달 문학 부문, 팬포크너상, 데이턴문학평화상, 에드거어워드신인소설상, 아시아/태평양미국문학상, 캘리포니아신인소설상, 메디치북클럽상, 국제더블린문학상 등 수많은 상을 받았다.

비엣 타인 응우옌의 주요 작품

《인종과 저항 *Race and Resistance: Literature and Politics in Asian America*》(논픽션, 2002)

《동조자 *The Sympathizer*》(장편, 2015), 김희용 옮김, 민음사, 2018

《아무것도 사라지지 않는다 *Nothing Ever Dies: Vietnam and the Memory of War*》(논픽션, 2016), 부희령 옮김, 더봄, 2019

《난민들 *The Refugees*》(장편, 2018)

❖

니키
지오바니

보편을
지배하기

❖

Nikki Giovanni   1943~

보편, 평범, 정상은 그 의미가 조금씩 다르지만 대체로 이 개념들은 다른 세계를 적당히 배척하며 그 지위를 얻는다는 공통점이 있다. 예를 들어 보편적인 삶, 평범한 인간, 정상적인 가정은 어떻게 정의할 수 있을까. 이를 정의하기 위해서는 보편적이지 않은 삶, 평범하지 않은 인간, 비정상적인 가정이라는 대상이 있어야 한다. 그렇기에 보편성과 정상성은 때로 권력과 연결되어 있다. 보편이 무엇인지 생각하기에 앞서 누가 이 개념을 지배하는가 생각할 필요가 있다.

> 소년이 어디나 있음을
> 당신은 안다.
> 그것은 한
> 남자일 수 있고
> 한 여자
> 한 어린이
> 또는 어떤 존재일 수도 있다—
> 그러나 보통 그것은
> 내게는 깜둥이로
> 들렸다.✝

✝ 니키 지오바니의 시 〈보편성〉. 정길화가 쓴 《영미시의 이해 그리고 한국 시》(신아사, 2007) 26~31쪽에서 재인용했다.

니키 지오바니⁺의 시 〈보편성〉이다. 나는 이 시 한 편만으로 니키 지오바니에게 관심을 갖기 시작했다. 보편적ʹ존재에서 밀려난 사람만이 쓸 수 있는 시다. 적어도 그런 존재를 인식하는 사람만이 '깜둥이niger'가 '소년boy'으로 보이지 않는 문제를 발견한다. 보편적 인권을 획득하지 못한 이들에게 보편은 어떤 의미인가. 소년이 흑인일 경우, 그는 깜둥이다. 노인이 흑인일 경우, 그는 깜둥이다. 변호사가 흑인일 경우, 그는 깜둥이다. 그렇게 '깜둥이'는 한 인간을 장악하는 정체성이 된다. '깜둥이' 자리에 '여자'를 넣어도 무방하다. 하나의 정체성으로 장악당한 존재는 보편적이지 않은 존재다. 보편적인 존재는 개별성을 얻는다. 반대로 보편적이지 않은 존재는 개별성을 상실한다. 하나의 정체성으로만 읽힌다. 여자, 흑인, 장애인 등.

'보편적인 존재'들은 다른 사람을 판단하는 위치에 쉽게 오르기 때문에 스스로를 대상화하지 않는다. 그렇기에 이들은 자신의 판단을 과신하여 공적 문서와 사적 문서를 구별하지 못하는 '실수'를 종종 범한다. 연속적으로 일어난 두 가지 사건에서 이와 같은 태도를 발견했다. 레깅스를 입은 여성을 몰래 촬영했으나 무죄가 나온 사건의 판결문과 더불어민주당 청년 대변인의 한 논평에서다.

우선 2019년 불법 촬영 건은 "레깅스가 일상복으로 활용

⁺ 니키 지오바니는 버지니아공과대학교 영문학과에서 학생들을 가르친다. 그의 수업을 들은 학생 중에 2007년 '버지니아공과대학교 총기 난사 사건'의 범인 조승희가 있었다. 지오바니는 사건 전에 조승희에게서 위험한 징후를 발견하고 학교 당국에 이를 알렸으나 학교에서 조치를 취하지 않았다. 조승희는 여학생들을 불법 촬영했으며, 폭력성을 드러내는 글을 썼다고 한다.

되는 데다 '스키니진'과 별반 차이가 없음. 피해자의 진술이 불쾌감을 넘어 성적 수치심을 나타낸 것이라고 단정하기 어려움" 등의 이유로 무죄가 되었다. 피해자의 불쾌감을 인정하지만 '성적 수치심'이라 볼 수 없다며 피해자의 감정을 정의한다. 또한 레깅스라는 옷이 '일상복'이며 노출 부위가 적다는 이유로 '성적 수치심을 유발하는 부위'가 아니라고 한다. 여성주의 활동가 권김현영의 지적대로 "자신의 사적 취향이 공적 가치를 가지고 있다고 생각했을 뿐만 아니라 무려 판결의 근거로 사용했다"[+]라는 점에서 상당히 문제적이다. 이 판결문이 더욱 문제적인 이유는 바로 불법 촬영물을 갈무리한 해당 여성의 사진을 판결문 내에 포함해서다.

'수치심을 유발하는 부위'에 대한 판단은 이 사건만이 아니라 다른 사건에서도 발견할 수 있다. 강제로 여성의 손을 잡아 주물러도 '수치심을 일으키는 부위'가 아니라며 무죄가 되었다. 이 사건들의 공통점은 신체 부위를 물리적으로 구획을 나누어 판사의 시각에 따라 성적 대상과 비성적 대상으로 정의한다는 점이다. '피해자의 동의 없이' 만지거나 촬영하는 것에 주목한 것이 아니라 판사가 보기에 비성적 대상인 신체 부위이기에 '수치심을 유발하는 부위'가 아니라며 무죄를 선고한다.

판결문은 공적이며 객관적인 시각을 바탕으로 구성되었

[+] "일상복 입었으면 막 찍어도 되나? '레깅스 불법촬영 무죄' 논란", 〈국민일보〉, 2019년 11월 6일 자.

으리라 생각하지만 때로 권력 있는 주관이 지배하는 문서다. 레깅스는 일상복이 맞다. 문제는 그 일상복이 어떤 시선 아래 놓이는가라는 것을 왜 모른 척할까. 디시인사이드에서 나는 '레깅스충'이라는 표현을 보았고, 레깅스 입은 여성들 사진을 모아놓고 각종 희롱과 비하 발언을 하는 모습을 보았다. 레깅스 갤러리가 따로 있으며, 댓글 중에는 "오늘은 이거다!"도 있다(단 몇 분만 투자하면 찾는다). 이런 현상을 외면하고 '일상복', '수치심 유발하는 부위 아님'만 기계적으로 읊어댄다.

이 판결과 별개로, 사람의 몸에 '수치심을 유발하는 부위'는 없다. 가해자 입장에서 수치심을 주려는 부위가 있을 뿐, 몸 자체에 '수치심을 유발하는 부위'는 있을 수 없다.

두 번째로 더불어민주당 청년대변인의 영화 〈82년생 김지영〉(2019)에 대한 논평에서 '보편적 존재'의 투정에 가까운 착각을 발견한다. 당의 공식 입장이 아니라며 결국 이 논평은 철회되었으나 '당의 속마음'을 발견한 기분이다. 영화를 두고 공당의 대변인이 논평을 낸다는 게 우선 의아하다. 영화에 대한 개인적인 생각을 다른 통로로 쓸 수도 있을 텐데 그는 왜 대변인 신분으로 글을 썼을까. 논평에는 아래와 같은 내용이 있다.

거꾸로 '82년생 장종화'를 영화로 만들어도 똑같을 것이다.

니키 지오바니

초등학교 시절 단순히 숙제 하나 하지 않았다는 이유로 풀스윙 따귀를 맞고, 스물둘 청춘에 입대하여 갖은 고생 끝에 배치된 자대에서 아무 이유 없이 있는 욕 없는 욕은 다 듣고, 키 180 이하는 루저가 되는 것과 같이 여러 맥락을 알 수 없는 '남자다움'이 요구된 삶을 살았다.

지독하게 '나' 중심의 서사 과잉이다. 이러한 남성들의 서사는 이미 많이 나왔고 여전히 나오는 중이다. 영화와 문학에서 남성들의 성장 서사, 군대 이야기, 고개 숙인 아버지, 밑바닥 인생의 주먹질부터 정재계의 권력투쟁까지 연민이 묻어나는 남성 서사는 곳곳에 있다. 영화 〈국제시장〉(2014)에서 덕수가 겪는 극적인 삶을 모두 경험한 아버지들도 현실에서는 찾기 어렵다. 흥남철수에서 파독 광부, 베트남전쟁의 한복판에 한 사람이 모두 참여하기는 쉽지 않다. 그럼에도 윤제균 감독은 '우리 아버지들의 이야기'를 만들고 싶었다며 영화 제작 의도를 설명했다. 이 영화가 신파적이라는 비판은 있었을지언정 공당의 대변인이 논평이라는 형식으로 '우리 어머니들도 힘들다'는 식의 유치한 글을 쓰진 않았다. 게다가 '김지영'이 겪는 경력 단절, 화장실에서의 불법 촬영 공포, 육아, 가사 노동 등은 덕수가 재현한 억지스러운 경험에 비하면 여성들이 '보편적으로' 겪는 일이다.

이 논평은 결국 "김지영을 통해 우리가 깨달아야 하는 것은 성별과 상관없이 우리가 얼마나 서로의 입장과 생각을 제대로 마주하지 않으며 살아왔나 하는 점"이라고 말하며 '우리 사이좋게 잘 살아요' 식으로 마무리한다. 성역할을 '성별과 상관없이' 어떻게 설명할 수 있을까. 차별을 이야기할 때만 여성은 '성별과 상관없이' 보편적 존재로 등극한다. 흑인이 겪는 의료, 교육, 주거 등 각종 차별을 이야기하는데 '백인도 살기 어렵다'고 말하며 인종과 상관없이 우리 서로를 이해하자고 말하는 것과 무엇이 다른가. 내게 '페미니즘' 말하지 말고 '보편적 인권'으로 말해달라고 요청하는 사람들도 있다. '보편적' 언어 속에서는 여성을 탈락시켜도 무방하기 때문이다.

'김지영'이 많은 부분에서 여성의 보편적 경험을 겪지만, 〈82년생 김지영〉은 당연히 모든 여성의 서사를 대표하지도 않으며 그럴 수도 없다. 오히려 하나의 작품에서 모든 이야기를 찾으려는 태도야말로 다분히 차별적이다. 사회적 약자와 소수자가 보편성을 획득하는 과정은 그들의 개별성에 대한 존중을 필요로 한다. 보편적이지 못한 존재는 늘 구체적이지 못하다. '보편적인 존재'로 위치한 이들은 사회의 소수자나 약자들이 보편성을 획득하지 못하도록 방해하기 위해 그들의 구체적인 이야기를 지우려 한다.

보편적인 이야기를 따르는 작품이 있다면 보편성을 획득

하는 작품이 있다. 전자는 통속적인 이야기가 되어 세월을 견디지 못하기 쉽고, 후자는 시간을 견디며 살아남는다. 그렇게 고전이 된다. 고전의 힘은 독자적인 이야기가 가지는 매력과 동시에 그 매력을 관통하는 보편성에서 나온다. 〈82년생 김지영〉이 이중 어디에 해당하는지 현재 우리는 정확히 알 수 없다. 그러나 이 이야기 바깥에서 펼쳐지는 우리의 현실은 훨씬 후져 보인다.

네가 누구라고 생각하는가

    난 너무 완벽하고 너무 신성하고 너무 영묘하고 너무
    환상적이기에
    내 허락에 의하지 않고선
    난 이해될 수 없다[+]

이 오만한 시는 무엇일까. 자신의 허락에 의하지 않고선 이해될 수 없다니. 타인에게 해석되길 거부하며 자아의 역사를 읊어대는 이 시는 니키 지오바니의 〈자아여행: 이유는 있으리라〉의 마지막이다. "난 콩고강에서 태어났다"로 시작하는 이 시의 화자는 아프리카 문명의 역사 속에서 자신의 기원을

[+] 니키 지오바니의 시 〈자아여행〉. 정길화가 쓴 《영미시의 이해 그리고 한국 시》(신아사, 2007) 24쪽에서 재인용했다.

찾아간다. 조금 과장해서 말하자면, 나는 이 시를 처음 본 순간 W.E.B. 듀보이스의 《니그로》를 시로 압축했다고 생각했다.

서구 사회에서 흑인이 백인보다 주인공이 되기 어렵고, 우리 사회에서 여성이 남성보다 주인공이 되기 어렵다. 픽션의 주인공은 보편적으로 감정이입이 가능한 존재여야 한다. 흑인보다는 백인이, 여성보다는 남성이 보편적 존재로 받아들여지는 사회에서 여성도 남성에게, 흑인도 백인에게 감정이입한다.

세상이 다양한 정체성을 '보편적 존재'로 받아들일수록 "너는 누구냐"[+]라는 질문도 함께 등장한다. 정체성을 공격하며 '정체성 정치'에 맞선다. 정체성 정치는 언어와 관계에 대한 기존의 방식을 질문한다. 바로 '정치적 올바름Political correctness'이다. 정치적 올바름은 취약한 정체성을 보호하며 올바른 언어와 관계의 재정립을 추구한다. 이 현상은 기존의 보편적 권력자들을 불편하게 만든다. 보편적 권력자들은 오히려 자신들이 정치적 올바름에 의한 희생양이 된 듯 군다. 그동안 저항서사를 지배하던 이들도 마찬가지다.

"정체성 정치의 한계에 맞서는 것, 그것에서 특권적 지위를 박탈하는 것이 필요하다. 다른 투쟁들에 비해 경제적 투쟁의 우선성을 공개적으로 주창해야 한다. 비록 '계급 본질주의'라는 즉각적인 비난을 듣더라도 말이다."[++]

[+] 이졸데 카림 저, 이승희 역, 《나와 타자들》, 민음사, 2019, 239쪽.

[++] 슬라보예 지젝, "무엇을 할 것인가-트럼프 대통령 시대를 맞아", 〈한겨레〉, 2017년 1월 19일 자.

예를 들어 '좌파' 학자로 세계적으로 이름을 알린 슬라보예 지젝은 '경제적 투쟁의 우선성'을 강조하며 '정체성 정치의 한계'에 맞설 것을 강조한다. 백인 남성의 위치에서 오늘날 '정체성 정치'를 오히려 왜곡되게 전달하며, 나아가 이 '한계'에 맞서 '계급' 우선주의를 강조해야 한다고 목소리 높인다. 정체성 정치의 '특권적 지위'는 뭘까. 여성, 장애인, 성소수자 등이 연대로 만들어가는 운동과 정치에서 어떤 '특권'을 발견할 수 있을까. 이러한 수사는 정말 오늘날 여성, 장애인, 흑인, 성소수자 등이 자신의 정체성으로 어떤 특권적 지위를 가진 것처럼 보이게 만든다. 함부로 정의되길 거부하는 사회의 소수자와 약자의 목소리는 그렇게 왜곡된다. '백인 남성'으로서 자신의 정체성을 고민할 필요 없는 위치에 있는 이들은 제 목소리가 가진 특권을 인정하지 않는다. 정체성 문제가 계급 문제가 된다는 걸 이해하지도 못하고, 인정하지도 않은 채 '정체성'과 '계급'을 산뜻하게 분리한다. 여성의 비정규직화, 흑인의 교육, 성소수자의 의료문제 등이 계급과 무관한 '정체성 정치'일 수는 없다. 경제 문제와 정체성 문제를 별개의 문제로 바라보는 이의 정체성에 대해 질문해야 한다.

너는 누구냐? 라는 질문은 중요하지 않다. 훨씬 중요한 질문은 이것이다. 너는 네가 누구라고 생각하는가?✝

✝ 이졸데 카림, 앞의 책, 293쪽.

여성이, 흑인이, 장애인이 '정체성 정치'를 한다고 공격하는 이들은 사실을 왜곡한다. 예를 들어 힐러리 클린턴은 2016년 미국 대선에서 '여성'을 강조하기보다 '일자리'를 더 강조했다.† 그럼에도 클린턴이 여성이라는 이유로, 오직 그의 '정체성'만 보는 이들은 그가 하는 말을 듣기보다는 그의 정체성을 공격한다. 정체성을 공격하는 이들이 주로 '정체성 정치'라는 이름으로 소수자의 운동을 공격하는 속임수를 펼친다. 그런 식이라면 과거 여성참정권운동, 흑인민권운동도 모두 '정체성 정치'다.

함부로 나를 정의하지 말라

흑인은 누구인가. 흑인과 '흑인으로 보이기'는 같은 의미일까. 벨 훅스는 《페미니즘 *Feminist Theory*》(2000)에서 '백인처럼 보이는 흑인'을 언급한다. 한 대학 초청 강연에서 그는 '백인으로 통할 수 있는 외모를 가진 여학생'을 만난다. 훅스는 그 자리에서 그 학생에게 피부색 때문에 인종문제를 바라보는 시각이 다른 흑인들과는 다를 것이라 지적한다. 이에 감정이 상한 학생은 뛰쳐나가고 그날 그 자리에 있던 학생들과 교수는 벨 훅스를 비난했다. 나도 훅스의 이런 행동이 과연 옳았을까 여

---

† 리베카 솔닛 저, 김명남 역, 《이것은 이름들의 전쟁이다》, 창비, 2018, 75쪽.

니키 지오바니

러 번 생각했다. 그때 강의실을 뛰쳐나갔던 학생은 몇 주 뒤에 다시 찾아와 훅스의 지적을 인정했다고 한다. 이 사례는 많은 생각을 하게 만든다. 물질로서의 몸과 한 존재의 사회적 위치는 밀접한 관계를 맺는다. '흑인'은 정확하게 시각적으로 보이는 몸을 기준으로 흑인이 된다. 과학적 기준이 아니다. 인종 구별은 사회적 산물이다. 흑인과 백인 사이에서 태어나 '백인이 아니면' 흑인이 된다. 버락 오바마는 어머니가 백인이지만 흑인으로 정체화된다. '한 방울'이라도 흑인의 피가 들어가면 흑인이다.

니키 지오바니가 1968년 출간한 《검은 느낌, 검은 이야기 Black Feeling, Black Talk》, 《검은 판단 Black Judgement》은 지오바니에게 명성을 가져다줌은 물론이요, 현대 미국 흑인 문학에서 중요한 위치에 있다. 1960~70년대 흑인예술운동 Black Arts Movement의 주역인 지오바니는 시인이며 교육자, 흑인민권운동가로 굵직하게 살아가는 인물이다. BAM이라 불리는 흑인예술운동은 백인 중심 서구 문화에 저항하며 흑인의 경험, 흑인의 감정, 흑인의 생각을 예술에 담아내는 정치적 운동이다. 내부에서도 논쟁적이긴 하지만 '블랙 미학 The Black Aesthetic'이라는 개념을 생산해낸 이 운동은 흑인의 표현을 독려했다는 면에서 의미 있다. 이미 18세기에 미국에서 시를 쓰던 흑인 여성 필리스 휘틀리가 있었다. 휘틀리는 미국에서 시집을 낸 최초

의 흑인 여성이다. 흑인의 피부색을 '악마의 색'이라 부르던
이들에게 휘틀리는 말한다.

> 명심하세요 기독교도들이여, 흑인들은 카인처럼 검지만
> 세련될 수 있어, 천사의 행렬에 합류할 수 있음을.✞

흑인의 목소리를 빼고 미국 문화를 말하는 건 애초부터
불가능하다. 지오바니의 대표작인 〈녹스빌, 테네시〉는 그의
어린 시절 경험을 바탕으로 쓴 시로, 단순하지만 잔잔한 문화
적 저항이 잘 드러난다. 녹스빌 출신인 그는 오하이오의 '블랙
커뮤니티'에서 성장했지만, 그가 태어난 곳이자 할머니가 있
는 녹스빌에 자주 머물렀다. 이 시는 어린아이가 화자이며 여
름을 좋아한다는 말로 시작한다. '아빠의 농장'에서 신선한
옥수수와 오크라, 양배추 등을 먹을 수 있다고 읊어댄다. 땡볕
아래에서 백인의 농장을 위해 일하는 흑인의 이미지를 그리
는 보편적 상상을 뒤집어버린다. 흑인에 대한 이미지는 플랜
테이션에서 일하는 햇빛에 그을린 노예이거나 대도시의 빈곤
층이다. 록산 게이는 백인이 많은 네브래스카의 중산층 가정
출신이라는 이유로 늘 '사람들의 편견에 부합하지 않는 흑인'
이라 고백한 적 있다. 이렇게 한 사람의 세계를 보편적 권력
자들은 마음대로 상상하며 누군가의 정체성을 규정짓는다.

✞ 〈아프리카에서 미국으로 실려옴에 대하여〉(1773). 정길화가 쓴 《영미시의 이해 그
  리고 한국 시》(신아사, 2007) 190쪽에서 재인용했다.

니키 지오바니

다시 지오바니의 〈자아여행〉을 본다.

> 내 허락에 의하지 않고선
> 난 이해될 수 없다

아무리 봐도 굉장히 멋진 오만이다. 보편에서 밀려난 존재들은 이러한 오만이 필요하지 않을까. 내 허락 없이 함부로 나를 정의하지 말라고.

검정에 대하여

> 나는 태어날 때, 검정이었다.
> 나는 자라면서, 검정이었다.
> 나는 태양 아래에서, 검정이다.
> 나는 아플 때, 검정이다.
> 나는 죽을 때도, 검정일 것이다.
> 한편 너는, 백인은 말이지,
> 너는 태어날 때, 장미색이었다.
> 너는 자라면서, 흰색이 되었다.
> 너는 태양 아래에서, 붉은색이 된다.

너는 추울 때, 파란색이 된다.

너는 두려울 때, 초록색이 된다.

너는 아플 때, 노란색이 된다.

너는 죽을 때, 회색이 될 것이다.

그러니까 우리 둘 중에서,

누가 유색인이지?

레오폴 상고르의 시 〈백인 형제에게〉는 간략하면서도 정확한 유머로 피부색에 대한 차별을 꼬집는다. 우리 언어도 그렇지만 많은 언어들이 감정을 색깔로 표현한다. 공포심에 새파랗게 질리고, 당황해서 머리가 하얗게 되고, 창피해서 얼굴이 붉어지고, 피곤해서 얼굴이 누렇게 뜨고, 근심이 많을 때는 속이 새까맣게 타들어간다. 사람은 모두 '유색인'이다. 그러나 제 피부색을 보편적인 인간의 색깔로 여기는 집단은 자신과 다른 피부색을 특별히 이름 붙여야 할 '색깔'로 여긴다. '색이 있음'은 보편적인 상태가 아닌 것이다.

차별은 방향이 정해져 있지 않다. '유색인'에 해당하는 한국인은 어떤 식으로 인종차별에 가담할까. 흑인 남성을 은어로 '흑형'이라 부른다. 백인 남성을 '백형'이라 부르진 않는다. '흑누나'라는 표현도 있으나 '흑형'만큼 많이 쓰이진 않는다. 사람을 피부색으로 표현하는 이 노골적인 언어는 생각보다

니키 지오바니

꽤 많은 문제를 품고 있다. 한국 남성들은 때로 흑인 여성을 '흑마'라 부르고 백인 여성을 '백마'라 부른다. 남성은 그래도 사람이라 '흑형'이지만 여성은 동물과 동일시되어 '흑마'나 '백마'가 된다.

이런 사회에서 자라나는 아이들은 차별을 '배운다'. 부적절한 패러디로 종종 화제가 되는 의정부고등학교의 졸업사진은 2020년에도 예외가 아니었다. 학생들은 '관짝소년단' 패러디를 하면서 얼굴을 검게 칠했다. 아프리카 가나의 한 장례식에서 관을 든 사람들이 흥겹게 춤을 추는 모습이 알려지면서 전 세계적으로 이를 패러디 하는 사람들이 늘어났다. 유튜브를 통해 '관짝 춤coffin dance'이 알려지며 많은 사람들에게 인기를 끌었고, 의정부고등학교 학생들도 이 관짝 춤을 추는 '관짝소년단'을 패러디했다. 문제는 이들이 얼굴에 흑인 분장을 하는 '블랙 페이스'를 연출했다는 점이다. '블랙 페이스'의 역사적 맥락을 몰랐기에 실수했을 수도 있다. 그러나 조금만, 아주 조금만 생각해보자. 백인을 흉내 내는 얼굴에 흰색 칠을 하진 않는다. 대체로 남성이 여성을, 백인이 유색인을 흉내 낼 때 훨씬 우스꽝스러운 모습을 연출한다. 보편적이지 않은 존재가 흉내의 대상이 될 때 벌어지는 일이다.

프랑스에는 '검둥이 머리tête de nègre'라는 이름의 디저트가 있다. 초콜릿 안에 마시멜로가 들어 있는 작고 동그란 과자다.

나라마다 비슷비슷한 과자들이 조금씩 다른 이름으로 있다. 한국에서는 초코파이가 가장 비슷하다. 19세기에 등장한 이 디저트 이름은 오늘날에는 인종차별적이라는 지적을 받으며 '초콜릿이 들어간 머리tête au chocolat' 정도로 이름을 바꿔 부른다. 지금은 그냥 디저트 이름일 뿐, 인종차별의 '의도'는 없으니 굳이 바꿀 필요 있을까 의구심을 표하는 사람도 있다. '의도'를 강조하는 사람들은 대체로 차별에 대해 생각하기를 거부한다. 의도를 과하게 변명하는 행동은 언제나 자신이 이해받는 위치에 있길 원할 뿐 스스로 이해하는 사람이 되려고 하지 않는 지독한 자기중심적 태도에서 나온다. 의도, 의도, 그럴 의도는 아니었다라는 말, 진짜 지겹다. 결과에 대한 무책임일 뿐이다. 사람은 자기 의도를 타인에게 이해시키는 과정에서 폭력적이 되기 쉽다. 나의 의도만을 변명하는 게 아니라, 나로 인해 타인에게 벌어진 결과를 반성하고 책임질 때 아주 조금이라도 성숙해진다.

니키 지오바니

1943년 6월 7일에 미국 테네시주 녹스빌에서 태어났다. 내슈빌에 위치한 피크스대학교에서 역사학을 공부했다. 졸업 직후 지오바니는 할머니의 죽음을 맞이하고 이를 계기로 죽음에 대한 시를 쓰기 시작한다. 1968년 펜실베이니아대학교에서 공부하다가 곧바로 뉴욕으로 거처를 옮겨 콜롬비아대학교에서 공부하던 중에, 사비로 시집《검은 느낌, 검은 이야기》을 출간한다. 1969년부터 럿거스대학교의 리빙스톤칼리지에서 강의하기 시작하면서 흑인예술운동의 열성적인 구성원이 된다. 1987년부터 버지니아공과대학교에서 작문과 문학을 가르친다. 이후 활발하게 작품 활동을 지속해오다 1990년에 폐암 판정을 받고 여러 수술을 받는다. 이때의 경험을 녹여 시집《블루스》를 펴냈다. 이외에도 시집, 어린이책 등 30여 권이 넘는 책을 출간했다. 니키 지오바니는 미국에서 가장 널리 읽히는 시인 가운데 한 명으로, 오프라 윈프리가 꼽은 25명의 '살아 있는 전설' 중 한 사람으로 선정되었고, 전미유색인지위향상협회NAACP 이미지상을 받았으며, 로자 L. 파크스 용기 있는 여성상 최초 수상자이기도 하다. 현재 버지니아공과대학교 석좌교수로 재직하고 있다.

니키 자오바니의 주요 작품

《검은 느낌, 검은 이야기*Black Feeling, Black Talk*》(1968)

《검은 판단*Black Judgement*》(1968)

《재: 창조*Re: Creation*》(1970)

《나의 집*My House*》(1972)

《여자와 남자*The Women and The Men*》(1975)

《비 오는 날의 솜사탕*Cotton Candy on a Rainy Day*》(1978)

《여성*Woman*》(1978)

《밤 바람을 타는 사람들*Those Who Ride The Night Winds*》(1983)

《녹스빌, 테네시*Knoxville, Tennessee*》(1994)

《사랑 시*Love Poems*》(1997)

《블루스: 모든 변화를 위해*Blues: For All the Changes*》(1999)

《일어나요, 로자*Rosa*》(동화, 2005), 최순희 옮김, 웅진주니어, 2006

《아콜라이트*Acolytes*》(2007)

《자전거*Bicycles: Love Poems*》(2009)

《유토피아를 쫓다*Chasing Utopia: A Hybrid*》(2013)

산드라
시스네로스

언어와 집에서

추방된 존재

Sandra Cisneros   1954~

월요일 저녁에 KBS에서 방영하는 〈우리말 겨루기〉를 가끔
본다. 우리말이 참 어렵다. 한번은 트로트 가수들이 출연했다.
그중에 제임스 킹이라는 가수가 있었다. 그는 트로트 가수 데
뷔 전에는 '혼혈이라' 한국인이어도 어쩔 수 없이 영어로 노래
를 불렀다고 했다. 사람들이 원하는 모습을 보여줘야 생계를
유지할 수 있기 때문이다. 피부색이 조금 다른 그는 아무리
한국어를 잘하는 한국인이라 해도 외국인으로 규정되었다.
결국은 생김새의 차이가 가장 강력한 경계선을 만드는 씁쓸
한 현실이다.

　　프랑스에도 인종차별 있어요? 북유럽이 더 심하다면서
요? 미국에 인종차별 심하죠? 등은 외국에 거주하면서 종종
들을 수 있는 질문 중에 하나다. 이 질문은 내게 또 다른 의문
을 남긴다. 우선 인종차별 없는 나라가 어디 있을까. 게다가
대부분 이런 질문을 할 때 '인종차별 당할 수 있는 한국인인
나'를 생각한다. '인종차별에 가담할 수 있는 나'는 그 질문에
서 고려하는 문제가 아니다. 그래서 "백인이 많은 북유럽이 더
심하대"라고 말한 몇 분 뒤에 "아랍 애들 보면 왜 유럽에서 싫
어하는지 이해가 된다니까"라고 한다. "왕따 당하는 애들 보
면요, 왕따 당하는 이유가 다 있어요"라고 말해서 나를 놀라

게 하던 고등학교를 갓 졸업한 어떤 이의 목소리가 기억난다.

차별은 물리적 폭력이나 명확히 드러나는 조롱과 따돌림에 한정되지 않는다. 어떤 종류든 차별에 숨겨진 공통점은 한 사회의 다수를 구성하는 이들이 스스로가 '피해자'가 될 가능성만 생각한다는 점이다. 막상 사회의 소수자에게 어떤 피해가 발생했을 때 그 피해자에게는 그럴 만한 이유가 있다고 생각한다. 그가 내게 폭력을 불러일으킬 만한 행동을 했다, 그래서 나도 피해자다. 이렇게 피해자의 자리를 두고 경쟁한다.

가난하고 언어가 원활하지 않은 외국인의 경우는 마치 피부를 상실한 사람과 같다. 가족과 헤어져 있고 자신을 보호해줄 국가가 사실상 부재하다. 이들에게 언어는 타인과 연결되는 도구가 되지 못하고 이들을 더욱 고립시키는 무형의 벽으로 자리한다. 동시통역 서비스는 권력이 있는 사람만이 누린다. 아무리 원활한 소통이 가능해져도 한 박자 느리게 답하고, 한 박자 느리게 웃는 일상은 외국인에게 보편적이다. 언어는 외국인을 일상적으로 추방한다. 소통의 동시성을 얻을수록 외국인은 현지인의 삶에 가까워진다.

외국어에 둘러싸인 사람이 어려움을 겪는 순간은 다양하지만 그중에서 '신속함'을 요하는 상황은 외국인을 더욱 곤란하게 만든다. 응급 상황에서도 언어는 느리게 전달되거나 혹은 전달되지 못한다. 아예 엉뚱하게 전달되어 더욱 위험해질

산드라 시스네로스

수도 있다. 외국인은 이렇게 외부의 언어로부터 단절된 한 사회의 외부인으로 존재하고 만다. '불이야'를 알아듣지 못해 삶을 잃은 우즈베키스탄 출신 두 아이가 이를 잘 보여준다.

2018년 10월 김해의 한 원룸에서 화재가 발생했다. 이때 다치거나 사망한 사람 네 명은 모두 우즈베키스탄에서 온 어린아이들이었다. 화재 당시 보호자인 어른이 없었고, '불이야'라는 한국어를 아이들이 못 알아들어서 피해가 더 컸을 것이다. 그들의 죽음이 개인적인 불운으로 여겨지는 것이 아니라 사회적 관심을 받아야 하는 이유다.

일부 언론은 저유소에 불이 나는 대형 사고가 났을 때 한 스리랑카 노동자가 날린 풍등을 원인으로 놓고 '스리랑카' 노동자가 집중 조명을 받도록 했다. 한국에서 화재로 사망한 외국인보다 화재를 일으켰다고 여겨지는 외국인이 더 많이 호명되며 대중의 뇌리에 오래 남는다. 비한국인의 빈곤과 고통은 그렇게 쉽게 잊히지만 그들이 '한국인'에게 손해를 끼쳤다고 판단하는 사안에 대해서는 가혹하게 기억해 여론으로 응징한다.

이와 같은 상황은 2018년 인천에서 발생한 중학생 집단 폭행 추락사 사건에서도 볼 수 있다. 언론에 따르면 이 사건의 피해자는 "러시아 국적 어머니와 단둘이 살아온 '다문화 한부모가정'의 자녀였으며, 이 같은 사실을 이유로 과거 많은 놀림을 받은 것으로 알려졌다"고 한다. 다르게 생긴 사람은 또래 사이에서 놀림의 대상으로 살아간다. 놀림의 대상이 되지 않으려면 이 놀림에 참여해야 한다. 그렇게 비극이 반복되며 쉽게 바뀌지 않는다.

'다문화'라는 언어가 일단 싫다. 왜 굳이 이름 붙이기가 필요한가. 게다가 매우 기만적이다. 이 '다문화가정'에 유럽이나 북미 등 소위 '서구'에서 온 '백인' 이민자는 해당되지 않는다. 미국에서도 유럽 출신 백인은 '이민자'로 보이지 않지만 히스패닉이나 아시아인은 아무리 오래 살아도 '유색인종'이다.

빈곤은 젠더화·인종화 된다. 한국에서 집을 구할 때 '외국인들 많이 사는 곳이 얼마나 위험한지' 불필요한 조언을 들었다. 여기서 '외국인'은 동남아에서 온 이주노동자에 한정하는 표현이다. 그 외국인들에게 한국인은 안전한가요? 묻고 싶다. 아니, '같은 한국인'끼리는 서로 안전해요?

여성, 그리고 이민

미국에서 한국으로 들어오는 이사를 하려는데 가까운 곳에서는 이삿짐센터를 찾을 수 없었다. 한국으로 보내는 짐을 부탁할 만한 가장 가까운 이삿짐센터는 시카고에 있었다. 약속된

날 시카고에서 젊은 두 남성이 도착했다. 보자마자 척 알아볼 수 있는 히스패닉이었다. 무척 젊어 보이는 얼굴임에도 이사 경력이 10년은 된다고 했다. 그들의 경력은 의심할 여지가 없었다. 눈앞에서 펼쳐진 신속함이 이를 증명했다. 부피를 줄여 이삿짐을 싸고 깨지지 않게 안전하게 포장하면서도 매우 빠르게 움직였다. 가구 하나에 두 사람이 손을 모을 필요도 없었다. 한 사람은 거실에서 소파를 척척, 다른 사람은 방에서 침대를 척척 정리했다. 그들끼리는 스페인어를 사용하기에 슬쩍 물어보니 멕시코 출신 가정에서 자라난 형제라고 했다.

미국 중서부에서 가장 큰 도시 시카고. 시인 칼 샌드버그는 1914년에 발표한 시 〈시카고〉에서 "격렬하고 억세고 떠들썩한/큰 어깨들의 도시"라고 표현했다. 시카고는 많은 이주 노동자들이 모여들던 대도시다. 《망고 스트리트 *The House on Mango Street*》는 시카고에 온 멕시코 이민자 가족의 이야기를 어린 여자아이의 시선을 빌려 전달한다. 작가 산드라 시스네로스가 1983년 발표한 첫 소설이다. 첫 소설이지만 그의 첫 작품은 아니다. 시스네로스는 이 소설을 발표하기 전에 이미 30편 정도의 시를 발표한 시인이었지만 크게 주목받지 못했다.

실제로 멕시코 이민자의 딸로 시카고의 빈민가에서 자라난 시스네로스는 자신의 어린 시절을 바탕으로 멕시코 이민자의 성장기를 썼다. 이 소설은 많은 찬사를 받으며 미국에서 교재로 활용될 정도로 이민자 서사에 영향을 끼쳤다. 무겁지 않은 발랄한 어린아이들의 이야기처럼 보이지만《망고 스트리트》는 마르크스주의와 페미니즘을 관통하는 성장기 소설이다. 예를 들어 빈민가 아이들이 하나의 자전거를 공유하는 방식에서 재산의 사적 소유보다는 분배의 관점이 읽힌다. 또한 주인공 에스페란자의 시선을 통해 여성에 대한 각종 문화적 폭력을 고발한다. 멕시코나 쿠바 출신의 미국 여성을 일컫는 '치카나Chicana'⁺ 정체성이 쉬운 언어로 잘 표현된 작품이다.

흑인 여성의 글에서 백인 사회의 인종차별과 흑인 남성의 가부장적 태도를 모두 고발하는 내용을 발견할 수 있듯이, 치카나 작가들은 치카노와는 달리 그들의 이중굴레를 고발하는 글을 많이 쓴다. 100편이 넘는 에세이를 쓴 작가이자 사회운동가 마사 코테라는 1960년대 활발했던 치카노민권운동과 치카나 페미니즘 모두에 참여하며 영향을 끼쳤다. 1977년 발표한 그의 대표작인《치카나 페미니스트 The Chicana Feminist》는 1810년 멕시코가 스페인에게서 독립할 때부터의 여성의 위치와 역사적 참여 등을 서술한다. 이 여성들이 미국에서 어떻게 정체성을 찾으며 싸워왔고 연대했는지 정리한 그의 책은 오늘날까지도 치카나에게 목소리를 부여하는 데 중요한 역할을 한다.

코트라가 치카나의 역사와 이론적 배경 등을 제시하는 글을 썼다면, 시스네로스는 평범한 일상의 언어로 그들의 생

⁺ 멕시코나 쿠바 출신 미국인 남성은 치카노Chicano라 한다.

산드라 시스네로스

활을 보여준다. 《망고 스트리트》에는 남편 때문에 집에 갇힌 여성들, '보쌈'을 당해 결혼한 주인공의 할머니 등을 통해 양파처럼 겹겹이 싸인 성차별을 드러낸다.

'미녀와 야수', '선녀와 나무꾼'의 공통점은 모두 여성을 감금한다는 점이다. 미녀는 아버지를 대신해 벌을 받느라 감금되고, 선녀는 나무꾼의 선물이 되어 집으로 돌아가지 못한다. 선녀의 입장에서는 감금이다. 미녀와 선녀 모두 자기 집과 아버지를 그리워한다. 자기 마음대로 집에 갈 수 없다. 응징이든 선물이든 여성에게 여성이 있을 곳에 대한 선택권을 박탈하는 건 동일하다. 선녀와 미녀는 모두 선한 마음으로 이 감금 상태를 극복하여 나무꾼과 야수를 사랑한다. 결국에는 이들이 모두 집에 돌아가는 '해피엔딩'이긴 하지만, 여성이 감금 상태에서 자신을 가둔 남성을 사랑하는 이야기는 늘 불편하다.

남자가 주인이 아닌 집

《망고 스트리트》는 "세상의 모든 여성들에게"라는 문장으로 시작된다. 이민자 중에서도 어린 여자아이들의 취약한 상태를 잘 보여준다. 이중 인상적인 대목은 한 아시아계 남성이 주인공 에스페란자를 성추행하는 장면이다. '같은 이민자' 아

저씨의 친절함에 마음을 열었더니 그 아저씨는 상냥하게 다
가와 강제로 입술을 추행한다. 백인 중심 사회에서 아시아 이
민자는 약자일지 모르나 그가 '남성'일 때는 다른 이민 여성에
게 젠더 권력을 행사할 수 있는 사람임을 보여준다.

무엇보다 이 소설의 주제는 '집'이다. 이민자들에게 집은
더욱 특별한 의미를 지닌다. 인간관계와 법적인 보호망이 취
약한 이들에게 물리적 공간인 거주지마저 취약할 때 그들이
겪는 고통은 배가 된다. 물리적 공간과 언어의 불안정성은 외
국인을 한 세계의 바깥으로 끊임없이 밀어낸다. 더구나 가족
을 남겨둔 채 자신의 국가를 떠나온 이민자들은 때로 자신이
거주하는 집은 '진짜 집'이 아니라는 생각을 한다. 진짜 집은
자신이 떠나온 나라에 있다. 집이 단지 물리적 장소가 아니라
인간관계를 품은 정서적 장소이기 때문이다. 이처럼 부유하
는 감정을 품고 사는 이들에게 집과 정착은 커다란 의미로 다
가온다. 그렇다 보니 이민자들은 모여 살면서 자신들이 사는
동네를 하나의 국가로 만든다. 리틀 차이나, 리틀 이탈리아,
코리아타운의 형성은 이민자에게 부재한 국가를 대신하는 하
나의 '문화적 보호구역'이나 다름없다.

이민자들에게는 문화적 보호구역으로 작용하는 장소가
다른 사람들에게는 '위험한 이민자 동네'라는 오해를 받는다.
아랍인이 많이 사는 곳, 흑인이 많이 사는 곳, 히스패닉이 많

산드라 시스네로스

이 사는 곳 등은 차별적 이미지를 얻는다. 길을 잘못 들어 에스페란자가 사는 망고 스트리트에 온 사람들도 괜히 겁을 먹는다. 에스페란자는 그들을 '멍청이'라고 표현하며 오히려 자기들이야말로 '갈색 피부색'에 둘러싸여 있을 때 안전한 감정을 느낀다고 고백한다.

리처드 세넷은 '우리'라는 감정, 즉 서로가 비슷하기를 바라는 욕망의 표출은 인간이 서로를 더 깊이 들여다보아야 하는 상황을 회피하는 방법이라고 설명한다. 이때 '우리'는 포용하는 '우리'가 아니라 배척하는 '우리'가 된다. '우리'로 묶이기 힘든 존재를 회피할 때, 이러한 회피는 혼종혐오증mixophobia을 만든다. 즉 낯선 존재와 공존할 좋은 방식을 찾는 노력을 아예 하지 않는 태도다. 나아가 모르는 존재를 잘 알지도 못하면서 쉽게 규정하도록 이끈다.

이민자와 범죄를 연결 지으려는 경향을 어느 곳에서나 발견한다. 오히려 이민자들이 범죄의 표적이 되기 더 쉬운 현실은 외면한 채 이민자들을 잠재적 범죄자로 보려 한다. 여기서 '이민자'는 백인이 아닌 이민자다. 독일계, 네덜란드계는 외부 사람으로 여기지 않는다. 결국 모든 것이 피부색으로 향한다는 게 슬프다. 멕시코계 이민자들이 더 폭력적일까. 실제로 시카고 노스웨스턴대학교의 경제학자 조르그 스펜쿡이 8년간 범죄를 연구한 결과에 따르면, 이민자와 폭력 범죄 사

이에는 상관관계가 없다. 같은 조건의 미국 출신 백인보다 범죄를 더 저지르지 않는다.[+]

동남아 노동자들이 많이 거주하는 지역에 대한 우리의 편견도 마찬가지다. 외국인노동자들이 언어장벽과 경제적 위치 등으로 우리 사회에서 훨씬 불리한 위치에 있다는 생각은 하지 못한 채 오히려 그들을 위협적인 존재로 여긴다. 한 보수 정치인은 아예 외국인은 국가에 기여한 게 없다는 발언까지 했다. 오늘날 우리가 먹고, 입고, 사용하는 모든 것들 중에서 외국인노동자의 손을 거치지 않은 '순수한' 한국산만 골라보라고 하고 싶다. 외국인노동자를 저임금으로 착취해 굴러가는 오늘날의 '글로벌 자본주의'를 외면한 채 외국인에 대한 편견을 조장한다.

이와 같은 편견 속에서도 주인공 에스페란자는 멕시코 이민자 동네인 망고 스트리트에서 잘 살아간다. 하지만 그만의 집과 방을 갈망한다. 남자들이 주인인 집이 아닌 오직 자신의 집. 그 집은 안전한 장소이자 오롯이 나의 이야기를 품고 있는 그런 집이어야 한다. 식탁에서 누구의 시중을 들 필요 없는 그런 집이어야 한다. 흔히 여성은 집과 동일시된다. 여성이 곧 집이 되면서 정작 여성은 집을 상실한다. 집의 상실은 세계의 상실이다. 달리 말하면 이 세계에서 존재가 투명해진다.

[+] Jörg Spenkuch, 〈Understanding the Impact of Immigration on Crime〉, *American Law and Economics Review*, 2014, vol. 16, issue 1, pp. 177~219.

산드라 시스네로스

남자가 주인이 아닌 집, 구속이 되지 않는 집, 안정된 집을 갈망하는 마음은 특히 이주여성들에게 절실하다. 에스페란자의 소망은 일찍이 제인 애덤스가 알아차렸다. 여성참정권운동가이자 사회운동가였던 제인 애덤스는 1889년 시카고의 빈민가에 엘런 게이츠 스타와 함께 헐하우스Hull-House를 설립해 이민 여성들에게 거주지로 제공했다. 시카고의 헐하우스는 북미 최초의 사회복지기관이다. 현재는 박물관 역할을 하는 이 헐하우스는 한때 많은 이민 여성들이 거주하던 곳이었다. 여러 복지시설과 돌봄 서비스 등으로 주로 가난한 이민 여성들의 정착을 돕는 역할을 했다. 애덤스가 실험적이고 헌신적으로 이 사회복지기관을 운영한 경험을 바탕으로 쓴 에세이가 《헐하우스에서 20년From Twenty Years at Hull-House》(1910)이다. 제인 애덤스는 1931년에 노벨평화상을 수상했으며, 그는 노벨상을 수상한 최초의 미국 여성이 되었다.

　　고시원에서 불안하게 살아가는 이민자나 외국인들도 그런 집을 꿈꾸리라 생각한다. 에스페란자는 자기만의 공간이 있어야 자신의 능력을 펼치고 제 이야기를 풀어낼 수 있음을 안다. 많은 사람들이 에스페란자의 표현대로 "시를 쓰기 전의 깨끗한 종이 같은" 그런 집을 갈망한다. 그 깨끗한 종이에 각자 자신의 언어로 이야기를 풀어놓듯이 그들의 역사와 관계를 잘 담을 수 있는 그런 집을 원한다.

1954년 12월 20일 미국 일리노이주 시카고의 멕시칸 거주 지역에서 태어났다. 그는 시카고 로욜라대학교에서 영문학을 전공하고 1978년에 아이오와대학교에서 아이오와 작가 워크숍에 참가해 예술 석사학위를 받았다. 대안학교에서 낙제생들을 가르치며 체험한 멕시코 이주민 사회의 실상과 자신의 경험을 녹여내 데뷔작인 《망고 스트리트》를 출간했다. 이 소설은 랜덤하우스에서 출간 후 미국에서만 200만 부 이상 판매되었고, 전 세계 12개 언어로 번역되었다. 그는 대학원 과정을 마친 후에 행정 업무, 교육, 창작 강의 등 다양한 일을 했다. 민족, 성별, 계급에서 그가 가진 3중의 소수자성은 자신의 정체성을 반영한 글쓰기에 깊은 영향을 미쳤고, 미국의 라틴 이주민, 소외된 여성들, 가난한 사람들을 위한 글쓰기와 글쓰기 교육에 전념하게 하는 계기가 되었다. 현재 텍사스주 샌안토니오에 거주하면서 재단을 설립하고 도서 박람회를 개최하는 등 지역 문화를 활성화하는 데 기여하고 있다.

산드라 시스네로스의 주요 작품

《망고 스트리트The House on Mango Street》(장편, 1983), 권혁 옮김, 돋을새
    김, 2008

《나의 악하디 악한 방식으로My Wicked, Wicked Ways》(시집, 1987)

《우먼 홀러링 크릭과 다른 이야기들Woman Hollering Creek and Other Stories》
    (단편집, 1991)

《풀려난 여자Loose Woman: Poems》(시집, 1994)

《카라멜로, 혹은 지어낸 이야기Caramelo, or, Puro cuento》(단편집, 2002)

《마리를 보았니?Have You Seen Marie?》(단편집, 2012)

《나만의 집A House of My Own》(에세이, 2015)

《순수한 사랑이야Puro Amor. Sarabande》(단편집, 2018)

옥타비아
버틀러

당신의 신은

어떤
모습인가

Octavia E. Butler   1947~2006

"현실을 고발하는 것까지는 되는데, 그 이상을 보여주는 어떤 상상력, 그런 걸 찾기가 어려워요." 정치적 메시지도 있으면서 미학적으로 아름다운 작품을 찾는 게 참 어렵다는 대화를 나누던 중 상대가 이렇게 말했다. 고발, 그 이상을 보여주는 상상력. 나를 포함해 많은 사람들이 다른 세계, 다른 관계, 다른 방식의 삶에 대한 상상력이 담긴 이야기를 갈구한다. 실현 가능성 따위는 상관없다. 그저 다른 상상력을 접하는 것만으로도 가치가 있다.

상상력은 재능이라기보다 습관에 가깝다. 제 억울함에 갇힌 사람은 타인의 입장에 대해 상상하지 않는다. 억울함에 과몰입하면 온 세상에서 자기가 제일 불쌍한 줄 안다. 억울함이 폭력성과 결합하는 순간이다.

두 시간 동안 페미니즘 강연에서 각종 폭력에 대해 들은 후 '군대 다녀온 남성의 억울함은 어떻게 해결하냐, 여자들을 보면 박탈감을 느끼는데 그 감정을 어떻게 하면 좋겠냐'라고 집요하게 묻고, 강연 시간이 이미 너무 지체되었다는 다른 진행자의 주의에도 계속 말을 멈추지 않고, 강연이 끝난 후에도 군복무에 대한 보상 문제를 '군대 다녀오지 않은 여성에게' 묻는 남성. 그에게 '억울함'은 무엇일까. 이런 '질문'은 사실 질문이 아니다. 듣고 싶어 묻는 질문이 아니라 묻는 행위를 통해 여성을 괴롭히려는 폭력 행위다.

놀랍게도 이런 행동을 한 사람은 강연을 들으러 온 사람이 아니라 바로 그 강연을 기획한 사람이었다. 그는 '참석자들은 차마 하지 못한 질문'을 자기가 기꺼이 나서서 대신 해주는 것이란 말까지 덧붙였다. 이쯤 되면 애초에 페미니즘 강연을 기획한 의도가 솔직히 의심스럽다. 정치인들이 제 생각을 말하며 '국민'을 대변한다고 핑계 대듯이, 그는 제 감정을 마치 참석자들의 생각을 대변해주는 양 포장했다. 정작 강연을 들은 젊은 남성은 "성차별에 대해 생각할 수 있었다. 정말 감사하다"라는 인사를 꾸벅 하고 나갔다.

흑인 연설가에게 백인이 쫓아다니며 '백인의 억울함'을 어떻게 해결할 수 있는지 묻는다면 어떨까. 더 이상 노예가 아닌 흑인을 보면 노동자로 살아가는 백인으로서 박탈감을 느끼는데, 이 감정이 옳지 않다는 건 알지만 어쨌든 그런 감정이 생기는데 어떻게 하면 좋겠느냐, 라고 흑인에게 집요하게 묻는다면 어떨까. 매우 우스꽝스러운 행동이며 괴롭힘에 해당한다는 걸 더 많은 사람들이 인지할 것이다.

여성들에게는, 정확히 말하면 소위 '페미니스트'라고 알려진 여성에게는 이런 '감정적' 행동을 하는 사람들이 나타난다. 이들은 어떤 이야기를 들어도 '내 억울함은 어떻게 할 거

옥타비아 버틀러

냐'는 말만 한다. 들을 생각이 없기에 나도 별로 답할 생각이 없다. 군복무에 대한 제대로 된 보상을 위해 국방부에 한 줄의 청원도 넣지 못하면서 여성에게 억울함을 해결할 방법이 뭐냐고 묻고, 묻고, 묻는 사람은 문제를 해결하고 싶어하지 않는다. 오히려 그 억울함을 빌미로 지속적인 권력 행위를 하고 싶어 한다. 그렇게 억울함은 폭력의 얼굴이 된다.

차별을 상상하는 시간 여행

옥타비아 버틀러의 《킨Kindred》(1979)은 현대 미국의 흑인 여성이 노예제도가 있는 과거로 시간 여행을 하면서 벌어지는 이야기를 담은 타임슬립물이다. 시간 여행은 SF 장르나 영화에서 흔한 소재다. 미래를 바꾸기 위해 과거에 손을 대고픈 인간의 욕망이 계속 시간 여행을 하게 만든다. 어릴 때 보았던 영화 〈백 투 더 퓨처〉(1985)부터 오늘날 대중적으로 인기 있는 프랑스 소설가 기욤 뮈소의 작품에 이르기까지 시간 여행자는 주로 남성이다. 버틀러의 《킨》에서는 흑인 여성이 시간 여행자가 된다.

1976년을 살아가는 다나는 백인 남성과 함께 산다. 어느 날 현기증을 느끼며 쓰러진 다나는 160년 전인 1815년 메릴랜드의 숲에서 깨어난다. 다나는 우연히 만난 백인 소년 루퍼스를 구하는데 그 소년은 다나의 조상이다. 다른 시대를 사는 다른 성별과 다른 인종이 혈연관계로 연결된 설정이다. 제목 '킨'의 원제는 Kindred, '친족'이다. 다나는 루퍼스가 위기에 처할 때마다 살려낸다. 그 백인 남성 조상이 살아남아야 현재의 자신이 존재하기 때문이다. 그러나 노예제도 속에서 백인 남성은 많은 흑인을 직접적으로 착취하는 인물이다. 루퍼스도 다르지 않다. 그 루퍼스가 다나의 할머니의 할머니 정도 되는 흑인 여성 앨리스를 만난다. 20세기 흑인 여성이 19세기 노예제도 속의 흑인 여성과 백인 남성의 삶을 모두 목격하고 경험한다. 내가 지금 150년 전으로 돌아간다면 어떤 상황에 놓일까. 나는 어떤 계층의 사람을 만나 어떤 경험을 할까.

《킨》은 이처럼 차별적 사회구조 속에 놓인 개인의 한계, 차별이 이어지는 역사 속에서 과거를 바라보는 방식 등을 빼어난 구도로 보여준다. 제도에 대한 문제의식과 개인의 복잡한 내면의 갈등을 SF라는 문학 형식 안에 녹여낸 작품이다. 분노하되 분노에 잠식당하지 않고, 오히려 제 분노를 해석하며 세계를 거시적으로 바라보는 자의 상상력이 만들어낸 결과다. 타자의 고통을 상상하려는 습관이 없고, 그 고통이 결국은 나와도 연결된 문제라는 인식이 없는 '지배하는 피해자들'은 이와 같은 세계를 창조하지 못한다. 반대로 약자를 향한

옥타비아 버틀러

폭력적 감정을 합리화하며 자기연민에 빠져 허우적거린다.

유전자 변형 문제를 다룬 버틀러의 《와일드 시드Wild Seed》 (1980)에는 "감각이 동물의 마음을 읽어낼 수 있는 정도까지 확장되는 능력을 가진 사람들"이 있다. 이들은 누군가 닭의 목을 비틀거나 돼지를 도살할 때마다 고통을 당한다. 타자의 고통을 느낄 수 있는 '능력'은 바로 제 자신도 고통스럽게 한다. 그렇기에 대부분의 범인들은 이 SF 속의 인물과 달리 남의 고통을 외면하고 제 억울함 속으로 파고들기가 훨씬 쉽다. 세상은 고통의 함성으로 가득하기에 그 소리에 반응하지 않으려 귀를 닫는다. 이런 사람들은 억울함의 동굴에 갇힌 채 결코 제 세계를 확장하지 못한다.

또 다른 단편 〈블러드 차일드〉(1995)는 남성 임신이라는 화두를 던진다. 이 소설에서 여러 번 강조하는 임신의 '육체적 고통'을 단 한 번도 자기 일이라 생각할 리 없는 남성들에게 이 소설이 어떻게 읽혔을까. 생물학적 재생산 담론을 남성들이 간접적으로 체험할 수 있는 이야기다. 마거릿 애트우드와 함께 옥타비아 버틀러의 SF는 인간과 동물의 관계, 환경에 대한 화두를 자주 다룬다. 이들 모두 착취에 대한 전복적인 상상력을 보여준다. 어쩜 이렇게 의미와 재미를 모두 갖추었을까. 이들의 능력이 부러울 지경이다.

성차별주의자들이 자주 하는 말 중에 "예전보다 살기 좋아진 요즘 여자들"이 있다. 이 발언은 이미 권력을 드러낸다. 그들에게 과거로 돌아가는 상상 속에는 '더 학대받는 여성'의 모습이 있다. 이때 자신은 상대적으로 차별받는 위치에 있지 않다. 하지만 조금만 생각해보면, 과거로 돌아갔을 때 자신의 위치도 결코 지금보다 나을 게 없다는 걸 알 수 있다. 조선 초기 양반은 10퍼센트도 되지 않았다. 대부분 과거로 돌아가면 신분제도 안에서 착취당하며 굴욕적인 모멸을 감수하는 처지에 놓인다. 그럼에도 왜 과거로 돌아가는 상상을 할 때 제 신분에 대해서는 상상하지 않을까. 자신이 노비였을 수 있다는 생각은 하지 않는다. 차별에 대한 상상이 '옛날에 일어난 다른 성별'의 문제에 갇혀 있다. 여기서 자신을 누구와 동일시하는지 알 수 있다. 과거로 돌아갔을 때 노비, 백정, 소작농 등의 삶이 바로 제 삶이 될 수 있다는 생각은 못한다. 그저 여성과의 관계에서 확실히 우위를 점할 수 있는 남성의 조건에 집착하기 때문이다.

오늘날 미국이 1950년대를 가장 좋았던 시절로 기억하는 이유도 권력의 편파적 기억 때문이다. 2차 세계대전 이후로 세계에서 가장 영향력 있는 국가가 되던 시절, 내부적으로는 짐크로법Jim Crow laws이 살아 있어 유색인종을 거리낌 없이 차별할 수 있었던 그 시절이 백인을 기준으로 보면 가장 좋았던 시절이다. 1960년대를 거치며 민권운동을 통해 이 모든 구

옥타비아 버틀러

조가 흔들린 이후 백인들은 '박탈감'을 느낀다. 1947년생인 옥타비아 버틀러는 흑인의 위치가 사회적으로 지각변동을 일으키는 그 시기를 관통하며 성장했다.

캐나다의 위니펙에는 2014년 개관한 캐나다 인권 박물관 Canadian Museum for Human Rights이 있다. 역사는 억압하던 자의 반성과 침묵당하는 약자들의 투쟁을 재발견하면서 진보한다. 인권 박물관은 달리 말하면 반성의 박물관이다. 정부 차원의 학살과 억압, 배척의 역사도 숨기지 않았다. 사과하고, 또 사과한다. 2017년 캐나다 쥐스탱 트뤼도 총리가 성소수자 인권 탄압에 대해, 원주민 탄압에 대해 공식적으로 사과한 적 있다. 캐나다에서 이렇게 소수자 차별 정책에 대해 정부가 직접 사과하는 일은 트뤼도가 처음이 아니다. 스티븐 하퍼 총리 때도 있었다. 캐나다 인권 박물관은 바로 하퍼 총리의 임기 중에 추진한 사업 중 하나다.

차별을 제도화하던 사회가 어떻게 지금은 인권에 대해 앞서 생각하는 사회로 변화할 수 있었는가. 과거를 인정하기 때문이다. 자신들이 얼마나 끔찍한 짓을 저질렀는지 그 사실을 일단 인정하는 태도가 우선이다. 반성의 시간 여행이 필요하다. 스스로 인정해야 그 다음 단계로 나아간다. 잘못을 인정하기. 사과하기. 이는 저항과 투쟁의 목소리를 들어야 가능하다.

삶이 어디까지 준비되었는가

> 작가는 여자를 유혹하고 싶을 때마다 냅킨에 시 한 편을
> 써서 건네며 이렇게 말하기만 하면 된다. "나는 작가입니다."
> 언제나 통하는 방법이다.✚

파울로 코엘료가 열다섯 살에 작가가 되기로 결심했다고 어머니에게 말하자 그의 어머니는 '작가에 대해 잘 모르면서' 어떻게 작가가 되느냐며 만류한다. 코엘료는 작가가 어떤 사람인지 알기 위해 조사해본다. 당시는 1960년대였다. 조사를 마친 그는 작가에 대해 이것저것 정리하는 와중에 '여자를 유혹하는 방법'까지 찾는다. 그가 찾을 수 있는 '작가'들은 대부분 남성이었을 것이다. 그렇기에 작가의 성별은 자연스레 남성이 되고 여성은 이 작가에게 유혹당하는 존재다. 김수영의 영향을 받은 이성복, 황지우, 허연을 좋아한다는 철학자 강신주는 좋아하는 여자 시인은 없느냐는 질문에 "여자가 왜 시를? 여자 자체가 아름다운 시인데!"✚✚라고 말했다.

많은 여성 작가들이 있지만 여전히 여성 작가와 남성 작가는 다른 이미지를 가진다. 여성은 작품의 창작자보다는 그 존재 자체로 창작물이 된다. 가끔 젊은 여성의 '발칙한' 글을 소비하는 방식에서도 묘한 불편함을 느낀다. 겉보기에는 작

✚ 파울로 코엘료 저, 박경희 역, 《흐르는 강물처럼》, 문학동네, 2008.
✚✚ 강신주, "백영옥이 만난 '색다른 아저씨'-(13)철학자 강신주", 〈경향신문〉, 2013년 8월 9일 자.

옥타비아 버틀러

가의 글을 읽는 것처럼 보이지만, 실은 글을 통해 '젊은 여성'을 은밀하게 관음한다. 물론 창작자-관객/독자의 관계가 어느 정도는 노출-훔쳐보기의 성격이 있다. 창작품을 매개로 작가는 적당히 자신을 노출하고 관객 혹은 독자는 이를 바라본다. 그러나 그 창작자가 '젊은 여성'일 경우 작가 자체가 곧 대상이 되기 쉽다. 그렇기에 '여자가 곧 시'라는 표현은 성차별에 불과하다.

그렇다면 흑인이, 흑인 여성이 작가가 되는 일은 어떨까. 폭력적이거나 무지렁이 혹은 순종적인 노예로 재현되기 쉬운 흑인, 여기에 섹슈얼리티의 대상인 흑인 여성은 작가가 되기 훨씬 어렵다. 그것도 백인 남성의 전유물이던 SF를 쓰는 일은 옥타비아 버틀러에게는 '긍정적인 집착'이었다. 대학 작문 시간에 버틀러가 쓴 글들에 대해 교수들은 늘 좋은 반응을 보이지 않았다. 나중에는 아예 "정상적인 글은 쓸 수 없나요?"라고 했다. 버틀러의 어머니는 정기적으로 월급을 받을 수 있는 비서직을 구해서 버틀러가 그야말로 '제대로 된 일'을 하며 살길 원했다. 그러나 버틀러는 시간제 일을 하며 글쓰기를 이어갔다.

훗날 작가로 성공한 뒤 에세이 〈작가의 탄생(긍정적인 집착)〉을 통해 작가가 되기까지 겪었던 많은 편견에 대해 말한다. 20대 초반에 작가 워크숍에서 이 워크숍을 이끌던 작가

할런 엘리슨을 만난 것은 그래도 버틀러에게 행운이었다. 그를 알아봐주는 사람을 만났다. 직업으로 SF를 쓰는 최초의, 그리고 한동안 유일한 흑인 여성으로 자리한 그는 많은 사람들에게 '긍정적인 집착'을 갖게 했다. 백인 남자가 고뇌하는 구원자로 등장하기 쉬운 SF 영역에서 버틀러의 성취는 흑인 여성의 성취만이 아니라 모든 인간에게 다른 세계를 열어젖힌 격이다.

인간에게 희망이 있고, 이 나라는 희망이 있나, 그냥 다 망해라! 라는 마음이 때로 찾아온다. 반복적인 어리석은 질문들과 마주할 때, 세상이 죽을힘을 다해 반동적일 때, 이런 세상은 그냥 망해도 좋겠다는 생각이 든다. 그래도 어떤 '긍정적인 집착'을 계속 품고 산다. 버틀러의 단편 〈마사의 책〉에서 마사의 눈앞에 나타난 신은 처음에 백인 남성이었다. 신과의 대화 과정에서 이 신의 모습은 흑인 남성으로 변하고 다시 흑인 여성으로 바뀐다. 마사가 신에게 묻는다. "왜 당신을 흑인 여성으로 보게 되기까지 이렇게 오래 걸린 거죠?" 신은 답한다. "삶이 너를 준비시킨 대로 본단다."

제 삶이 어디까지 확장되었는지에 따라 신의 모습은 각각 다른 얼굴로 나타날 것이다. 신의 얼굴에서, 그의 목소리에서 누가 보이고 누구의 말이 들리는가. 나라면 어떨까. 내 눈에 신은 어떤 모습으로 보일까. 인자한 표정과 깨끗한 옷을 입은 남성의 얼굴일까. 아니면 비정규직으로 살아가는 한숨 섞인 40대 독신 여성의 모습일까. 그도 아니면 한국말이 서툰 20대 결혼이주여성의 눈치 가득한 얼굴일까. 어쩌면 그동안 내가 알아보지 못하고 지나쳐온 신의 얼굴이 수두룩할지도 모른다.

삶이 쌓일수록 소망한다. 내 삶이 점점 더 다양한 얼굴을 한 신과 마주할 준비가 되었기를. 그 얼굴은 반드시 인간이 아니어도 괜찮다.

1947년 6월 22일 미국 캘리포니아주 패서디나에서 구두닦이 아버지와 가정부 어머니의 외동딸로 태어났다. 일찍이 아버지를 잃어 가난한 환경에서 자란 데다 난독증에 시달렸지만 책과 이야기에 대한 애정을 잃지 않았다. 어린 시절부터 이야기 창작을 즐겼으며 성인이 된 이후에는 여러 대학과 워크숍을 거치며 작가의 길을 다졌다. 흑인 여성 작가로서 인종과 젠더 문제를 작품에 녹여내며 백인 남성의 전유물로 인식되던 SF 장르에서 문학적 성취와 상업적 성공을 모두 거두었다. 1976년 첫 작품《패턴마스터》를 발표하고, 1979년에《킨》을 발표한다.《킨》은 미국에서만 45만 부 이상 판매되며 오늘까지도 대표적인 SF 장편소설로 손꼽히고 있다.《블러드차일드》는 SF 분야에서 최고 권위를 지닌 문학상인 네뷸러상(1984), 휴고상(1985), 로커스상(1985)을 모두 석권했다. 이외에도《내 마음의 마음》,《생존자》,《진흙방주》,《새벽》,《성인식》등을 발표하며 왕성한 작품 활동을 이어갔다. 1980년 출간된《와일드 시드》는 아프리카와 아메리카의 역사, 판타지, 과학을 융합한 '아프로퓨처리즘'의 대표작으로 손꼽힌다. SF계의 '그랜드 데임Grand Dame'으로 추앙받으며 2006년 2월 24일 워싱턴주 시애틀에서 58세의 나이로 생을 마쳤다.

옥타비아 버틀러의 주요 작품

《패턴마스터*Patternmaster*》(1976)

《내 마음의 마음*Mind of My Mind*》(1977)

《생존자*Survivor*》(1978)

《킨*Kindred*》(1979), 이수현 옮김, 비채, 2016

《와일드 시드*Wild Seed*》(1980) 조호근 옮김, 비채, 2019

《진흙방주*Clay's Ark*》(1984)

《새벽*Dawn*》(1987)

《성인식*Adulthood Rites*》(1988)

《이마고*Imago*》(1989)

《제노제네시스*Xenogenesis*》(1989)

《씨 뿌리는 사람의 우화*Parable of the Sower*》(1993)

《블러드 차일드*Bloodchild and Other Stories*》(단편집, 1995) 이수현 옮김, 비
채, 2016

《재능의 우화*Parable of the Talents*》(1998)

《릴리스의 자녀들*Lilith's Brood*》(2000)

《쇼리*Fledgling*》(2005), 박설영 옮김, 프시케의숲, 2020

《수확할 씨앗*Seed to Harvest*》(2007)

《예상치 못한 이야기*Unexpected Stories*》(2014)

여자를 위해 대신 생각해줄 필요는 없다
'정상' 권력을 부수는 글쓰기에 대하여

1판 1쇄 발행	2020년 12월 14일
1판 2쇄 발행	2021년 6월 14일
지은이	이라영
펴낸곳	(주)문예출판사
펴낸이	전준배
책임편집	전민지
편집	고우리 이효미 김지은
디자인	김동신
영업·마케팅	김영수
경영관리	강단아 김영순
출판등록	2004.02.12. 제 2013-000360호 (1966.12.2. 제 1-134호)
주소	03992 서울시 마포구 월드컵북로 6길 30
전화	393-5681
팩스	393-5685
홈페이지	www.moonye.com
블로그	blog.naver.com/imoonye
페이스북	www.facebook.com/moonyepublishing
이메일	info@moonye.com
ISBN	978-89-310-2149-3 03800